列をなす棺

エドマンド・クリスピン

宮澤洋司［訳］

論創社

Frequent Hearses
1950
by Edmund Crispin

目次

主要登場人物

グロリア・スコット……………………自殺した娘

ジャイルズ・レイパー…………………ロング・フルトン撮影所の所長
ジュディス・フレッカー………………音楽部の主任
ジョニー…………………………………音楽部のスタッフ
ジョスリン・スタッフォード…………プロデューサー
スチュアート・ノース…………………舞台俳優
グレッソン………………………………歴史顧問
オーブリー・メデスコ…………………舞台装置のデザイナー
エヴァン・ジョージ……………………人気作家
キャロライン・セシル…………………女優
グリズウォルド二世……………………音楽部長

ニコラス・クレイン……………………映画監督
マッジ・クレイン………………………ニコラスの妹。女優
デヴィッド・クレイン…………………ニコラスの弟。雑用係
モーリス・クレイン……………………ニコラスの弟。カメラマン

エレノア・クレイン……………………クレイン兄弟の義理の母
クラウド…………………………………クレイン家の弁護士
シド・プリムローズ……………………クレイン家の執事
フェリシティ・フランダース…………マッジ・クレインの専属メイド

ヴァレリー・ブライアント……………コーラスガール
バーソロミュー・スナード……………私立探偵
ラウンシー………………………………「イブニング・マーキュリー」紙の記者

ハンブルビー……………………………スコットランド・ヤードの警部
キャップスティック……………………ギスフォード警察署の警視
バークレー………………………………ドゥーン島の警部
ジャーヴァス・フェン…………………オックスフォードの英文学教授

列をなす棺

一族郎党不意の復讐にみまわれ、
棺が列をなしその門を囲む。

On all the line a sudden vengeance waits,
And frequent hearses shall besiege your gates.

ある不運な婦人の思い出を悼む

To the Memory of an Unfortunate Lady

第一章

1

ピカデリー広場(サーカス)を中心に半径十八マイルの円を描くと、その周縁部に主要な映画撮影所――デナムやらエルストリーやら――が点在しているのがわかるはずだ。ロング・フルトンは北西にある。オックスフォードからロング・フルトンに行こうと思ったら、列車でロンドンまで出て、到着後、改めてメリルボーンから目的地に向かうのが最善の方法だ。田舎を横断しようとするのは、遠回りだし退屈でもある。四回も乗り換えをするはめになるのだ。駅舎は次第に小さくなり、どんどん古ぼけていくので、まるで仰々しく飾り立てられた鉄道の歴史を逆さまに見ているようだ。そして最後には、今にも壊れそうな、すきま風が吹きまくるバスに乗るはめになる。この方法を試すのは、原則としてお勧めしない。ジャーヴァス・フェンがあえてそうしたのは、第一に生来の天邪鬼だからだろうし、第二に春の陽気のせいでなんとなくのんびりとした気分になり、芽吹きを迎える三月の田園地帯を時速二十マイルでだらだらとそぞろ行くのも悪くないと思えたからだろう。六時に起きれば、問題なく十時までにロング・フルトンに着ける。脚本会議はいつもその時間に始まると通告されているのだ。それに実際には（映画作りとはえてしてそういうものなのだが）、十時半か十一時にならなければ、会議が始まった試しなどないのだから、食堂でコーヒーを飲んだり、くたびれた建物の間をうろつきまわる時間も十分にある――ここでは、レイパー連合社（コンバイン）の創作物が、海の物とも山の物ともわからない初期素材から、編集作業（カッティング）、音声ダビング、配給用複製フィルム作成などの諸段階を経て、ウェストエンドのあちこちのスクリーンでデビューできるまでに育て上げられているのだ――フェンはそこに少なからぬ歓びを見出していた。イギリス産映画は豊かな暮らしには欠かせないもの、などとは微塵も思っていなかったので、一時的に撮影所から引き受けた仕事――詩人ポープの生涯と作品に関して専門的な助言をすること――にも、たいして責任を感じていなかった。

　フェンがグロリア・スコットと名乗る娘の存在を初めて知ったのは、三度目に撮影所を訪れたときだった。雲が空を流れていき、春分の日差しが照りつける日だった。

　撮影所がロング・フルトン村を消滅させたということは誰の目にも明かで、もしその過程で悪質な手段がとられていたと証明できる材料があったとしたら、「タイムズ」紙には非難囂々の投書が殺到していたはずだ。もっとも、当のロング・フルトンには言及する価値のあるものなどほとんど、いやまったくないということは、すぐに明らかになった。建築物はありふれたものばかりで、歴史的にも文学的にも何の価値もなく、どれほど詳細なガイドブックでも言及を控えるような土地だ。しかも、実の所、当の村民には、レイパー連合社の侵略を阻止する気などさらさらなかった。週に二回ギスフォードの「リージェント劇場」に礼拝に通う身にしてみれば、撮影所があるおかげで、神々（スター）――顔ぶれが変わることはあっても、魅力そのものは永遠だ――の姿を垣間見ることができるのだし、そのうえ、欲張ってあれこれ小狡い工夫をすれば、金銭的利益を得ることも可能なのだ。あの無粋なダナエ

（ギリシア神話に登場するアルゴスの美貌の王女）のように、ロング・フルトンは金と神性の混じり物にいいようにたぶらかされてしまったのだ。村人たちにとっては、結果的にもたらされた奴隷状態が、気質的にも能力的にもひどく居心地の良いものだった。自由意思もわずかに残されていたはずなのに、ロング・フルトンは自ら事実上の消滅の道を選んだ。撮影所の支配にあらがうこともなく、その流れに逆らおうとする動きには一丸となって抵抗した。

撮影所は、もはや何の違和感もなく、彼らの生活の中心にあった。教会の背後から脅かすように迫る、多岐にわたるちぐはぐな建物群――まるで不器用な巨人の子供が幼稚園の片隅で人形の家を蹴散らかしたかのようだ。街道に面する部分を建物の正面（ファサード）にしようとする意図が窺われるのだが、その背後に並ぶ建物群に一貫性を与える気がないために、あまりにも珍妙になりすぎて、そんな意図などなかったほうが、よほど審美的に好ましいものになっていたと思われた。街道は、設計時の想定以上の重量が通るせいで痛めつけられ、いたるところに荒廃の気配を漂わせていた。急場しのぎの穴埋めが拡がり、鋪装のし直しが必要となっている。爆弾による被害――ドイツの情報部は、撮影所の施設が何らかの武器の製造工場だという信念にしつこくこだわっていた――も、きちんと修繕されることなく、応急修理のままだ。建物の間に一枚岩のようにそびえ立つ大階段は、強風が吹いただけでつぶれてしまいそうに見える。こういったことは皆、経済学的考察の対象とすべき問題であることは言うまでもない。映画産業はいつだって何らかの財政危機に瀕しているものなのだ。しかし、そのだらしなさは、周囲の状況のせいでよけいに際だって見えるのも事実だ。壊れた本物の飛行機、半壊した合板製コテージ、巨大な青い空を描いたスクリーン、砂に埋もれた神秘のピラミッド、小さな灯台、その他あらゆる雑多な古道具で取り散らかっている。

内部に入ってみても、その印象はさして改善しない。壁にはジグザグにヒビが入っている。漆喰のかけらがすぐに天井から剝がれて頭に落ちてくる。そこらじゅうに埃が溜まっていて、とても清潔とは言いがたい。主要な備品の一つである内線電話のうち、少なくとも三分の一はいつも故障している。その上、この場所は地形学的に不合理かつ曖昧で、まるで組織だっていないように見える。確かに、音楽部や脚本部のように変化しない目印（ランドマーク）もあるが、それ以外は、同じような椅子とテーブルとお決まりの電話が同じように配置された、飾りっ気のない小部屋が無数にあって、数字とアルファベットを組み合わせた超現実主義的（シュールリアリスティック）な方式で他の部屋と区別され、公式、もしくは非公式の会合に使用されている。独力で特定の部屋にたどり着くのは一仕事だ。そして、おそらくなによりも問題なのは、撮影所には中心というものがない点だ。主な玄関が一つだけならば、それが中心になるかもしれないのだが、実のところ玄関は三つあって、そこには厳格な平等主義が適用されている。行きたい場所にたどり着けるのは三つの玄関のうち一つだけで、他の二つからでは着けないという事実以外に、その三つの間に優劣をつけられない。そして、問い合わせのできる場所も、どこに向かうべきか判断する手がかりも見当たらない。一見の訪問者は、大いに混乱させられるばかりだ。

もっとも一見の訪問者などほとんどいない。となれば、この施設には手がかりなるものの存在も必要ない。ミスター・レイパーの雇用者たちは、いつも通りの活動範囲からはみ出すことなく、慣れ親しんだ仕事に従事するので、問題なく自分の行くべき場所を見つけられる、とされている。確かにここには多様な集団（コミュニティ）がある。無数の技術者はストライキを夢想している。髪を完璧にセットした速記者は本能のままに女性向け小説（ロマンス）のヒロインを演じている。それにカメラクルー、撮影記録係（カッティング・ガール）、若手監督、きれいに髯を剃った肩の凝らないスーツ姿のプロデューサーとやや年配の役員、メーキャップ済みの俳優や女優、退屈を衣裳のように身に纏った「エキストラ」、食堂のスタッフ、ポーターにメッセンジャー。彼らが一致団結して汗を流した結果、ウィガン（商工業の中心地）にはロマンスを、ウェストハートリプール（港町、ロイヤル海軍国立博物館がある）には息もつかせぬ冒険を、そしてバーミンガム（ロンドンに次ぐ大都市。工業都市）とアベリストウィス（ウェールズにある大学の町）には人生の苦痛を和らげる鎮静剤を届けることができるのだ。薄汚い手に捕まれた腕、肩にもたれた頭、ジェーンとジョージ、サリーとディック。こういった者たちが、撮影所の目論見通り、家の中のいさかいや外での争い、退屈と悪意、決まりきった繰り返しと生きていくための闘いなどなどを、少なくとも三時間は忘れさせてくれる。つまるところロング・フルトンは、現代における最も影響力のある信仰の聖地なのだ。であれば、この信仰の侍祭たる者が少しばかり傲慢さを身につけるのも当然と言える。ところが、この撮影所の人間は概してうぬぼれには縁がなかった。巨人国のガリバーのように、彼らは自分たちが送り出すものの醜い欠点に敏感に気づいていた。それゆえ、苦労して押しとどめなければ、何百万という崇拝者が憑かれたように差し出す貢ぎ物に、いつも驚かされてしまう。誰もが「映画の仕事」の魅力に取り憑かれているわけではない。そして、グロリア・スコットと名乗った娘は、誇大妄想を患い、若さを言い訳にしていたかもしれないが、いかなる意味でも重要とは言いがたい人物だった。彼女の死とそれが引き起こした恐ろしい出来事は、おそらく、彼女が重要人物でなかったからこそ、より衝撃的だった。それは、当局が絶対に安全であると保証した地区で爆弾が爆発したようなものなのだ……。

2

ギスフォードから到着するバスは〈ベア亭〉より先には行かない。〈ベア亭〉は撮影所とは反対側の村の端にあるぱっとしない宿屋（イン）だ。いつもフェンはそこから歩かなければならなかった。件（くだん）の朝、小型のセダンが横に停まったのは、大通りを歩きながら『大使たち』（ストリザーが主人公のヘンリー・ジェイムズの小説）を顔の前に拡げていたときだった。

「ちょっとお尋ねしますが」と車中から声がした。「撮影所に行くには、この道を行けばいいんでしょうか?」

フェンは、非道なストリザーに意識を半分向けたまま、残りの半分でそうだと答えた。驚きの声に止められなければ、全意識をそちらへ向けてしまうところだった。

「フェン教授!」車に乗った男はうれしそうに言った。「なんてついてるんだ。お元気でしたか?」

ここにいたって、フェンもようやく、ヘンリー・ジェイムズの散文を読むと決まって陥る朦朧状態から慌てて抜け出し、腰をかがめて車窓をのぞき込んだ。

人あたりのよいノーム（地を司る妖精）のように、運転席から優し気な顔を向ける、小柄で小ざっぱりした小粋な五十歳から六十歳くらいの男は、白いものがめだつ髪、きれいに髭を剃った丸顔、無邪気そうな青い目をしていた。細長い両切り葉巻（チェルート）を口の端にくわえ、灰色のホンブルグ帽子をかぶり、ぴかぴかの茶色い靴をはいている。これを見た者は、この男を、人並み以上の教養を備えた、腕の良い旅のセールスマンと見立てるかもしれない。それこそがこの男の狙いだ。習慣的なカモフラージュは、こみ入った首都の犯罪に対処する上で有益な場合が多い。しかし、今の彼の表情は、その本心を正直に表していた。実際、お世辞抜きで、温厚で育ちの良い人物なのだ。こういった特徴がニュー・スコットランド・ヤードでの仕事の助けになっているのは疑う余地がない。下手に恰好をつけることで百合にメッキをする（すでに完璧なものに余計な手を加えるという意）誘惑に満ちた立場にあるにもかかわらず、そんな誘惑に負けたことはなかった。

「ハンブルビー」フェンも気づいて手を差しのべると、車中のハンブルビーはその手を取って緩やかに上下した。「二年ぶりかな、それとも三年？」

「たぶん、二年は経っていないんじゃないでしょうか」ハンブルビーは自分の記憶を確認するようにうなずいて、「サンフォード事件（『お楽しみの埋葬』の事件）は一九四七年の九月でした。あれからずっとあそこにいたんですか？　結局、議員にはなれなかったって話でしたね。よかったじゃないですか。そういえば、例のマイラのことは聞かれましたか……」

一、二分ほど、二人は一緒に解決した事件の噂話を交換した。ご記憶の向きもあるかもしれないが、それは、郵便物を使って毒殺された元売春婦に関わる事件だった。唐突に昔話に厭きたフェンは、

「それにしても、なんで撮影所に向かっているんだ？　警察の仕事なのかい？」

ハンブルビーはうなずいて、「そんなところです。たしか、以前、あなたが〝犯罪学的休日仕事〟と呼んでいたたぐいの仕事ですよ。センセーショナルなところはまるでありません……。少なくとも今話せる範囲では。撮影所はこのまま行けばいいんでしょう？」

「そこさ」フェンは指さして、「木立の向こうの珍妙（ファンシー）な白い建物だ。入り口は左に二百ヤードくらい行ったところだ。僕も行くところだから、乗せてもらえるよな」

「もちろん」ハンブルビーが車のドアを開け、フェンが乗り込んだ。「何を読んでいるんですか?」

「『大使たち』」

「麻薬ですね」とハンブルビーが言った。「いつも思うんですが、ヘンリー・ジェイムズは麻薬取締法の対象とするべきですよ。出産の時、麻酔ガスのトリレンの代わりに使うといいんじゃないかな……。じゃあ、行きますよ」

ハンブルビーには運転の才能がなく、車はさびれた通りをどたんばたんと引きつるように走った。太陽は非人間的な慈愛をもって照りつけ、犬は車に乗る者の意図を理解できず、縁石から震えながら吠えかかった。ハンブルビーはすれ違いざまに舌を出した。

「たまたま撮影所を訪問するところだったんですか? それとも専門家として働いているんですか?」

「専門家のほうだよ」曲がり角が近づいてきたので、フェンは体を堅くし、無事曲がりきるまでは緊張を解かなかった。「もっとも臨時の仕事さ。今制作中の映画の文学アドバイザーをしてるんだ」

「なんと」ハンブルビーは言った。「何の映画ですか?」

「ポープの一生を扱ってるんだ」この言葉は、ハンブルビーが威圧的に、そして見たところさしたる必要もなく鳴らしたホーンの音にかき消された。「ポープの一生だ」フェンは怒ったように繰り返した。

「法王(ポープ)?」

「ポープ」

「どの法王のことなんでしょう?」この話題から知的会話を引き出そうとするそぶりで、ハンブルビーは言った。「ピウスかクレメントか、それとも……」

フェンは、彼を見つめて、「当然、アレキサンダーさ」

「それはつまり……」ハンブルビーは頑張って続けた。「ボルジア家の？」

「馬鹿なことを言うなよ、ハンブルビー」とフェン。「きみは本当に、ボルジア家についてアドバイスさせるために英文学の教授を招くと思うのか？　違うさ。僕が言っているのは詩人のほうだ」

「まず、そちらが頭に浮かんだんですがね」とハンブルビーは不満げに、「当然ながら、すぐにそれは違うだろうと考えたんですよ。アレキサンダー・ポープ（イギリスの詩人。一六八八―一七四四。流麗な技巧を旨とする古典主義の典型とされる）の人生には、商業映画になるような材料は無いでしょう」

「誰だってそう思うよな」フェンは憂鬱そうに頭を振った。「それでもやっぱり、実際にそういう映画が作られることになりそうなんだ。しかも、その理由ってのが……」

撮影所の門に到着したので、フェンはいったん言葉を切って、指を振って指示した。ハンブルビーは、哨舎のような場所にいる門番が向けてきた小馬鹿にしたような視線から逃れるようにハンドルを切った。本当はパスを示さなくてはいけないところなのだが、エキストラの面接がある日にはこの規則は無視されがちだった。

「その理由ってのは」フェンは執拗に繰り返した。「こういうことさ。二、三ヶ月前にアンドリュー・レイパーが死んだんだ。で、兄の……」

しかし、ハンブルビーはうわの空だった。その代わりに、撮影所の正面に鼻面をそろえて向けて並ぶ値の張りそうな車――その多くは税務署をうまく丸め込んだ勝利の証（モニュメント）だ――の列の間に、すきまを探していたのだ。ようやく一つ見つけると、そこに車をねじ込んだ。

「それで？」と調子よく言う。「何の話でしたか？」

「この会社はアンドリュー・レイパーという男の所有物だった、という話をしてたんだ。だが、先頃アンドリューが死んで、会社は他の遺産とともに兄のジャイルズに受け継がれた」

フェンは、頭上のファサードを指さした。そこでは、労働者たちが〝アンドリュー・レイパー映画会社〟という金メッキ看板の〝アンドリュー〟を〝ジャイルズ〟に入れ替える作業していた。彼らなりの悠々たる仕事ぶりで、もう三週間も作業し続けている。「碑求まば……（セントポール大聖堂の設計者であるクリストファー・レン卿の墓碑銘。「辺りを見よ」と続き「もし彼の記念碑を探しているのならば、周囲を見まわせ」の意）」

「そういうことですか」ハンブルビーはエンジンを切って、くわえていた葉巻を手に取り、その端を注意深く調べた。「まあ、そういう状況だとしても、それが何の……」

「これから説明するところさ。いいかい、ジャイルズのどこが人と違うかって、いかれた文学マニアだってことに尽きるんだ。たとえば、彼はラトランド伯爵（イギリス貴族。第六代のフランシス・マナーズがシェークスピアと同世代）がシェークスピアの戯曲を書いたと信じている。ただし『あらし（テンペスト）』はボーモントとフレッチャー（フランシス・ボーモントとジョン・フレッチャー。シェークスピアと同時代の劇作家コンビ。肩の凝らないロマンス喜劇を得意とした）の手になる例外なのだそうだ。そして、それを証明するという馬鹿げた本も出版した。ドライデン（ジョン・ドライデン。イギリスの詩人、文芸評論家、劇作家）は不能（インポテンツ）だったと信じているし、『嵐が丘』の背景にはエミリー（エミリー・ブロンテ。十九世紀イギリスの小説家。ブロンテ三姉妹の一人）とブラムウェル（ブロンテ三姉妹の兄弟）の近親相姦関係があるというんだ。実は僕自身、『嵐が丘』を書いたのは、本当はエミリー・ブロンテではなく兄のブラムウェルだったんじゃないかと思わないでもない……。だが、それはおいておこう。要はジャイルズ・レイパーがポープについても独自の考えを持っているってことだ。『ある不運な婦人の思い出を悼む哀歌』は知っているかい？」

「ジョンソン博士（サミュエル・ジョンソン。イギリスの詩人、批評家、文献学者。『英語辞典』の編纂で知られる）は、あの詩は自殺を擁護するものだと解釈していましたね」ハンブルビーはすべって転びやすい道を歩くときのように慎重に言葉を選んで言った。

「その通り。そして……」

「でも私はあれが好きなんですよ」ハンブルビーは突然熱意を込めて言った。「本当に大好きなんです〝手招きするは如何なる亡霊か〟」とドラマチックな口調で「〝月明かりの下、ええと、なんとかの空き地にいざなう〟〝あの娘！　なぜ血を流す〟」

「おいおい」フェンはコートのポケットから煙草の箱を引っ張り出し、一本に火を付けた。「その一節に関するきみの記憶はあてにならないようだから、僕が説明した方がよさそうだな。こいつは……」

「そんな必要はありませんよ……」

「これは夫に、えー……、ひどく冷たくされて、その結果自殺した婦人のための哀歌（エレジー）だ。詩人は……」

「良く覚えていますとも」と、ハンブルビーが言った。「本当にはっきりと」

「詩人は、この状況を嘆くのみにとどまらず、件の夫ばかりか、その家族にまで復讐が及ぶだろうと宣言した」

「〝葬列延々と延び、闇に閉ざされ（ダーケン）〟」ハンブルビーは厳粛な聖歌のように唱えた。

「〝黒く閉ざされ（ブラッケン）〟だ。〝黒く〟だよ……。この婦人とはウェストン夫人、結婚前の姓だとミス・ゲージだろうといわれてる。推測だけどね。この詩が想像力の産物であることはほぼ間違いなく、ポープ自身が個人的に関わりがあったという証拠はない。ここでジャイルズ・レイパーが登場するんだ」

「ようやくジャイルズ・レイパーの出番ですか」

「ほかの愚劣な考え同様、レイパーはポープが個人的に事件に関わっていたと信じているんだ。実際、彼は最近、どこぞの三流誌で、ポープはその婦人と関係を持っていて、だからこそ彼女の死にあれほど取り乱したのだ、という憶測を記事にしている。〝おわかりだろうが――〟」フェンは嫌悪をにじませながら引用した。「〝これほど感銘を与える詩が、冷徹な作詩技術の行使でしかないとはとても思えないのではないか？　ポープがこの婦人に親密な感情を抱いていたと仮定したほうが、この詩と詩人に関する我々の知識とより符合するのではなかろうか？〟」

「ええと、そうじゃないのですか？」ハンブルビーは本当にわからないようだった。

「いや、違う。仮にそうだとしても、この場合、ポープとその娘との関係がプラトニックなものではなかったと推測することには、何の正当性もない。いずれにしろ、この妄想上の事件が映画の中心になるんだ。もちろん、その他にもあれこれ描かれる」フェンはその他あれこれを思い浮かべた。「その中には多少の悦びもないわけではない。「メアリー・ウォートリー・モンタギュー夫人（イギリス貴族階級の著述家）がいる。アディソン（ジョセフ・アディソン。イギリスの著述家、政治家）とスウィフト（ジョナサン・スウィフト。イングランド系アイルランド人の著述家、司祭）がいる。スウィフトは、いつも国中を歩きまわって、ガリバーを書き、ステラ（スウィフトの書簡集『ステラへの消息』の相手）についてエロティックな妄想をしている人物として描かれていて、晩年の狂気の前兆はほとんど出てこない。それに、いくらか時代錯誤だがボリングブルック（初代ボリングブルック子爵ヘンリー・シンジョン。イギリスの貴族、政治家、作家）も」

ハンブルビーはくすりと笑って、「そして、ドライデン、ウィッチャリー、ヘンデル、ゲイ、あとアン女王（すべてイギリス十七世紀の人物。ドライデン、ウィッチャリー、ゲイは著述家。ヘンデルは音楽家）。この映画は見逃せませんね。いつできあがるんですか？」

「まだ〝床におろして(オン・ザ・フロア)〟もいないよ」

「〝床〟？」

「ああ、すまない。業界用語ってやつは伝染するんだ。まだ制作にとりかかっていないっていう意味だよ。まだ脚本会議の段階なんだ」そこでフェンは腕時計に目をやり、「今日も午前中に会議がある――だから僕がここにいるわけだ」

ハンブルビーは葉巻の吸い殻を窓から放り投げた。「急がなくてもいいんでしょう？」

「ああ、特に急ぎってわけじゃない。別れる前に、きみが何をしに来たのか教えてくれよ。内密の話でなかったら」

「いや、別に内密ってことはないんです」任務を思い出して、ハンブルビーの穏やかな表情に影が差した。「それに、ここの人間を知っているなら、助けてもらえるかもしれませんね」

「犯罪かい？」

「自殺だって犯罪ですから、その通りです。特別なことは何もないんですが、ただこの哀れな娘はひどく若かったんですよ。しかも、最後の瞬間に思い直したらしくて……。手遅れだったんですが」ハンブルビーは嫌な仕事に直面した男らしく、気を引き締めた。「グロリア・スコットという名の娘に会ったことはありますか？」

3

清掃員の一団――鈍感で無愛想な年輩の女たち――が撮影所の門に押し寄せ、門番と念の入った冗談を交わし、朝の爽やかな空気を乱した。足場の上の男たちは仕事の手を止め、冷めたお茶で活力を取り戻した。遠くで繰り返される響きからすると、誰かが角材を積むか降ろすかしているらしい。ハンブルビーが話す間に、大きな雲が北から南へと撮影所に影を落としていった。そしてそれと対照的に、まだ太陽に照らされている低い丘が、よく磨かれた金属のようにきらめいていた。

「グロリア・スコット?」フェンは聞き返した。「いや、その名前には心当たりがないな」

ハンブルビーは無意識にライトグレーのコートの襟をいじりながら、「その娘が本当にここで働いていたのかどうか、はっきりしないんですよ」と彼は言った。「ただ、ここのミス、えーと……」と記憶を探って、「ミス・フレッカーがこの撮影所から身元確認の電話をしてきたんです。ミス・フレッカーならご存じなんじゃないですか?」

「いや、知らないな」フェンはせかせかと答えた。「何も思い当たらない。もっと詳しく話してくれ」

「今朝の新聞は見ましたか?」

「「タイムズ」紙と「メール」紙は見たが」

「「メール」紙には出ていましたよ。身元確認の情報を求める広告と一緒に、この娘の写真が」

フェンはその新聞をポケットから取り出して、記事を探した。「ほら」とハンブルビーが指さした。

ハイティーンで、可愛いがどこか不満げな少女の写真だった。それは、演技を職業とする人種に好まれる不自然なほど魅惑的な肖像写真だった。注意深く設定した照明で唇や鼻、首そして胸の形をはっきりと見せている。そこに付された説明は、警察が彼女が誰か知りたがっていることを伝えるだけの、わずかなものだった。

「もちろん、これで彼女が誰かわかるのなら意味はある」フェンは考え込みながら言った。「この手の、見栄えはいいけれど、それが誰なのかはわからないといった写真は、国中のレパートリー劇場（専属の劇団がレパートリーとするさまざまな演目を、日替わりで上演する劇場）にあふれかえっているからな……。髪の色は、ブルネット？　赤毛？　それともネズミ色？　白黒写真だと、みんな同じに見える」

「私が見たときには赤褐色でした。テムズ川の泥と雑草にまみれてびしょ濡れになった赤褐色です」

フェンは同情するようにチラリと相手に目をやると、「で？」と言った。「それがどうしたんだい？」

「昨日の早朝のことです……、というか、午前二時ですから、むしろ一昨日の夜ですね。タクシーがハーフムーン街のピカデリー側の端でこの娘を拾いました。そこで男と話をしていたらしいんですが、運転手ははっきりとは見ていません。彼女は川の反対側にあたる、スタンフォード街の住所へ行くように頼みました。そして、ウォータールー橋の中ほどに来たとき、運転手に停めるように言いました。なにやらひどく興奮しているので、運転手は料金が支払われた後もすぐには立ち去らずにいました。娘が欄干のほうへ走っていくのを見て、何をしようとしているのかすぐに気づき、そのあとを追いかけました。橋に人気（ひとけ）はありませんでしたが、パトカーが近づいてきていて、警官も何が起きているのか気がつきました。娘が飛び降りたとき、タクシーの運転手が捕まえようとしたのですが、手遅れでした。彼女は一度浮かび上がり、叫び声をあげました……。水平に水面に落ちたんです。高い所からそんな落ち方をしたらどうなるか、お察しの通りです。パトカーの警官の一人が彼女を追って飛び込んだんですが、岸に引き上げたときには死んでいました」

　清掃員たちは撮影所の中に姿を消していた。オーバーオールの大道具係ですし詰めになったステーションワゴンが、そこからは見えない入り口から出て左へと走っていった。しかし、フェンはそれに気づきさえしなかった。想像の中で、ウォータールー橋の、街灯に照らされた人気のない場所に立ち、ずたぼろとなってぐったりした褐色の髪の体を引っ張って泥の浅瀬で格闘する人影に、欄干越しに目をこらしていた。雲は哀れにも北西へと追い立てられ、再び太陽が姿をあらわした。それにもかかわらずフェンは、口元に夜風を、鼻腔には引き潮時の河の匂いを感じて、かすかに震えていた。そんな空想は、もちろん目の前の問題とはなんの関係もありはしない。不完全だし、歪められたものでもあるだろう。しかし切り捨ててしまうのは、なんとなく抵抗を覚える……。

「そうか」とフェンは言った。「続けてくれ」

まじめに話そうとすればするほど、大げさに聞こえてしまうこともあるものだ。それを気にしてか、ハンブルビーは落ち着かなげにシフトレバーをいじった。

「もちろん、その地区の署長が事件を統括しているんですが、たまたま彼は私の義理の弟なんですよ。何年も前、まだ奴が巡査だったころ、一緒に事件に携わったときに、うちの妹に出会って恋に落ちたってわけなんです。奴に神のお慈悲を……。ともかく、彼とは長い間会ってなかったんですが、休暇がとれたんで、昨日の朝、署に立ち寄ってみたら、この話を聞くことになりました。ご推察の通り、身元確認が難航していたんです。橋の上に彼女のハンドバッグが落ちていたんですが、その写真以外、身元を明らかにするものは何もないし、写真には撮影者の名前が無い。衣服はどれも新品で、何の印しもつけられていないんで、手がかりにはなりませんでした」

「だが、住所はわかってるんだろう」最初にたどるべき明らかな手がかりをハンブルビーが無視しているのに少し驚いて、フェンは言った。「タクシーの運転手に告げた住所が」

「駄目でした。その住所はすぐに見つかったんですが、身元確認の役には立たなかったんです。彼女はその日の午後に引っ越してきたばかりで、まだ契約書にサインしてないうえに、配給手帳の提示もしていませんでした。家主の婦人に名前を告げていたんですが、この家主は耳が遠くて聞き取りそこねていましてね……。まるで、運命の三女神が我々を困らせようと意地悪しているみたいですよ」

「だが、彼女の持ち物とか書類とか……」

「ええ、そうなんです。そこが、この事件の本当に奇妙なところなんです」ハンブルビーは口をつぐんだが、いささか奇妙な説明をするのが嫌だからというわけではなかった。「我々がたどり着く前に、彼女の部屋と持ち物は家捜しされていたんです」

　頭の上でクロウタドリが、撮影所の屋根を詮索するように見おろしながら、ばたばたと飛んでいった。二人の目の前にある壁の窓に見目の好い若い男が現れ、疑わしげに二人を見つめると、こちらからは見えない背後の連れに何か言って姿を消した。ハンブルビーはうわの空でドアのハンドルをもてあそんでいた。普段は落ち着きのない男ではないので、かなり動揺しているのだろうな、とフェンは解釈した。

「家捜しだって？」とフェンは言った。「何を捜していたんだ？」

「身元確認の手がかりです。その手の書類と、写真、本の見返しが二冊分……。それがすべて持ち去られていました。全部の服から洗濯屋のタグが取り除かれていましたし、住所と氏名が書いてあったとおぼしきスーツケースの蓋の内張の紙がはがされていました。誰がやったにしろ、完璧な仕事です。そいつが見落としたものは一つも見つけられませんでした」

「それは普通じゃないだろう」フェンは無表情に、「彼女が殺されたっていうのならともかく……。でも、疑問の余地はないんだろう？」

「まったくありません。彼女が自殺だったのは間違いないです。でも、いいですか、彼女が自殺した理由が明らかになるのを望まない者がいて、それを、えー……、葬り去るために、こんな婉曲な方法を選んだのかも知れません。たとえば、彼女が妊娠していたということもあり得ます。検死報告の結果が出ればわかることですが」

フェンはうなずいて、「おかしな話だな」とコメントした。「興味深いのは、それが誰であれ、それだけの手間をかけても、あいかわらず彼女の身元が特定される可能性は十分にあるということはわかっていたはずだ、という点だ。ただし……」

「ただし、何ですか?」

「彼女の名前がグロリア・スコットだということは、もうわかっているんだろう?」

「ここのミス・フレッカーが電話でそう言ったからです」

「そうか。ええと、きみの頭に誤った考えを植え付けたくはないんだが、たぶんそれは芸名じゃないかという気がする」

ハンブルビーはしばし考え込んで、「〝グロリア〟」とつぶやいた。「ええ、おっしゃりたいことはわかります。その場合、殺人者が隠したいのは彼女の本当の身元でしょうね」

「その通り……。だが、これは今のところ仮定の話にすぎない。あと一つ二つはっきりさせたい。たとえば、家捜しされたのがいつだったのかわかる手がかりはあったのかい?」

ハンブルビーはドアのハンドルをいじくり回すのをやめ、今はギアレバーを操作していた。「ええ、実はかなりはっきりした手がかりがあります。まず間違いなく、昨日の朝に行われています」

「彼女が自殺した後かい?」

「ええ、彼女が自殺した後です。細かいことはぶきますが、彼女が引っ越してきた一昨日の木曜日の午後から昨日の午前九時まで、目撃されずに出入りし、しかもあれだけのことをする時間とどまることは誰にもできませんでした。家主の婦人だけは別ですが、疑う理由が何もありません。ちょっとわけがあって、署長と私は昨日の午後まで調べに行くことができなかったんですが、そのときにはもう悪戯された後でした」ここでハンブルビーは期待を込めて、口をつぐんだが、さして間をおかずに、「どうです、何か思いつきませんか？」と尋ねた。

「ちょっとだけ」フェンは言い訳するように鼻をならし、感覚を失いかけている長い足を動かして、しびれをやわらげようとした。「本当にたいしたことじゃないんだ。身元を隠そうとする企みは自殺とは関係ないかも知れない。その場合、今のところ推測のしようがない。しかし関係があるのだとしたら、その人物はどうやって自殺が起きたことを知ったのかという疑問が浮かぶ。昨日の新聞で報道されたのかい？」

「簡単な記事だけです。写真は載りませんでしたし、名前は……、芸名も含めて何も公表されていません」

「我がXはその娘が川に飛び込んだとき、その場にいたんじゃないかと思うんだ。あるいは、彼女を引っ張り上げた時に。見物人が大勢いたのかどうか、わかっているかい？」

「二、三人です……。そうですね。それはありうる話だ」ハンブルビーはギアをファーストに入れて、そこから外すのに四苦八苦していた。「間違いなく」ハンブルビーは息を荒くしながら、「目立たない奴ですね」

「車のことはほっとけよ、ハンブルビー。そのうちどこか壊してしまうぞ……。ええとだ、いまやるべきなのはその娘のことを何か一つでも明らかにすることだ。そして、それこそがきみがここにいる理由なんだろう」

　ハンブルビーは奮闘をあきらめて、憎らしそうにレバーを睨んだ。ポケットから紙切れを取り出すと、「注意！　この車はギアが入っている」と書きつけ、フロントガラスに立てかけた。

「そうです」とうなずいて、「そのために、私はここにいるのでした。今朝八時半に、このフレッカーとかいう娘から、新聞で写真を見たと電話がかかってきたので、こちらから出向いて話を聞こうと申し出たんです。実を言うと……」とハンブルビーは打ち明けた。「映画撮影所の中を見てみたかったんです。こんなチャンスは初めてなんですよ」

　狭い空間の中でしびれに堪えきれなくなっていたフェンは、ドアを開けて外に出て、おしゃべりを打ち切ってしまった。

「たぶん、がっかりするだろうな」と冷たく言った。「もう行かないと遅刻してしまう。昼食を一緒にとれないか？」

「ちょっと、ちょっと待って」とハンブルビーは急いで反対側に降りて言った。「一緒に行きます。あなたなら私が会いに来た人間を見つけることができるでしょう」

「そいつは怪しいものだな。でも、できるだけのことはやってみよう」

　二人は砂利道を横切って三つのうちで一番近い入り口に向かい、短い階段を上って中に入った。円形の玄関が彼らを迎えた。「ＡＬＦ」というイニシャルが色あせたモザイクで床に描かれ、その右にはローマ風アーチの下三分の一を塞ぐように受付のようなものが設けられていたが、そこには誰もいなかった。その先に見通せる通廊（コリドール）は、中ほどで二股に分かれていた。無断入室禁止と書かれたドアがいくつも並んでいる。映画撮影所は火事のリスクが高いので、たくさんのバケツや巻かれたホースや消火器が見える。しかし、それ以外の家具――どころか人の姿も気配さえもなかった。その寒々しさに当惑して、フェンとハンブルビーは立ち止まった。

「私は単純な男なので、ルパナーレ（古代ローマの都市ポンペイにある売春宿の遺跡）と自動車工場を掛け合わせたようなものを想像していましたよ。まだほんの端っこにいるだけだということはわかってるんですが、それにしても、これは……」

　それまで気づいていなかった左の通路から、騒々しい咳の発作とともに近づいてきた足音に、話は遮られた。場に人間味をもたらした原因は、三十から四十歳ぐらいの小柄でほっそりとした男の姿で現れ、ハンカチを口に当て、のしのし大股で玄関ホールに入ってきた。不細工なところがユーモラスな、褐色の顔の男で、大きく澄んだ目をしていた。趣味で足繁く劇場通いをしているハンブルビーには、すぐに誰だかわかった。

　どうやらフェンも同様だったらしく、不快そうに、「きみは病気だ」と言った。

「ひどいもんさ」と現れた男はしわがれ声で言った。「もしかして、ウィスキーは持ってないか？」

「ないよ」

「こんな神も見放すような穴蔵でも、ウィスキーぐらいどこかで調達できるだろうと思うだろうが、これが大間違いなんだ。なんとか一杯でもせしめられないかと思って、村にいくところさ……。ところで、今朝の脚本会議は十一時に延期だ。〝十二〟号室じゃなくて〝CC〟でやるそうだぞ。それがどこにあるかは知らないがな。ああ、それにレイパーは参加しないそうだ……。つまり俺もしないってことだ。抜け出せたら、だがな」男はドアへ向かった。「今までに企画された馬鹿げた映画の中でも……」

「ちょっと待った」とフェンが言った。「ミス・フレッカーというのはどこにいるのか知らないか?」

男は立ち止まった。その顔には赤みが増し、返事をする前に二度くしゃみをした。「フレッカー? フレッカーね? そりゃ、音楽部で働いてる娘(こ)じゃないか?」

「音楽部はどこにあるんだ?」

「ああ、それなら簡単だ」と、彼は指さした。

「あそこまで行ったら右手にフォークを持ち……、ああ、すまん、忘れてくれ、これはサウンドステージのことだった。ええと、ちょっと待てよ……、もしきみが左手にフォークを持つとしたら……」

「どこにあるか知らないんだな」フェンは冷たく言った。

「ああ、そうだ、その通り。まいったね。俺はそこに居たんだよ。困っちまうのは、この場所はこちらの歩みに合わせて複製されていくように見えることさ。正確に繰り返しているわけじゃなくて、いつも違う部屋や廊下があらわれる。つまり俺が言いたいのは……」ここで斬新な最高のアイデアが閃いた。「誰かに聞けってことさ。それが最善の策だ」男は再びドアへと向かった。「そうだな、それが一番だと思うよ。あとでまた……、たぶんな」男は咳き込みながら出ていった。

「スチュアート・ノースですよね?」その名前に大いなる敬意を込めて、ハンブルビーが尋ねた。

「彼が映画に出ているとは知りませんでした」

「これまでに一本だけね」とフェンが言った。「『天国行きのビザ』だかなんだか、下らないタイトルのやつだ。さっき話した奇想物語(ファンタジー)でポープを演じることになっているんだ。その後は舞台に戻るそうだ」

「彼が演じるポープというのはなかなかいいんじゃないですか。体格は申し分ないから、ちょっと特殊メイクで身体の障害を再現するだけでいける。顔はどうせ違うんですし」

「ポープの障害はあまり強調されないんじゃないかな……」とフェンは曖昧に言った。「さあ、もう音楽部を探しに行くほうがいいだろう。僕の会議は延期になったから、きみと一緒に行ける。そこの娘に聞いてみよう」

〝その娘〟は、一番自信のない部分に取りかかろうとしているアマチュア・ジャグラーのような熱意と緊張感に顔を輝かせて二人に歩み寄ってきた。その容姿はとても入念に手入れされていて、触っただけでヒビがはいりそうだ。

「ルパナーレだ」ハンブルビーは満足そうに言った。「これで一歩前進だ」

その娘は喜んで二人を音楽部まで案内してくれた。彼女の先導で廊下と階段の迷宮を踏破し、ついには、彼女がここぞ二人の目指していた場所だと主張するドアにたどり着いた。彼女に礼を言って中に入ると、そこは二つの机と大きなファイルキャビネットがある小さな部屋で、五、六人の若者たちが、くすくすと笑いあいながらお茶を楽しんでいた。愛想のいい青年がグループを離れて、「何か御用ですか」と、フェンとハンブルビーに尋ねた。

「ミス・フレッカーです」とハンブルビーが言った。「ミス・フレッカーを捜しているんです」

「彼女の手が空いているかどうか見てきましょう」青年はカップを置き、隣の部屋に続くドアを開けた。「ジュディ、きみに会いたいっていう方が二人みえてるよ」

中から若い娘の声が聞こえてきた。耳に心地よいゆっくりした口調で、やや疑わしげな響きを込めて、誰なのかと尋ねてきた。

「どちらさまですか？」青年はドア口から陽気に尋ねた。

「スコットランド・ヤードのハンブルビー警部です」とハンブルビーは言った。

「それはまた……。ジュディ、こちら……」

「ええ、わかった。聞こえたわ」と声がした。「入ってもらってちょうだい……。警部さん、どうぞ」と声をあげた。「ジョニー、お茶をいれて」

4

二人が入るとともに、散らかっているように見えて実は効率重視の机の向こうで歓迎するように腰を上げたのは、流麗な黒髪にクールなグレーの瞳、きれいな肌の二十代半ばの娘だった。彼女は、広い肩幅と長い脚という、その性別には稀な二つの身体的特徴をそなえていて、紳士服仕立てのネイビーブルーのコートとスカートと、牡蠣色のブラウス、そして漆黒に見まがうほど暗い色のサファイアをダイヤモンドが取り囲んでいるブローチを身につけていた。知性と少しばかり皮肉なまなざしがその目の中になければ、「日曜の絵画」誌で〝素敵な〟と表現されても不思議はなかった。部屋に入るとハンブルビーは立ち止まり、じっと見つめた。一秒も数えないうちに、彼女のほうから話しかけてきた。

「こんにちは、警部さん」と彼女は言った。「お座りになりません？」

窓はアスファルトの道に面していて、広大な大道具係の作業場の一角が見え、その向こうは木立だった。窓際に肘掛け椅子があり、ハンブルビーは用心深くそこに腰を下ろした。

「こちらはジャーヴァス・フェン教授です」とハンブルビーは紹介した。そして、一瞬ためらってから、「私の助手、といったところです」

「初めまして」とミス・フレッカーは礼儀正しく言った。「もちろんお名前は存じあげています。ここで働いておられる間にお会いできればと思っていました。ポープの映画は順調ですか？」

二つ目の椅子がなかったので、フェンは机の端に腰を下ろすと、遠慮は無用と判断してミス・フレッカーをじっくりと見つめた。「僕に言わせれば、遅々たるものだが……。でも、映画製作には詳しくないから、判断できる立場じゃないね。口げんかばかりしてるよ」とフェンは悲しげに言った。「私の経験から

「そんなところでしょうね」ミス・フレッカーはいたずらっぽくにんまりと笑った。「私の経験からすると、クレイン一家に鎮静効果なんて期待できませんもの」

「クレイン一家？」ハンブルビーは如才なく怪訝顔でおうむ返しに言った。

「マッジ・クレインならおわかりでしょう」とミス・フレッカー。「その兄弟のほうはご存じないかも知れませんけど」フェンのほうに振り向いて、「マッジは、メアリー夫人を演じるんですよね？」

「不適切なところは編集されるんだ」とフェンはまじめくさって答えた。「メアリー夫人にとってさして重要ではない個人的な問題に関して、ポープが賢明で親身な助言を与えたことにはふれないで、もっぱらトルコから天然痘予防接種を導入するのに力を尽くしたことを中心に扱っている」

ハンブルビーは納得したようにうなずいて、「マッジ・クレインはスターなんですね？」と思い切って尋ねた。

「本当に彼女のことをご存じないんですか？」ミス・フレッカーは悪意のこもったクスクス笑いをして、「彼女は喜ぶでしょうね。マッジはイギリス映画界のファースト・レディの一人なんですよ」

「ファースト・レ……」ハンブルビーは困ったように首を振って、「それは、いったい何のことなんですか？」

「そうですね、彼女はもう、脚を見せなければならない映画に出る必要はない、といったところでしょうか」ミス・フレッカーは特筆すべき冷静さでこう裁定を下した。「おかげでみんな、面倒が減って助かりました。だって、そういうカットに何かの意味があるかのように見せるためには、ものすごく気を遣って撮影しないといけませんから」

ドアが開くと、ジョニーと呼ばれていた青年が二杯のお茶を持って現れて、フェンとハンブルビーに手渡した。「ビスケットは食べ終わっちゃったんです」と罪悪感もなさそうな様子で言った。「だから、お茶菓子なしで……。ジュディ、グリズウォルドがまだ現れないんで、ロンドン交響楽団（LSO）がステージ2に足止めされて文句を言ってる。彼はどこにいるんだい？」

「彼はミュアに何か用があってデナムに行ったわ。遅れるって言ってた。ジョニー、お願い、連中を落ち着かせて。腰をおろしてシンフォニーの練習をするように言ってちょうだい。アイルランドはもう着いた？」

「まだだ」

「じゃあ、到着したら丁重にお相手してよ」

「待たせてる間に、音楽関連の仕事を何かちょっとやらせてみるってのは、いいアイデアじゃないか？」と期待を込めて言った。

「いいえ、そうは思わない。さっさと行って、自分の仕事をして」

がっくりしてジョニーは退場し、ミス・フレッカーが、「さて……」と言ったとき、電話が鳴った。

「まったく」と彼女は言って、「失礼しますね。……ええ、繋いで。……おはよう。ドクター・ブッシュ。いいこと、ジェフリー、……木管三重奏？　そうね、できなくもないと思うけど。グリズウォルドさんに頼んでみるわ。……そうね、フィルハーモニア管弦楽団になるでしょう」ドクター・ブッシュがしゃべる音が長々と聞こえた。「四巻と五巻のフィルムはまだタイミング計測してないの？　わかった。私から文句を言っとく。……ええ、タイミングを測らなきゃスコアが書けないのはわかってます。……いいえ、レコーディングが延期になる可能性はないわ。昼間だけじゃなく、一晩中頑張らなきゃいけないでしょうね。……もう複写係に送ったスコアはあるの？　じゃあ、さっそく取りかかったほうがいいんじゃない？　じゃあまた、レコーディングで。……いいえ。絶対にそれはないわ。さようなら」

彼女は受話器を置いた。「作曲家です」彼女は、必須ではあるがロマンチックとは言いがたい身体的機能に言及するときのように、真顔で説明した。「おいでいただいて早々に、どたばたしてしまってすみません。たぶん、数分くらいは静かになると思います」彼女は自分のカップを取ると、しかめっ面でぬるま湯になったお茶を飲んだ。「そうだ、タイミング計測……。ジョニー！」と叫んで、相手が期待を浮かべてドア口から顔をのぞかせると、「ジョニー、ローリングを捕まえて、ドクター・ブッシュが『煉獄への逃走』の四巻と五巻のタイミング計測を待ってるって伝えてちょうだい」

「ローリングは僕を哀れむだけだよ」とジョニーは持ち前の楽観主義を引っ込めて言った。「そして、もう最善は尽くしているって言うんだ」

「その巻に音楽を付けてほしかったら、最善以上を尽くしなさいって言ってやって……。それとジョニー、十分間、誰も私の邪魔をしないように目を配っておいて、お願い」

ジョニーは悲しげにうなずいて姿を消し、ミス・フレッカーは椅子の中でほっとしたように力を抜いた。

「お待たせしました」と彼女は言った。「本当に申し訳ありません」

「いいえ、かまいませんよ」とハンブルビー。「お邪魔して申し訳ないのはこちらのほうです」ハンブルビーは手帳と金のシャープペンシルを取り出し、合図するように咳払いをした。「この娘なんですが……」

「どうして彼女のことを知りたいのか、教えていただけるお立場ですか？」ミス・フレッカーは用心深く尋ねた。

「もちろんです」ハンブルビーはお人好しそうな目を向けたが、その見てくれの下には目敏く鋭い観察眼が隠されていた。「彼女は自殺しました」

しばらく、誰も何も言わなかった。明らかにミス・フレッカーはショックを受けていたが、眉毛を少し上げたことだけがその唯一の徴（しるし）だった。

「自殺ですか」とつぶやいた。そして、しばらくの間は、心の中をめまぐるしく行き交う思いに没頭しているようだった。「理由はわかっているんですか？」

「いいえ。あなたには、何か心当たりがありませんか？」

ミス・フレッカーはためらった。「妊娠したという噂がありましたが、ここで流れる噂はあまり信用できませんから、あてにしないでください。いずれにしろ、検死の結果で……」

「その通りです」ハンブルビーは公正を心がけて、「まずは、最初からお話し願えますか？　あなたのお名前は……」待ち構えるようにシャープペンを構えた。

「ジュディス・アヌシー・フレッカーです。二十六歳。職業は、ロング・フルトン撮影所音楽部の主任です」

「わかりました。そして、新聞に載っていた写真の娘の名前はグロリア・スコットですね」

「彼女はそう名乗っていました」

ハンブルビーは手帳から目を上げた。「芸名だったという意味ですか?」

ミス・フレッカーは麗しい脚を組むと、しばしの間それを満足げに見つめていた。素朴な悦びを軽視しない主義のフェンは、多少ならず共感を覚えた。「私は芸名だったのだと思います。でも私よりよく知っている者に尋ねるべきでしょう。もし芸名だとしたら、私は彼女の本名については何も知らないってことになるのでしょうね」

「彼女のことはよく知らなかったのですか?」

「ほんのおざなりなことしか知りません。それでも、私はここの人間たちのことはよくわかってますから、お電話差し上げたほうがいいと思ったんです。おそらくあの写真に気がついた人間は五十人くらいいたでしょう。でも、警察に連絡するという仕事を誰かに押しつけるためなら、労を惜しまないような人間ばかりなんですよ。だから、ほったらかしになるのを未然に防ごうと思ったんです。そういえば、他に電話をした者がいましたか?」

「私が署を出るときには、まだいませんでした」とハンブルビー。「ですが、ほら、あれから時間も経っていますし、あなたのお電話はかなり早かったですから。チャールズというのがこの事件を担当している署長なんですが……、あとでチャールズに電話して、他に連絡がなかったか聞いてみましょう。とりあえず今は、あなたとお話しできると嬉しいですね」とても魅力的な笑みをみせて言った。

「その娘についてご存じのことなら、どんなことでも話していただければ……」

ミス・フレッカーはうなずいた。その視線は、心地良く散らかった部屋を思案ありげにぐるりと見まわした。機能性を極めた窓に、雑音がうるさいラジエーター、楽譜のコピーが並ぶ本棚。「ええと、写真をお持ちなんだから、容姿を説明する必要はありませんね。もちろん修正はされていますが、かなり似ています。歳は……、十九歳くらいだと思います」

「結婚か婚約は?」

「どちらもしてません」

「特定の男性は?」

ミス・フレッカーは意地悪く微笑んで、「噂ではモーリス・クレインとスチュアート・ノースの名があがっていましたけど、どれだけ信用できるものなのか、私にはわかりません。どちらも違うかもしれません。どちらも彼女と一緒にいるところを見たことがありますが、だからといって何の意味もありません」

「噂話で、妊娠の相手とされているのは誰なんですか?」

「私の知る限りでは、意見は二つに分かれていました」とミス・フレッカーはとりすまして言った。

「知らなかったふりをしてもしょうがないですね。実際耳にしていたんですから」と、急に率直になって付け加えた。「私自身、その噂を人に話しています……。とうにお気づきでしょうけど。ただ、その内容を信じるかどうかは別問題です。ですから、申しあげておきたいんですが……。ああ、もう」

再び電話が鳴ったので彼女は話を打ち切り、いらいらとした仕草で受話器を取った。

「ジョニー、邪魔しないでって言ったはずよ。……ああ、それなら別ね。……ええ、あなたは正しいわ。ごめんなさい」彼女はハンブルビーに受話器を差し出して、「あなたに、です」

「ハロー、チャールズ」とハンブルビー。「何事だい？」たっぷり一分間は、受話器からの魔女の使い魔めいた媚びるような囁き声に黙って耳を傾け、「今のところ問題ないな」と告げた。「あの後、ここからの電話はなかったかい？　何もない？……いや」ミス・フレッカーにちらりと目を向けて、「それでいいんだ。……ああ、私はとても楽しんでいるよ、ありがとう。……昼食までには戻れない。何かつかんだら電話するよ。……いや、そんなにはかからない。ちょうど今、そこにとりかかろうとしていたところだ。……ああ、その通りだ。さようなら」

彼は電話を切った。「噂は一つの点で正しかったようです」と素っ気なく言った。「検死の結果、彼女は妊娠三ヶ月でした……。馬鹿な子だ、可哀想に。こういったことは、この仕事ではよくあるんですか？」

「いいえ、そんなことはありません」とジュディ。「世間の人が信じていることと違って、ここはとてもちゃんとしたコミュニティなんです。ちょっと普通より抜けているところはあるかもしれませんが。だからこそ、グロリア・スコットのことが噂の種になってたんです……。これから、三ヶ月前にグロリアとスチュアートとモーリスがどこにいたのかを調べるんでしょうね」

「その通りです。クリスマスですね……。それで少し話が簡単になるでしょう」ハンブルビーは物思わしげにシャープペンの先で親指の爪をこつこつ叩いた。「あなたがご存じのことと照らし合わせて、この妊娠が自殺の動機になると思いますか？　彼女は、その手のことでヒステリックになるタイプだったんでしょうか？」

「うーん、難しいですね」ジュディはフェンが差し出した箱から煙草を取ると、つぶやくように礼を言い、重い卓上ライターで火をつけた。「私はそれほど彼女を知らなかったんです。何回かクラブで一緒に昼食を摂ったことがありますが、それだけです。それでも私の見た範囲の判断でいいのでしたら、ご質問への答えはノーです。彼女は情緒的には不安定でした……。少なくとも、私の印象では……。でも、そこまでひどくはないと思うんです。曖昧で中途半端な言い方に聞こえるかもしれませんが、私の印象をお尋ねでしたので……。それに価値があるかどうかは、それはそれということで」

「でも、相手の男が拒絶したら……、その……」

「きちんとした女性として対応することを拒絶したら、ですか？　そうですねえ……、彼女が動揺しただろうことは間違いないと思います。でも自殺までするとは思えない」

このときまで沈黙を保っていたフェンが、簡潔かつ率直に聞いた。「なぜ？」

「なぜか……。そうですね、感情豊かに生きることよりも、もっと大切なことがあるという人間がいますが、彼女はその一人だったから、ですね」

「ああ」と、フェン。「それは重要な点だね。彼女にとって、大切なことというのは何だったんだろう？」

「そうですね……、仕事（キャリア）、でしょうね」

「とても野心的だったということ？」

「ええ、そうです」

「彼女は好かれていた？」

「好かれてなかった、と思います」

「なぜ、彼女は好かれていなかったんだろう?」

「彼女は気位が高くて……、高飛車で傲慢でした。この業界にはそういう人間は大勢いますが、ほとんどの者はそれをうまく隠しています。彼女は隠さなかった」

「〝他人のうちに見える最大の欠点は、ほとんどの場合、無意識に示された自らの姿である〟」フェンははそうつぶやくと、口を閉じて熟考した。その結果、その引用か、あるいは不用意に引用してしまったこと自体に納得できなかったようだ。「でもきみ自身は……、彼女のことが好きだった?」

「ええ、そうでした」ミス・フレッカーは不本意そうに認めた。「彼女はとても若くて」不思議なことに、その言葉の中では、ミス・フレッカーの二十六年の生涯が無限に等しいほど豊かな経験であるかのように聞こえた。「とても一所懸命でした。それにひどく無防備だった。ひたむきすぎる人間がよくそうであるように。ええ、私は彼女が好きでした。でも、同じように思っていた人間はあまりいません」

「その例外が」ハンブルビーは捉えどころのない会話に口を挟み、地に足の着いた話題に戻した。「ミスター・クレインとミスター・ノースですね」そう言うと、形而上学を常識で一息に吹き飛ばした男ならではの満足感を込めて、フェンに目を向けた。だがフェンも負けていなかった。

「ハンブルビー、きみは重要な点を見落としているよ」とおどけたように、「正気の人間なら、正しいにせよ誤っているにせよ、その人間にとっては他のなによりも重要だと思う動機があるから自殺するんだ。そして僕の知的な質問の結果、ミス・フレッカーは、グロリア・スコットの場合、その動機はおそらく彼女の仕事(キャリア)と結びついていた、と明らかにしてくれたんだ」

「ということは、ここしばらくの間に、彼女が仕事の上でどんな障害にぶつかっていたかを調査しなければならないということですね」ハンブルビーは非難にはまったく動じずに応えて、窺うようにミス・フレッカーを見た。

しかし、彼女は首を振って、「それは、むしろ逆なんじゃないかと思います。彼女がここに来てからは……」

「待って、待って」ハンブルビーは慌てて手帳に向かい、「彼女がここに来たのは、いつなんですか？」

「だいたい一年前だったと思います。最初はエキストラとしてでした」

「どこから来たんでしょう？」

「どこかのレパートリー劇場にいたのだと思いますが、どこなのかは知りません」

「それは調べればすぐわかるでしょう……。口を挟んですみませんでした。続けてください」

「さっきも言ったように、エキストラとして雇われました。その後ちらりとカメオ出演したんですけど、あれは……、ええと、なんというタイトルだったかしら？」ジュディはいらだたしげに指を鳴らし、「そうだ、思い出した。『天国行きのビザ』です」

「カメオ出演？」

「ええ、映画の世界では端役で出演することをそう言うんです。ただ歩いているよりは、もう少し重要な何かの役です。最後に聞いたのは、本当か嘘かは知りませんが、ジョスリン・スタッフォードと、今回のポープの映画に出演する契約をしたという話です」

フェンは顔を上げて、「本当に？　誰の役か知ってる？」

「マーサ・ブラウント（アレキサンダー・ポープと同時代のイギリス人女性。さまざまな文学者と親交があった）だと言っていました」

「脚本会議を繰り返すたびに、どんどん扱いが軽くなっていった役だ」とフェンは嬉しそうに言った。「だとしても、事実上無名の娘にとっては悪くないチャンスですね。彼女がどうやってこの役を手に入れたのか、見当がつきませんか?」

「ええ、たぶんモーリス・クレインのおかげなんだと思います」

「その男の名前は何度も話に出てきましたが」とハンブルビーは不満げに、「残念ながら、どこの何者なのか私には全然わかりません。どうか説明してもらえませんか」

「彼はマッジ・クレインの一番下の弟です」とジュディ。「監督のニコラス・クレインがマッジの兄で、弟は二人。脚本部で半端仕事をしているデヴィッド・クレインが上の弟です。モーリスはカメラマンで、とてもいい腕をしてます。それはつまり、この業界では大きな影響力がある人物だということです」

「グロリア・スコットにこの役を与えたのは、その……、妊娠させたことの代償だと思いますか?」

「かもしれません。それが事実なら、彼には責任があります」

「もちろん、候補者はもう一人いますが」ハンブルビーは悄然としてため息をついた。「ミス・スコットの状況が明らかになった場合に、よりダメージが大きいのはどちらのほうですか?」

「間違いなく、スチュアート・ノースです。どんなに優秀でもカメラマンは有名人じゃありませんが、俳優はそうです」ジュディは反射的に応えていたので、しばらく、この質問の意味するところに気づかなかった。気がつくと、詮索するように、「なぜ、そんなことをお聞きになるんですか?」

ハンブルビーは控えめに、「誰かがグロリア・スコットの自殺の動機を隠蔽しようとした可能性があるからです」と答えた。

「遺書を破棄するとか、何かその類のことがあったんですか？」

「その類のことが」

「モーリス・クレインよりもスチュアート・ノースのほうが、そうする動機は強いでしょう。もっとも……」ジュディの灰色の目が急に見開かれた。「まあ、うっかりしてたわ！　今、思い出しました」

「何を思い出したんです？」

「十二月から一月までの間、スチュアート・ノースは、ブロードウェーで短期間のショーに出るためにアメリカに行っていたんです。グロリアはその間、間違いなくイギリスにいました。ですから、スチュアートは濡れ衣だったんですわ」

「では、モーリス・クレインが相手だと……」

「彼か、あるいは他の誰かか」

「クレインを別にすると、あなたには他に誰も思いつかないんですね」ハンブルビーは悲しそうに鼻を掻いて、「では誰なら知っているでしょう？」

「可能性のある娘が一人……。ヴァレリー・ブライアントという女の子です。グロリアとは特に親しい友人でした」

「どこに行けば、会えますか？」

「今は撮影に取りかかっているはずです……。『陽気なスー』というミュージカルコメディです」

「いやはや」ハンブルビーは、たまに気取って昔風の庶民的スラングを使うことがあった。「では、女優なんですか？」

「コーラスガールです」

「午前のうちに彼女に会えますよね?」

「それは撮影スケジュールによります。撮影が始まっているのは確かですが、今日、彼女の出番があるとは限りません。確かめることはできますわ」

「お願いしたいですね」

ジュディは電話に向かった。「ジョニー、『陽気なスー』の関係者を誰かつかまえてくれない?……そうね、ワインバーグは関わってるでしょうね」しばらく待たされる間に、ジュディは送話口に手をあて、「ワインバーグは、音楽部のジャズ担当なんです」と説明した。「彼は、……ああ、こんにちは、サム。『スー』は今日何をしているのか知りたいのよ。コーラスは来てるの?……来てる? よかった。どの場面をやってるの?……五番? わかった。どうもありがとう。バイバイ」

彼女は受話器を戻した。「万事オーケーです」と言った。「お望みとあればすぐにジョニーがご案内して、ブライアントを見つけ出しますわ。言っておきますが、彼女はかなり鈍い子ですので……。さて、他に何かありますか?」

「どこまでわかったか、確認してみましょう」ハンブルビーはもっともらしく手帳を参照して、「グロリア・スコットはポープの映画で役をもらった……。さて、これはどのくらい前のことでしょう?」

「二週間以上前ということはありません」ジュディははっきりと答えた。「もっと最近かも」

「彼女は喜んでいましたか?」

「もちろん。舞い上がっていました。数日前、ここに来る途中で偶然会ったんですが、そのときに話してくれました。そのことで頭がいっぱいで、あんまり自慢するものだから、お尻をたたいてやりました。馬鹿な子」

「それが確実な既成事実（フェイタコンプリ）だという印象を受けましたか？　つまり……」ハンブルビーは曖昧な身振りをして、「もう署名も済んだ契約だと？」

「ええ、もちろん」

「すべて彼女のでまかせということはありませんか？　あるいは、ええと……、それが現実になることを期待していたとか？」

　ジュディは頭を振って、「その可能性はあります……。あの子は卵が孵る前に鶏の数を数えるような子でしたから……。でも、今回はそうではなかったと確信しています。法務部に行って契約書を探すといいと思います」

「ええ、そうしましょう」ハンブルビーはメモを書き込んだ。「その契約が実在するとしたら、彼女の自殺は説明がつかないものになりますから」

「私が考えていたのも、まさにそこです」とジュディ。彼女は立ち上がって、落ち着かない足取りで部屋の中を歩き始めた。「私の知る限り、彼女にとって、その契約を帳消しにするほど強烈な動機なんてとても想像できません」

「しかし、当然ながら……」とハンブルビーは椅子の中で居心地悪げに身じろぎし、「適切な時期までに映画が、ええと……、撮影に入って（オン・ザ・フロア）いなければ、おなかが大きくなって、その役を演じることが不可能になるかもしれない、という問題もあります」

「彼女は間違いなく、生まれる前に子供を始末するつもりでいたと思います」とジュディはこともなげに言った。「そういうことはよくあるんです。それに、その問題を解決する当てがなかったら、あんなに勝ち誇ってはいなかったはずです」

「うーん。むむ」と、ハンブルビーはきまりが悪そうに言った。「そうですか。うん、おかげでたいへん助かりました。ミス・フレッカー。そろそろ我々も腰を上げなければいけませんね」ハンブルビーが立ち上がったのは、自分の言葉を実証するためだったのかも知れない。「思うに、たぶんそれは……」

「もう一つだけ」とジュディはためらいがちに言った。「あの子は……、あの子はどんなふうに？」

ハンブルビーが説明する間、彼女は苦手な薬を飲むときのように眉間に皺を寄せて立ちつくしていた。大道具係の作業場で電動のこぎりがうなる音が、その話に陰気で非人間的な伴奏をつけた。話が終わると、彼女はうなずいた。

「やるとなったら、グロリアならこうするだろう、と私が思っていた通りです。行き当たりばったり……、突然衝動が抑えられなくなって、その場で思いついた方法で……。とてもあの子らしい。それに、やってしまった後ですぐに後悔するのも、あの子らしい」彼女は身震いをおさえるように肩を動かした。「無茶なことをしでかしては、すぐに後悔するというのが彼女の生き方でした……」ジュディは急に声を落とした。「ああ、神様」そう言って、机に手をついた。

しばらく、誰も口を開かなかった。それからドアが開いて、完全に禿げ上がった中年の男がのぞき込んだ。ジュディはなんとか気を取り直し、「ハロー、フランク」と言った。

「こんにちは、ジュディ。ロンドン交響楽団（LSO）はいる？」

「ええ」

「アイルランドも？」

「まだよ」

「どの場面をやるの？」

「二番」

「ああ」男はうなずいて、姿を消した。が、すぐに再び顔を出して、フェンとハンブルビーに、

「おはよう」と言うと、返事をする間もあたえずにまた姿を消した。

ジュディはジョニーを呼び入れて、「ジョニー、こちらの二人の紳士をステージ5に連れて行って、ヴァレリー・ブライアントという女の子を見つけてあげてくれない？　その子はコーラスの一人なのよ」

「あいよ」と、ジョニーはぞんざいに言った。「その子なら知ってる。すっごい脚線美の子だ」

「それと途中で法務部に寄りたいんですが」とハンブルビー。

「わっかりましたー」とジョニーは応えた。

ミス・フレッカーはハンブルビーとフェンに握手した。近ごろのフェンは、注意深さと上の空の間でいったりきたりすることがあり、そのせいで少しばかり間抜けに見えることがある。そのフェンが、「もう一つだけ」と尋ねた。「クレイン一家はグロリア・スコットにどんな態度をとっていたんだろう？」

「クレイン一家ですか？」ジュディはひどく驚いて、「そうですね、グロリアはデヴィッドのことを知りもしないと思います。それに彼のほうも。モーリスについてはもうお話ししました。ニコラスがグロリアをどう思っていたか、私は全然知りません。それにマッジは……、そう、簡単です。彼女はグロリアを毛嫌いしていました」

「なぜ?」

「スチュアート・ノースのせいで」

「ほほう?」フェンは眉を吊り上げて、「ライバルってこと?」

「マッジは奔放ですが、彼女なりに好みがあります。そして今一番のお気に入りがスチュアート・ノースなんです。彼女にとって不幸なことに、彼の好意はグロリアに向いていましたが」

「じゃあ、ミス・クレインは『不運な女』でのグロリアとの共演を歓迎しただろうか?」

「そこは問題ですね」とジュディは興味津々とばかりに言った。「彼女は激怒していたんじゃないかしら。現に……」

「現に……、何か?」

「ああ、なんでもないんです……。ただ、マッジがどんな反応をしたか調べるのは、意味があるかもしれません」

「ああ、そうしようと思う」と言ってフェンはドアへ向かい、「ありがとう、ミス・フレッカー。あとは安心して任せてほしい」

「気が向いたらいつでもおいでください」

フェンは微笑んで、「あまり便利に利用したら迷惑だろうね。でも、何かわかったら報告に来よう」

「ちなみに、当面の間、この話は全部胸におさめておいていただけますか?」と、ハンブルビーが言った。

「もちろんです」

「では、本当にありがとうございました。とりあえず、これで失礼します」

5

自分の居場所に自分の個性を刻みつけることができるのは――音楽部のどちらかと言えば人間味のある雰囲気から引き離されたフェンは思いをめぐらせていた――何事もなく安穏としているときだけのようだ。何かの目的があって活動していると、どれほど立派な建物でも、空っぽの卵のように、個性にまるきり欠けたネガティブで無意味なものになってしまう。そして、撮影所は立派な建物とは言い難い。教科書の挿絵のように細部まで正確にするという純粋に機能的な努力も、やり過ぎると馬鹿げたものになってしまう臨界点が、ここに示されている。建造物は、主目的である効率の促進という面でも破綻している。なぜなら、空っぽでどこも同じに見える廊下や、並んだ防火バケツ、単調で飾り気のない石の階段と金属の手すりといったものが、その中を移動する者たちの気をひどく滅入らせ、覇気を奪うという心理的効果を与えずにおかないからだ。確かに、出会う人間たちは、この恐ろしい環境にもひるんでいないように見受けられる。しかし、魂にとって、醜さを黙認することは、それに耐え続けることよりももっと破滅的なことなのだ。美しい映像を作り上げることに携わる業界で、しかも、稀にではあるものの繊細な想像力が花開くこともある場において、その中心人物の文化的レベルがまるで当てにならない上に、ぞっとするほど気の滅入る舞台装置（ミザンセーヌ）というさらなる重荷まで加えられるとは、不幸としかいいようがない……。

時の経過とともに、法務部はかなり遠いということが明らかになった。ジョニーは、おそらく景気づけのつもりなのだろうが、ずっと『女心の歌』（ヴェルディ作曲のオペラ『リゴレット』の中で歌われるアリア）の自己流アレンジ版を口笛で吹いていた。フェンとハンブルビーは、そのジョニーに率いられて、ホールと通路の続く長い陰気な道のりを渡り歩いた挙句の果てに、思いがけず、中途半端にアラビア風な中庭に面したフランス窓の前に出た。小さく陰気な中庭で、雑草が生い茂り、中央には明らかに機能していない噴水があった。壁は穴だらけで、フェンはスペイン内戦の痕跡が残る処刑場跡のようだと思った。その一番奥に地下への階段があった。一行が薄暗く短いトンネルに入り、ガタガタ鳴る木造ドアを通り抜けると、不思議なことに箱のような形の一階建ての建物の屋上に出た。そこから螺旋階段で地上に降りると、驚いたことに、常磐萊蒾(トキワガマズミ)と石楠花(シャクナゲ)に囲まれた本物の灰色火山岩(グレイストーン)造りのヴィクトリア朝風の別荘の前に出ていた。ここにたどりつくまでの万華鏡のような支離滅裂ぶりに我慢しきれなくなったハンブルビーは、抑え気味の悪態をついた。明らかに撮影所を誇りに思っているジョニーが、その呻き声を目の前の建物に対する非難と受け止めたのは明らかで、わざわざ口笛をふくのをやめて、弁解がましく解説を始めた。この別荘は撮影所が建てられたときに、すでにここにあったもの――ちょうどレッドインディアンの居留地のようなもの――で、お情けで残された結果、レイパーの会社の手になる現代の粋に囲まれているのだ、と。

「ここを使っているのは法務部だけなんですよ」と彼はつけ加えた。フェンは、鼻をかむのに使うだけだから、と言って安物の木綿のハンカチを持っていることを正当化するようなものだな、と思った。

「ドアはそこです」

どうやらジョニーは、フェンとハンブルビーの好きに任せていたら中に入ることもできないと考えたらしく、この言わずもがなのセリフとともに二人を別荘の中へと招き入れ、耳の後ろに鉛筆をはさんだもう一人の青年の前まで導いた。その青年は不審そうに挨拶し、ハンブルビーの身分を知るとますます疑いを深め、自分よりも上の人間に相談すると言って姿を消した。そして、預言者の目の前に山を差し出すという大仕事をなしとげた人間のように満足げな表情をかすかに浮かべ、疲れきった顔の白髪の男を連れて戻ってきた。ハンブルビーはこの男と、『不運な女』でのグロリア・スコットの契約について話し合い、それが実在したことを確認した。署名されたのは九日前で、この手の契約としては報酬も普通だった。

「キャスティングの責任者ですか？」と白髪の男は質問に答えて、「ああ、それはプロデューサーの決定事項です。もちろん、プロデューサーも誰かに相談して決めるんですが」

「ああ」とハンブルビー。「それならば、以上で十分です。ありがとうございました」

二人は、『女心の歌』を『夕星の歌』（ワーグナーの歌劇『タンホイザー』で歌われるアリア）に変えたジョニーと合流し、ヴァレリー・ブライアントを探しに出発した。箱のような建物、地下のトンネル、アラビア風の中庭が撮影所本体へ戻るために道しるべとなった。その後は未踏の領域へと足を踏み入れ、長くこんがらがった旅を続けた末、ようやくステージ5の納屋のように広大な空間にたどり着いた。彼らが入った側の端は実質的に闇の中だった（もちろん窓は無い）。しかし、ちょっと離れた場所で動くものがあるのが見分けられたので、そこに向かって、床のロープとケーブルのもつれを横切って慎重に歩みを進めた。ロンドンのパブのファサード——ミスター・オズバート・ランカスター（イギリスの建築史家）が他と区別してパブ・クラシックと呼んだロココ様式のもの——がまず目に入った。その反対側には、黒い布で覆われた枠組みの中に店の形が白いチョークで描かれていて、その前に舗道があった。中では、ヴィクトリア朝の衣装を着た大勢のエキストラが何かが起こるのを待っているのが、絵の描かれたガラス窓ごしに見え隠れしていた。舗道には、腰当て（バスル）を着けボンネットを被った二人の若い女がいた。カメラが向けられ、ロバの前にニンジンをぶら下げるように竿（ブーム）からマイクが吊り下げられている。ワイシャツ姿の男が巻き尺でカメラのレンズと二人の女の鼻との距離を測っていた。別の男が、何度もカメラのところまで上っては、ファインダーを覗き込んで黙って立ち去った。高くて見えない頭上の屋根からチェーンで吊り下げられているプラットフォームで、電気技師たちが番号の付けられたスポットライトをいじくりまわし、床の上から班長（下唇にたばこを危うくぶら下げたかんしゃく持ちの男）が、「十番と二十三番を消せ、バート」とか、「九番はそのままでいいんだ、ビル」あるいはもっと単純に、「馬鹿野郎、何やってんだ？」と叫ぶ。台本係の娘は、離れた場所でせっせとタイプライターをカタカタ言わせている。三十歳くらいの紳士的な監督は、キャンバスの椅子に腰を下ろして、ボロボロの台本を指でもてあそびながら、憂鬱そうに次のシーンに考えをめぐらせている。郵便ポストのような威圧的な赤色に塗られた送風機は、巨大な昆虫のようにうずくまっている。そして周囲では、人々があてもなくあちこちをぶらついたり、隅にかたまって小声で囁き合ったり、あるいは一人でぼんやり立っていたりしている。そんな中に数人の薄着の女の子が散らばっていたので、ジョニーはその一人と手短にやり取りして、フェンとハンブルビーのもとに戻ってくると、運がいい、と伝えた。映画は予定より遅れていて、律儀に待ち続けていたコーラスも、一、二時間は出番がないという。

「ちょっと待っててください。お探しのブライアントを見つけますから」と彼は言った。

素直に待っていると、ほぼ二分後に、準備作業に厭きた監督が突然、撮影（テイク）を宣言し、一気にすべてが引っ掻き回された。明かりが点滅し、技術者があちこちと走りまわり、カメラクルーは機器の周りに集合し、舗道にいた二人の若い女は、すでに厚化粧の顔にさらに重ねて白粉を塗られ、台本係の娘はタイピングを終わらせて、ノートを抱えて監督のもとに駆けつけ、そしてパブのファサードの後ろをうろついて窓からハンブルビーに手を振っていたフェンは、安全な場所まで邪険に追い払われた。

静寂が降りた。

「よし」監督は、これらのすべてをうんざりしたように見渡して、言った。「よし、オーケー」

「静粛に！」と誰かが叫んだ。

「まわせ！」他の誰かが言うと、緊張気味のカチンコ係がレンズの前にその道具を突き出して鳴らした。

「背景、アクション」と監督が言い、背景のパブの中でエキストラたちがほろ酔いの仕草で動き始めた。

「アクション」と監督が言うと、二人の若い女が舗道沿いにやって来て、パブの前で立ち止まり、一人がもう一人の注意を引いて、「一杯やってかない、ガート」と言った。

「カット」と監督が言った。

緊張が解けた。「よし、いいぞ」と監督は言った。「本当に、とてもとてもいい。ミス・モリス、きみの台詞に入る前に、ちょっと長めの休憩をとろうと思う。ちょっとだけな。みんな、いいか。すぐに別のテイクを撮るぞ」

フェンは落ち着きなくうろつき回り、今は送風機のそばに来て、好奇心のおもむくままに眺めまわしていた。あわや手を伸ばそうかというところに、幸運にもジョニーが戻ってきて、気をそらされた。ジョニーは、小さな背中を手で押しながら、背が高くボーッとしたブロンドを、フェンの前に連れてきた。彼女は黒いハイヒール、黒いガーター付きストッキング、そして胸と太ももを隠しもしないどころか、むしろ強調するような白黒フリルのコルセットを身に着けていた。メイクアップした彼女の顔はマスクのようで、気前よくさらけ出した裸の肌は黄金色に塗られており、全体として独特の媚薬のような効果をあげていた。一八九〇年代の似非亡霊を前にして、たちまちフェンとハンブルビーは意識を集中させた。

「ああ、ミス・ブライアント」ハンブルビーは心を込めて言った。「あなたが見つけられてよかった。少しお時間をいただいて、お話をさせていただきたいのですが」

ミス・ブライアントは舌を出した。唇をなめるために舌を出したのだけれど、最後の瞬間になって、メイクのせいでなめられないことを思い出した。そういう事情だということは誰の目にも明らかだったが、本人にとっては、特に女の子にとっては、狼狽せずにいられない事態であることに変わりなく、彼女は目に涙をためて、膝をがくがく震わせ始めた。ハンブルビーは、物柔らかで相手を安心させる風采なので、このような反応には慣れていなかった。

「まあまあ、ミス・ブライアント。怖がることはありませんよ。私はジャーヴァス・フェンという者です」とフェンは言った。

そしてジョニーは彼女の覆いの少ないお尻を優しく叩いた。「馬鹿なことしてんなよ、お嬢ちゃん」三者三様の対応のうち、最も効果的だと証明されたのは最後のものだった。事実、ミス・ブライアントはそれで元気が出たようだった。おそらく、それが彼女が慣れ親しんだ遣り方とほぼ同じだったからだろう。彼女は無意識に身体をさすり、小声のコックニー訛りでおずおずと言った。「大丈夫です。ありがとうございます」

「結構、結構」とハンブルビーは快活に言った。臆病で繊細なコーラスガールというのは、明らかに彼の経験したことのないものだったため、次に何を言ったら良いのか途方にくれているようだった。

しかしこの問題は、二番目のテイクを告げる「静粛に！」という叫びによって解決された。話をしたければ、他の場所に行かなければならないということは明らかだったので、ハンブルビーは他の三人についてくるように合図して、つま先歩きでドアに向かった。外に出ると、ハンブルビーは空き部屋への案内を望み、ジョニーは、一度、ウェイトレスとサウンドエンジニアが抱き合っているのを不用意に邪魔しただけで、すぐに部屋を見つけた。真四角でろくな家具もない、面白味のない部屋で、窓からは敷地の一部を見渡すことができ、一輪車を押した数人の労働者がけだるそうに地面に小さな穴を掘っているのが見えた。

「他に何か?」とジョニーが尋ねた。「もう用がないようだったら、戻らないとまずいので……」ヴァレリー・ブライアントに、「ミス・セックス・アピール、お行儀良くするんだぜ。さもないと、ブタ箱にほうりこまれるぞ。じゃ、チェリオってことで。こちらに協力してもらう分も、ジョン・ウィルバーフォース・モーニングトンがいつもどおりにサインするから」それだけ言うと、彼は去ってくれた。

ハンブルビーは恥ずかしそうに咳払いして、「ミス・ブライアント、お座りください」

ミス・ブライアントは細心の注意を払って椅子の端に座り、哀れっぽく見開かれた目で二人を見つめた。「メイクが脚や腕にこすれないように気をつけないといけないの」と勇気を出して言った。

「ええ、そうでしょうね」とハンブルビー。

すぐにこうして受け入れられても、ミス・ブライアントの気持ちはまるで休まらないようで、さっきほどではないにしろ、また身震いを始めていた。「あ、あの……、本当に、警察の人なんですか?」とつっかえつっかえ言った。

「ええ、本当ですよ」とハンブルビー。「でもあなたが心配する必要は全然ないんですよ、ミス・ブライアント。私は、グロリア・スコットについて、いくつか質問したいだけなんです」

「グロリア?」ミス・ブライアントは驚いた。「彼女に何かあったわけじゃないですよね?」

ハンブルビーは厳粛に首を振って、「たいへん遺憾ですが、ミス・ブライアント、彼女は、その……、自殺したのです」

ミス・ブライアントは身じろぎせず座っていたが、しばらくすると、二粒の大きな涙が頬をすべり落ち、白粉に輝く跡を残した。フェンとハンブルビーは泣き崩れやしないかと恐れていたのだが、ハンブルビーからもたらされた情報に感覚が麻痺していたのか、彼女はただ手の甲で涙をぬぐうだけだった。やがて、囁くように言った。

「グロリアはいつもそうするって言ってました」

「自殺すると?」

ミス・ブライアントはゆっくりとうなずいた。「私は信じてませんでした。だって、そういうことを口にする人間は実際にはやらないものだ、って言うじゃないですか」そして突然何か思いついたように立ち上がった。「でも、彼女がそんなことするはずありません！　あの歴史物の映画で大きな役をもらったばかりなのに！　信じられないくらい喜んでたし……」

「そうですね」とハンブルビーが口を挟んだ。「そのことは聞いています、ミス・ブライアント。だからこそ、我々は他の理由を見つけようとしているんです。ミス・スコットが『不運な女』の契約よりも重大だと考えるような理由……、ええと……、わが身を顧みなくなるような理由を。あなたなら、力になっていただけるのではないかと」

しかし驚くほど頑固にミス・ブライアントは異を唱えた。

「彼女はそんなことしません。誓って言います。絶対しません！」ヒステリーを起こしそうな徴候が垣間見えた。「殺されたんだわ、きっとそうよ」急に声をとがらせて、「どこかのくそったれが……」

「馬鹿なことを」フェンは無愛想に言った。「すべて見ていた目撃者がいるんだ。彼女が殺された可能性は、ほんのわずかもない。そんなことはきっぱりと忘れて、頭を冷やして話をするんだ」

それから、神経性発作の暴走はさしあたって抑えられたとみると、穏やかにつけ加えた。「そう、痛ましく恐ろしいことだな。でも、きみや我々にどうこうできることじゃない」そして半ば自分自身に向けてつぶやいた。「命は神様からの借り物なのだ（シェイクスピア『ヘンリー四世』のフィーブルのセリフ）」

娘は彼を見上げた。「奇妙な言い方をするのね」どこかの誰かが他の機会に感じたことを彼女も感じとっていた。フェンは、その存在と個性とで、不思議と人に安心感を与える、と。彼は微笑んで、元気づけるように、しかし感傷的にはならずに言った。「でも、うまい言い方だろう？」

ハンブルビーはこの間もメモをつけていた。

「気にしないで下さい。私は物忘れが激しいので、メモをとっているだけですから」このきまじめな保証のせいで、若者の立ち直りの早い健全な心は悲しみを拭い去り、ミス・ブライアントはくすくす笑った。

「大丈夫です」彼女は初めて、まずまずの自信を持って言った。「みんな、私のことを映画の中の馬鹿なブロンドと似たり寄ったりだって言ってるのは知ってます。でも、私のことをいかれた小娘みたいに扱わないで」そしてもう一度くすりと笑った。

「ええ、もちろん」ハンブルビーは会話が感情的なレベルからはなれ、落ち着いてきたことにほっとした。「では、最初から始めましょう」鉛筆を構えた。「あなたの名前はヴァレリー・ブライアントですね」

「ヴァレリー・ローズ・ブライアントです。でも、ローズってありふれた名前でしょ。誰にでも教えるわけじゃないの」ミス・ブライアントは、身をくねらせると、無自覚な媚びをふりまきながら、バストを服の中の不安定な場所からより快適な位置へと移動させた。「ママがいつも言うんだけど……」

しかしハンブルビーは、母親の見解など求めていなかったので、話を遮って聞いた。「あなたの年齢は？」

「十七です」

「十七？」ハンブルビーは弱々しく繰り返した。この背が高くて見事な姿態の娘は、少なくとも二十五には見えた。「十七って言いましたか？」

「そうです。十七です」

「あ、ああ、そうでしたか。ではグロリア・スコットと知り合ってからどれくらいになりますか？」

ミス・ブライアントはペンシル描きの眉根を寄せ、指折り数え始めた。「もう一年近くになります。彼女は最初はエキストラで、私たちはランチタイムに食堂でおしゃべりしました」

「そして、あなたたちは親しい友人になった？」

再び、涙がミス・ブライアントの茶色味がかった金色の頬を台無しにして滴り落ちた。「彼女は素敵でした」と彼女は言った。その声の調子には、フェンをびっくりさせるほど、率直で手放しの賛美が込められていた。「それにとても頭がよかったんです、本当。本物の女優で……、私みたいなただのコーラスガールじゃない本物の女優だったの。いつも、なんで私なんかと付き合ってくれるのか、不思議でした」

この誉め言葉から二人の娘の関係がどんなものだったのか容易に想像できるな、とフェンは考えた。一方のグロリア・スコットは偶像化されていて、しかもその状態が気に入っている。もう一方のこの単純な子供は、オセロの甘言にだまされたデズデモナのように、あっさり手なずけられてしまっている。フェンの脳裡に浮かんだ人間模様はどちらかと言えば不愉快なもので、考察するうちに、ジュディ・フレッカーから植え付けられていたグロリア・スコットへの漠然とした同情が薄れていった。

ハンブルビーも似たようなことを考えたらしく、話を続ける前に少し眉をひそめた。「すると、〝グロリア・スコット〟は彼女の本名ではなかったんですね」

「ええ、そうじゃありませんでした。彼女は前に、とても有名な家の出なので、正体が知られる事でもらえる仕事に影響がでないように、名前を変えたって言ってました」

まさに彼女が言いそうなことだ、とフェンは思った。手がかりとしては無価値だ。そして、目の前の娘がグロリア・スコットにどれほど隷属させられていたのか、その程度が知りたいという好奇心にうながされて、尋ねた。

「その話は本当だったと思うのかい？」

「わかりません」メイクの下でミス・ブライアントは顔を赤らめ、自分の不誠実さを恥じていた。

「本当の名前は女優には可愛くないので、変えたんじゃないかな、って考えたことがあります」

「本当の名前は？」

ミス・ブライアントは黙って首を振った。

「知らない？」

「知りません」

ハンブルビーはため息をついた。「親戚について話したことはありますか？　あるいは、親戚に会っていたかどうかご存じありませんか？」

「いいえ、そういう話は聞いたことがありません。彼女はまるで……」ミス・ブライアントの声は震えていた。「まるで、ひとりぼっちみたいでした。頼れる者は誰もいないようで。前に一度、映画に出ていることを知ったら家族が許さないだろうと言ってました。だから、有名になるまで話すつもりはないって」

「では、家出しているという印象だったんですか？」

「はい、そんな感じでした。私が詳しく聞こうとすると、いつも恐ろしくミステリアスになる、みたいな感じで」

「ミステリアスになるというのは」フェンは考え考え、「人に感銘を与えるにはうまい方法かもね？」

彼女はすぐにその言葉の意図を汲み取った。

「彼女とのことは、私が馬鹿だったんだってことくらいわかってます」と謙虚に言った。「でも、それまであんな風に友達になってくれる人はいなかったから、私……、もう、彼女は死んじゃって……。だから……」

「もう彼女は、称賛してくれる観客を必要とはしていない」とフェンは言った。「きみ自身だって、十分称賛に値するぞ。彼女がきみを褒めてくれたことがあったかい？」

彼女は不思議そうに彼を見つめた。「私をですか？」

「きみは謙虚で善良な娘だし、とても可愛い顔で百万人に一人のプロポーションだ」

ミス・ブライアントは怪訝そうに自分自身を品定めした。

「私の脚がきれいなのは知ってます」と認めた。「でも……、でも……、私……」

「だろう?」フェンは彼女に笑いかけつつも、内心では、寄る年波のせいであきれるほど父性的で道徳的になってしまったものだと痛感していた。「よく考えれば、わかるはずだ。きみが相手にしていたのは友人ではなくて、暴君だったように聞こえる。違うかい?」

彼女がゆっくりうなずいたので、フェンはホッとした。つい手を出してしまった素人療法のセラピーが危険な両刃の剣だということは、よくわかっていたのだ。

「ええ、そんなところもあったかもしれない。それでも、私が彼女のことを大切に思っていてもいいですよね?」

「ああ、それがいいだろうな」とフェンは重々しく言った。

この心理療法の初歩的実演を少し面白がり、共感するところがないでもなかったハンブルビーは、仕事に戻る時が来たと感じ始めた。「その件が片付いたところで、他に一つ二つ教えていただきたいことがあります。たとえば、ミス・スコットには、あなた以外に特別な友人がいましたか?」

「私の知る限り、いません。女友達は、ですが。男の人は……」彼女は躊躇した。

「ええ、そのことを聞こうと思っていたんです。続けて下さい」

「彼女はとても美人だったから……」ミス・ブライアントは少し間をあけると、少しやけになったように言った。「きっと遊び歩いていたはずだって思ってるでしょう?」

「彼女は子供を産むはずでした」

「そうなんです」ミス・ブライアントはとても小さな声で言った。「彼女から聞いてました……。まるで……」彼女の目は傷ついた子供の目だった。「まるで、それを自慢に思ってるみたいでした」彼女がちらりと目をやると、フェンはうなずいた。

「とても世間ずれしたかっこいい考え方だな」とフェンはコメントした。「きみも、それを素晴らしいことだと思ったのかい？」

「いいえ、思いませんでした。私……、ひどい話だと思ったんです」再び自分の不誠実さに苦しめられて、ヴァレリー・ブライアントはマスカラでコーティングされたまつげを下に向けた。しかし、もう一度顔を上げた時には、以前よりも大きな声ではっきりと言い直した。

「私は、残酷な話だと思いました」

「私の言葉は正確じゃなかったようですね？」とハンブルビーは言った。「彼女は赤ちゃんを産むつもりはなかった。生まれる前に始末するつもりだった」

「そうです」そして今、厄介な問題がついに解決したというかのように、ヴァレリー・ブライアントの態度は毅然としていた。「彼女は中絶するつもりでした。そうしないと、あの歴史ものの映画の役を守れないから」

「そうでしたか。父親は誰でしょう？」

「彼女は教えてくれませんでした。ただ、重要人物なんだとほのめかしただけで」再びフェンに目を向けた。幻滅と、堂々とそれに向き合おうとする決意が見える。フェンはそれに応えて、いたわるように微笑んだ。「でももちろん、そうじゃないかと思ってる人はいます」

「誰ですか？」

彼女は心配そうに周りを見まわしたので、その動きから察したハンブルビーが言った。

「大丈夫。ここだけの話です」

「そういうことでしたら……、ミスター・ノース……、スターのスチュアート・ノースか……、さもなければミスター・モーリス・クレインだと思います」

「それはすでにわかっていることと一致します。去年のクリスマスには、グロリア・スコットはどこにいましたか?」

「じゃあ、その時に? 彼女はクレイン一家と一緒にいました、だから……」

「ええ。とにかく、調べてみます。ミス・スコットには、結婚するつもりはなさそうに見えただろうと思うのですが?」

「赤ちゃんのために、ですか?」

「必ずしもそればかりではありません。いつであれ、どんな理由であれ、相手が誰であれ」

「そうですね、ときどき彼女に本気で真剣な興味を持っている人がいるとほのめかしていました。もちろん話だけだったのかもしれませんけど。それ以上は私にはわかりません」

「彼女が自殺するような理由を何か思いつきませんか?」

ヴァレリー・ブライアントは長い間、真剣に考え込んだ。「いいえ」とようやく答えた。「わかりません。本当に思いつかない」

「最後に会ったのはいつですか?」

「おとといです。彼女は、昼食を食べに食堂に立ち寄ったんです」

「そのときは普段と変わりありませんでしたか?」

「ええ、そうでした。そのときはとてもご機嫌でした。でも、私のほうは……」

「何です？」

「私は……、彼女はこれから、私とあまり会いたがらないようになるんじゃないかな、って思ったんです」ヴァレリーはその金茶色の肩を悲しげに動かした。「もちろん、彼女には彼女の道があるんだから、驚くようなことじゃないんですけど」

「私の公式の立場では、何も言ってはいけないんですが」とハンブルビーは感情を交えずに言った。「でも私には、その娘は最高級の尻軽女のように聞こえる、と言っておきましょうか……。彼女はその晩、何をするつもりか言っていましたか？」

「はい。言っていました」

「ほう」ハンブルビーは苦々しげな態度を捨てて、事務的になった。「それは、どんな？」

「パーティーに呼ばれていたんです。ミスター・ニコラス・クレインの」

「なにかつかめそうだ」強い満足感を覚えて、ハンブルビーは確信したように鼻を鳴らした。「その後で、また彼女と会いましたか？」

「いいえ」

「そうですか」ハンブルビーは手帳をパタンと閉じて、ゴムのバンドをかけた。「そうだ……、あと二つ質問が。グロリア・スコットはどこに住んでいましたか？」

「ケンジントンです。レンフルー・ガーデンズ二十二番……。ああ、でも」ヴァレリーは思い出した。「引っ越したんでした。どこへかは知らないんですが……」

「大丈夫、こちらでわかります。もう一つの質問ですが、一年前にここで働くようになる前は、彼女はどこで何をしていたかわかりますか？」

「ああ、それなら簡単です。メネンフォードのレパートリー劇場に出てました」

「けっこう」ハンブルビーは立ち上がった。「では、これでお終い……、だと思います。当分の間、このことは誰にも話さないでください」

ヴァレリーも立ち上がった。「話しません。あの……、どんな風だったのか教えてもらえませんか？」

「いいでしょう」とハンブルビーは、簡潔に応じた。彼女は無感動に耳を傾けた……。中心となる出来事で頭がいっぱいになって、他の細部を消化することができなかったのだろう。

「ではお葬式は？」話が終わると、彼女は尋ねた。「出席したいんです」

「家族について何がわかるか次第ですね」とハンブルビーは説明した。「でも、いつか決まったら何らかの方法であなたにもお知らせしましょう……。さあ、我々はもう行かなくては。あなたもお仕事に戻ったほうがいいでしょう」

彼女が出口に向かうと、フェンがドアを開けてやった。ビジネスマンが夢想する女だ、とフェンは考えていた。彼女がこれからどうなるのか、だいたいのところを予測するのは難しくない。彼女は一瞬立ち止まって、彼におずおずと微笑みかけ、それから歩みを早めて通路を離れていった。その肩は泣いているように小刻みに震えていた。そう、少なくとも一人は、嘘偽りなくグロリア・スコットを悼んでいた。

6

フェンとハンブルビーは、彼女が行くのを見守りながら、釈然としない様子で立っていた。

「精神科医でも開業したらどうですか?」ハンブルビーは皮肉を込めて言った。「当院の専門は、思春期の不健全な思い入れを昇華させることです。私が覚えていたころより、ずいぶん真面目になったものですね」

フェンの茶色の髪はいい加減に水で撫でつけられているだけで、頭頂部ではスパイクのように反抗的に突き立っていた。痩せて血色が良く、きれいに剃った顔は思慮深く見えた。

「年をとって丸くなって、ありきたりになっちまったんだよ」とフェンは説明した。「ときどき憂鬱になる」ため息をついて、腕時計を見た。「十一時五分前だ。自分の会議を探しにいかないと。きみはどうするんだい?」

「モーリスとニコラスのクレイン兄弟ですね」

「僕もその二人に会うんだ。二人ともこの映画に関わっているからな。一緒に来いよ」

「ありがとうございます。でも、先にチャールズに電話しないと。それに、私の、その……、審問(インクイジション)で会議を邪魔するわけにはいきません。その会議はどのくらいかかるんですか?」

「神のみぞ知るだ。レイパーが出席しないらしいから、そんなに長くはならないとは思うが」

「じゃあ、モーリスとニコラスに、終わったらすぐに会いたいって言ってもらえませんか?」

フェンは怪訝そうな顔をした。「言ってみるよ。言うのはいいんだが、あの手の連中は、たとえ警察が相手でも、素直に言うことを聞いたりはしないからな。忘れたふりをして、どこかに消えちまうんじゃないかな。自分で直接顔を出して、神への畏れを教えてやったほうがいいよ」

「でも、そこまで無責任ということはないでしょう……」

「映画ってのは宗教なんだ」とフェンは遮った。「たとえ政府の人間でも……、石油委員会だとか税務調査官だとかその他なんでもいいんだが、そういった連中でも、映画に対してはある程度こびへつらうものなんだよ。そのせいで、映画業界の重要人物は特権意識を持つようになるんだ……。しかもこれは必ずしも勘違いってわけじゃない。クレイン兄弟と話をしたいんなら、自分で直接ぶつかるべきだ」

議論の末、ハンブルビーはこの提案に同意した。二人は〝CC〟に向けて出発し、驚いたことに、さして遠からぬ場所でその部屋を発見した。大きくなったこと以外、彼らが出てきたばかりの部屋とうんざりするほどよく似ていた。その寄木張りの床は、人が躓きそうなほど端がめくれ上がって、剝がれそうになっていた。ラジエーターからは緑色の塗料が剝がれていた。誰かが――おそらくマルティン・ルターが悪魔の出現に反応した方法に倣った誰かが――インク瓶を壁に投げつけたらしい。中央のテーブルには、役員会用に、灰皿、メモ書き用の紙、インク瓶があり、パッド入りの赤革とクロムチューブでできた椅子が周りに配置されていた。しかし、そこには多少なりとも人間味を感じさせるものが二つはあった。一つは一九三七年の撮影所のホッケー・チームの額縁入り写真、もう一つは湯気のたつコーヒーを載せたゴムの車輪付きのカートだ。

到着するとすぐにフェンは、どれがクレイン兄弟なのかハンブルビーに教えてやりながら、カートに歩み寄った。どうやら、本格的な議事はまだ始まっていない。この集団のメンバーは――フェンも知る通り、ジャイルズ・レイパーの多岐の分野に亘る個人的なこだわりを象徴する多様な集まりだ——コーヒーをすすりながらのとりとめのないおしゃべりを楽しんでいた。参加者の多くは、普通ならば一緒に働くことも考えられない人間たちなのだが、ここでは、逆らい難い状況の下、不安定な徒党を組むことで、社交的問題を妥協的解決に導かざる得なかった。その場の半分以上は、このような場面では何の役にも立たない人間で、映画は集団的芸術作品であると考えているジャイルズ・レイパーが、主要なアーティストは企画の段階から貢献するべきだと主張したからそこにいたにすぎない。だからといって、士気を高める役には立たないが。レイパー自身は——スチュアート・ノースの予言どおり——出席していなかったが、その影響力はおとぎ話の呪いのように一同にのしかかり、どうしても陰鬱な雰囲気になっていた。しかし、おそらく——と、フェンは自分に言い聞かせた——今日のこの会議の雰囲気——懐疑的な囁き声とどことなく不安な空気——には、レイパーの気まぐれよりももっと強力で直接的な原因がある。一般的に映画業界の著名人は、己の職業に従事するとき露骨に陽気にふるまったりはしないものではあるにしても、今、ここにいる連中の陰鬱さは極端に思える。その背後には、『不運な女』によって生じた憂鬱をさらに深めてしまうほどの深刻な問題が隠されていると考えるのが妥当だろう。おそらくは、グロリア・スコットの死だ。ハンブルビーがモーリスとニコラスのクレイン兄弟に話しかけているのを、フェンは目の端で見ていた。そして、二人とも事情聴取を求められて、平静を失ったという印象を受けた。奇妙なことだが、特にニコラスのほうが……。

人目を盗んだ品定めは、小柄で役立たずのケンブリッジの教員グレッソンによって中断させられた。彼の職務はポープの時代の歴史と社会学的背景に関して助言することだった。ところが、最初の脚本会議で、緊張のためにアン女王の死の日付を思い出すことができなかったせいで、いろいろな面で信用を失い、それ以来ほとんど相談されなくなった。だが、彼はこの不運な状況にあっても、あまり落ち込んではいなかった。なぜなら、歴史顧問の仕事を引き受けたのは、検討中の映画に正確さをもたらしたいという強い思いのためというよりも、むしろ美女たちへの夢想がゆえだったからだ。ハンブルビーと同様——グレッソンの場合は、妄想と紙一重なほど極端なものなのではあるが——撮影所を、通俗的な美の女神を狂信的に崇拝する男たちのために用意された、一種の狩り場か鳥獣保護区のようなものだと考えていて、そこでは、富と名声を渇望する若くて美しい大勢の娘たちが列を成し、スクリーンテストを受けるために、異性の誰に対しても肉体を投げ出す覚悟でいると思っていた。グレッソンほどみだらな夢想に夢中になっている人間でなければ、一日観察するまでもなくこんな馬鹿げた考えは捨て去っていただろう。しかし、彼はいまだにそれに固執していて、いつもの挨拶をおざなりにすませてからフェンに語りかけた口調は、まるで好色家（サテュロス）だった。「あの子たち……、婚約指輪をしていますよ」

　フェンはグレッソンの妄想に気づいていたが、あまり興味を惹かれずにいた。その視線の先に目を向けると、見分けのつかない二人の金髪の秘書が、会議の開始を待つ間、太ももの上で手帳のバランスをとりながら、囁き声で話し合いながら座っていた。ジョスリン・スタッフォードとニコラス・クレインの秘書たちだ。

「ああ、そうだね」と相槌をうった。

「で、どう思う?」グレッソンは追及した。「本当に婚約しているのか、それとも……、男避（よ）けのために指輪をしているのか?」

「指輪なんてただのカモフラージュさ」フェンははっきりと答えた。フェンはグレッソンが嫌いで、一方の娘の婚約者がボクシングのヘビー級チャンピオンだったことをちょうど思い出していた。「つまり、二人の内どちらかはきみのものになるだろうということだ。左のほうなんかよさそうだな」

グレッソンは神経質に笑った。自分の質問の根底にある衝動が、こんなふうに冷酷に白日の下に晒されてしまうのを好まなかったのだ。

「おいおい、私はそんなことを考えてたわけじゃないぞ。興味を惹かれただけ、それだけさ……」そしてさりげなく続けた。「ああいう女の子は映画に出ることに意欲的なんじゃないかね？　つまり、たいていは、撮影所で足がかりを得るために、秘書の仕事を引き受けているんだよな？」

「どれだけ意欲的か知るには、話をするのが一番さ」とフェンは悪意を持って言った。「中には、テストのためなら喜んで自分の母親を殺す人間もいると思うな」

「ほう、本当にそう思うかい？」

「疑う余地はないね」

グレッソンは深く、満足げに息を吸った。「さてさて。人間性ってのは奇妙なもんだよね？」

「とても奇妙だな」

「私は……」グレッソンは裁判官のように唇に指を当て、「ロンドンに戻る列車のことでも聞きに行ってみるとしよう。そういうことには詳しそうだからな」

「気をつけて。誘惑されないように」とフェンはおどけたように言った。

「はは！」この愉快なほのめかしにこらえきれず、グレッソンの強迫観念が堰を昇る鮭のように水面下から飛び出した。「誘惑か！　ま、それも悪くないかもな。なあ、どちらの脚がいいと思うかい？」

〝脚〟という単語は、好色なガラガラ声になっていた。「どっちの……」

「左がいいな」フェンは短く答えた。移り気な性格なので、もう、この話題にもグレッソンにもうんざりしていたのだ。「列車のことを聞きながら脚をよく見て、戻ってきたら、きみの評価を聞かせてくれ」

「不作法だよ」とグレッソンは言った。「それは不作法だと思うな」グレッソンの小心ぶりが再び顔を出した。相手の娘がどれほど愛想がよかったとしても、実際には一塁にも進めないことは明らかだったので、彼のことはそのまま放置して、男根幻想の中に永遠に閉じこもってもらうことにし、フェンは、クレイン兄弟から離れてドアへと向かうハンブルビーをつかまえに行った。

「話はつきました」ハンブルビーは声を潜めて言った。「〝クラブ〟と呼ばれている場所で、正午かその少し後に私と会ってもらうことになりました」

「何の話なのか、教えたのかい？」

「ええ。あなたも来ますか？」

「僕は公式な立場じゃないから、一緒にいると嫌がられるだろうな。でも、試す価値はあるか。もし追い払われたら、あとでランチを一緒にとることにしよう。きみとしては、僕が一緒にいてもかまわないんだね？」

「もちろん！」

「じゃあ、あとで会おう」

入り口でハンブルビーはマッジ・クレインとぶつかりそうになった。彼女を通すために脇に下がると、彼女は明るく気取らない声で礼を言った。彼女の気取りのなさは新聞で大々的に喧伝されており、見知らぬ人の前では、断固としてその態度を守っていた。プロデューサーのジョスリン・スタッフォードが会議を始めようと声を上げるまでのわずかな時間に、フェンは、ハンブルビーと手短に言葉を交わしている自分をクレイン兄弟が警戒するように見ていることに気づいた。コーヒーの紙カップを捨てて、素直にテーブルに着いた。

フェンは、片方にグレッソン、反対側にオーブリー・メデスコという二人に挟まれていることに気づいた。メデスコは、侮りがたい高さと体積をそなえた老人だが、舞台装置のデザイナーで、その場の誰とも同様に『不運な女』とそれに関わるすべてに対して尋常ならざる恨みを抱いていた。ポープについての映画に携わることとなると知ったメデスコが、トゥイッケナムの別荘（ヴィラ）とその洞穴こそが、この映画を一番象徴する場所だという結論に飛びついたのは無理もないところだった。彼は、この舞台装置（ミザンセーヌ）を万全に創りあげるため、最初の脚本会議が開かれるより前に、たっぷり時間をかけて注意深く検討を重ねていた。ところが残念なことに、背景に選ばれたのは一七一六年で、ポープはまだビンフィールドに住んでおり、トゥイッケナムはこの映画にはまったく登場しないのだ。そうと知ったメデスコはすっかり機嫌を損ね、それ以来、たとえレイパーが出席していても、一切協力しなくなった。今は、それまで同様、頑固な不服の空気を漂わせながら席に着き、目の前のテーブルから、二オンス（約五十五グラム）のミルクチョコレートバーを優雅な手つきでせわしなく口に運んでいた。そして、これまでに彼から心のこもった態度を引き出すことができたのはフェンだけだった。フェンのでしゃばらずに踏みとどまることのできる能力が、玄人としてのメデスコの興味と愛着を早くから引き出していたのだ。

見分けのつかない金髪たちは、優雅かつ効率的に、修正された脚本の複写を出席していた各人の前に置いてまわった。分厚いタイプライターの労作で、緑の厚紙に挟まれ赤い紐できれいに綴じられている。好奇心とやる気に満ちた様子でいじくりまわす者もいれば、フェンとメデスコのように無視する者もいた。準備ができたところで金髪たちは鉛筆とノートを持って腰を下ろし、ジョスリン・スタッフォードの司会の下で会議はぎくしゃくと開始された。

スタッフォードは中年の肉づきのいい男で、茶色の髪は薄くなり、目がわずかに突き出ていた。修正された脚本を指でなで、恭しい賛辞をたっぷりと並べ立てた。これに対して、作者はその右隣で、ややけだるげに応えていた。覇気がない、が、それは予想できたことだ、とフェンは考えていた。エヴァン・ジョージは、中産階級の女性から揺るぎない支持を得る「あなたや私と同じ普通の人々」を描いた、一連の堅実で読みやすい本で名声を築いた人気作家だったが、初めての映画の仕事――レイパーに無理強いされたのだが――に対して、予想通りの反応を示していた。最初は熱意と自信をもって、それから――最初の原稿に盛大な賛辞が与えられたにもかかわらず、その大部分には変更が必要だとされたために――不安を覚え、最後には、彼にとって大切な本来のテーマを残す断片を探そうとして、絶望した。五十がらみの小柄でひきしまった体つきの男で、皺だらけの茶色い顔をし、どうやら着たまま寝る習慣があるように見える服を着ている。消化不良の傾向があって、三ケイ酸マグネシウム（酸中和特性があるが制酸剤としては効き目が悪い）のカプセルを頻繁に飲んでいた。その右隣ではスチュアート・ノースがごほごほと咳を繰り返していた。マッジ・クレイの関心は彼に向けられており、しかも明らかに彼女はそれを相手にわからせようと企んでいた。その隣には、この小芝居を小馬鹿にするような楽しげな目を向けて、キャロライン・セシルが座っていた。哀れな役どころで有名な女優で、ウェストン夫人の役を与えられていた。その横では、音楽部長グリズウォルドの部下の次長がこっそりと小説を読んでいた。

これらの人間達のなかでフェンが注目していたのはクレイン家の人々だった。マッジは、黒髪、滑らかな顔色、嘘くさい有能さと明るさ。ニコラスは、控えめでもの静かな三十がらみ、公立学校を出て助監督、二十三歳でカメラマン、二十七歳で監督。そしてモーリスは、品がない、目が細い、独り善がり……、それに、かなり体調が悪そうだ、とフェンは気がついた。完璧な鼻の形をべつにすると、この一家にはあまり似たところがない。しかし、時折目配せによる無言のメッセージをかわしているところから見ると、隠しきれない不安を前にして結束を固くしているようだ。その理由に曖昧なところはない、とフェンは思った。グロリア・スコットの自殺の動機はとうに見当がついていたが、その推測は正しかったとほぼ確信していた。

それが正しいとしたら、クレイン一家が恐れおののくのも当然だ。自殺とその動機という醜聞(スキャンダル)を抑えこむことができなければ——ハンブルビーが抑えようと手を貸すとは思えない——彼らのキャリアすべてが完全にお終いになるかもしれない……。

会議は長引いた。フェンは『髪盗人』出版の日付を問われて、物思いから正気に戻された。音楽部の青年は舞踏室のシーンの音楽を指定するように求められて『ベレニーチェ』(ヘンデル作曲の歌劇)のメヌエットを提案し、それが陳腐すぎると言われると、予期せぬ憤怒の発作に陥った。そしてグレッソンは、見分けのつかない金髪たちに感銘を与えたいらしく、そちらに片目を向けながら、ポープの時代の飲酒習慣について、無駄に長い退屈な講義をした。しかし、終わりが目の前まで来ていることは明らかだった。脚本変更の提案は些細なことが少しばかりあっただけで、そこから生じた議論はまるきり熱意に欠けていた。正午を十五分すぎるころまでには、会議は議題も底をついて停滞に陥っていた。モーリス・クレインが突然立ち上がって部屋を出ていったのは、そんな時だったようだ。フェンの普段の思考傾向からすると、この重要な出来事に注意を払わなかったのは不思議なことなのだが、実際にはほとんど気づいてさえいなかった。恐ろしい胸騒ぎで放心状態になっていたのだ。誰かがグロリア・スコットの身元を隠そうとしていた。なるほど……。だがなぜだ？　そして、まるでジークフリートの竜の一句〝眠らせてくれ（ラス・ミッヒ・シュラーフェン）〟のように、混沌とした閃きが訪れた。ポープの頌歌からの二行連句がルーン文字や呪文のように頭の中でごったがえしている。〝一族郎党不意の復讐にみまわれ、棺が列をなしその門を囲む……（アレキサンダー・ポープ『ある不運な婦人の思い出を悼む哀歌』より引用）〟

　モーリス・クレインは長い間席を外してはいなかった。スタッフォードが会議の終了を宣言している間に戻ってきた。顔色は白く、玉のような汗をかいていた。その息は、騒々しく、不規則で苦しそうだった。言葉を発しようとして唇が一度だけ動いた。そして、よろめきながら必死にドアの縁につかまろうとして、倒れた。横たわったまま、一度激しく痙攣した。その後、もうそれ以上動くこともなく、モーリスは死んでいた。

第二章

1

「大騒ぎするのは当然かもしれません」とハンブルビーは言った。「あなたの想像通り、モーリス・クレインは毒を盛られたのかもしれません……。しかし、少なくとも、なぜ疑わしいと思うのか、その理由を説明してもらわないと。現状はきわめて複雑で、その……、異例です」

彼が応援を求めてキャップスティック警視を見ると、相手は戸惑ったような同意の仕草で応えた。撮影所に到着して二十分で、キャップスティック警視は困惑状態の極みにいたり、言葉を失ってしまっていた。フェンとハンブルビーが代わるがわる説明するせいで、警視の頭脳はまるで五里霧中だ。建前上、警視が事件の担当なのだが、今のところ、口をポカンと開けて座って見つめるばかりで、建設的なことは何もできずにいる。しかし、キャップスティックを愚か者だと考えるのは間違いだ。実のところ、本来彼はかなりの知性を備えていた。町の交通状況を改善するため慎重に進めてきた計画で頭がいっぱいになっていたところを、ギスフォード警察署から無理矢理引っ張り出されたのだ。この心配事と、比喩や暗喩だらけでしゃべるフェンとハンブルビーの癖の強さが相まって、その精神を悲惨なまでに削られてしまったのだ。いまだに、グロリア・スコットの正体も、なぜ自殺したのかも、モーリス・クレインとどんな関係があったのかも、フェンが撮影所で何をしていたのかも、モーリス・クレインの死に方にどんな怪しいところがあったのかも把握することができずにいた。そしてハンブルビーに少しばかり畏敬の念を抱き、周囲の人々にはもっと畏敬の念を抱かずにはおられずにいた――彼は熱心な映画ファンだった――ので、もっとわかりやすい説明を要求することもできずにいた。そういうわけで、ハンブルビーがフェンに説明を要求すると、警視は椅子から身を乗り出した。これで一つの点ははっきりするぞ、と自分に言い聞かせていた。

しかし嘆かわしいことに、そうはいかなかった。問い詰められたフェンはイライラして、虫の知らせについてくどくどと説明を始めた。フェンが、医者はモーリス・クレインの死因は毒かも知れないと認めたと言うと、ハンブルビーに、医者はそうではないかもしれないとも言っていたと反論され、マッジとニコラスの二人ともモーリスは並外れて健康だったと証言したことを思い出させて対抗した。「そうは言っても、突然死というのはときおり起こるものです」とハンブルビーはやや意地悪に言った。「たまには、悪意による企みとは関わりのない理由で飛び降りをすることだってあります。モーリス・クレインが病気ではなかったというのは単純な事実であって、証拠じゃありません。誰だって、遅かれ早かれ病気になるものですから」

「彼は具合が悪かった」気力を失って無神経になっていたキャップスティックは、この事件のなかで数少ない疑う余地のない点に、真っ向から異を唱えた。「だから部屋から出たんだ。病気だったんだ」

フェンとハンブルビーは二人ともこれを無視した。無礼に振る舞うつもりだったわけではなく、答える必要を感じないほど、その考えには否定的だったのだ。キャップスティックは背を伸ばすと、背もたれに身を預け、汗をかいた白髪まじりの眉に大きなハンカチを当てた。

「いや、私が言いたいのはこういうことなんです」とハンブルビーは続けた。「クレインの死がグロリア・スコットの自殺と何らかの重要な関係がない限り、私は公式に認められていない領域を侵しているることになるので、すぐにこの件から降りなければなりません。ですが、有意義な協力関係を築こうと頼んでも、あなたときたら、わけのわからない虫の知らせがどうしたとつぶやくだけとくるんですから……」

「馬鹿な」とフェンはイライラと、「クレインはグロリア・スコット事件の重要証人だったんだろう? お役所仕事なんて気にするな、ハンブルビー。きみが事件を担当することになるに決まってるさ。きみが今すべきなのは、関連している可能性のある問題を扱うために、キャップスティックに協力を求めることだろう。違うかい、キャップスティック?」

「え?」キャップスティックは慌てて言った。「ええと」

「わかりました」ハンブルビーは意に反して責任を放棄せざるを得なくなった人間のような雰囲気を漂わせて言った。「わかりましたよ。でも、どういうわけで殺人なんですか?」

「誰かが、グロリア・スコットが本当は誰なのかを知られまいとしたからさ」

「ほう、それは興味深い」とキャップスティックが言った。「一緒にレースのダフ屋のギャング共を一網打尽にしたときのことを思い出すよ……」

「私には、それが何の関係があるのかまったくわからないんですが」とハンブルビーは言った。

キャップスティックは決まり悪そうに、「私はただ、どういうことなのか聞くのも面白いだろうと思っただけで……」と言い訳がましく言った。

「いや、いや。私が言ったのは、グロリア・スコットの身元の手がかりを消すことと、モーリス・クレインは殺害されたのだという考えとの関連性のことですよ」

「まったく、ハンブルビー、きみの鈍さにも困ったもんだな」フェンはいぶかしげな目で警官を睨みつけた。「あの娘の部屋を荒らした犯人の動機は、グロリア・スコットとしての身元を隠すことではなかったという点には同意するだろう?」

「そうですね。一、二本映画に出演しているのだから、それは遠からず明るみに出たはずです」

「目的は、彼女の本当の身元を隠すことだった」

「ええ」

「そして、彼女の自殺の動機はほぼ間違いなく最近のものだった……。ということは、グロリア・スコットと名乗っていた間のことだ……。ならばXが彼女の部屋を荒らしたのは、その動機を隠すためではないはずだ」

「つまり」キャップスティックは慎重に口を挟んだ。「その野郎がグロリア・スコットとしての彼女と出会って悪さをしたのが原因で彼女が自殺したんだとしたら、洋服についた洗濯屋のタグを切り取るとかいった方法では、事件に巻き込まれるのを防ぐことはできないんじゃないかってことですか?」

「その通り。見たか、ハンブルビー。キャップスティックはもう事の核心をつかんだぞ」フェンはこの意図しなかった皮肉のせいで、いったん口を閉じ、「したがって、Xが彼女の部屋を訪れた目的は、まったく別のものだったんだ」

「そのご高説には穴が多いですよ」とハンブルビーは不満を述べた。「間違いなく、ええと……、パラロジズム（不注意から生じた誤った推論）でしょう。とはいえ、続けてください。Xの目的は何だと言うんです？」

「僕の見たてでは、そいつの目的は、彼女がグロリア・スコットと名乗る前に存在していたつながりを隠すことだったと仮定するべきだ。そして、そのつながりは、彼女がグロリア・スコットと名乗るようになってからは、他の人間が知りうる範囲には存在しなくなっていた」

「悪くない」ハンブルビーは認めた。「確かに悪くないですね……。グロリア・スコットという身元については、ほぼ二年間分さかのぼることができます……」

「できるのか？」

「ええ。さっきチャールズに電話したんですが、ここ一、二時間の間に写真を見た人間からかなりの数の電話があったそうです。そのうち二人はメネンフォードからです。一人はレパートリー劇場のプロデューサーで、もう一人は彼女がそのころ住んでいた下宿屋の管理人の女性からのものでした。メネンフォードでは、誰も彼女の名前がグロリア・スコットではないとは気づかなかったようです。実際、話を聞いた中には、他の名前で彼女を知っている者はいませんでした」

「それが本名だったのでは」とキャップスティックはおそるおそる言った。

「そうでないという明確な証拠はありません」ハンブルビーは同意した。「しかしながら、今のところ、二年前メネンフォードにグロリア・スコットとして現れた時より前の彼女を知っている者も一人もいない」

「それだってパラロジズムじゃないか」とフェンは言い、その理由を説明しようとしたが、一瞬でもいいから優位に立ちたいと渇望するキャップスティックに先を越された。

「でも、彼女の顔写真を見せて、身元確認を求めたんですよ」とキャップスティックは言った。「名前を変えることはできても、顔は簡単に変えることはできない。二年前より前に彼女を知っていた者が誰も名乗り出なかったということは、きっと二年前まで彼女はイギリスにいなかったんじゃないんですか」

「そりゃそうだ」とフェン。

「ああ、なるほど。私が馬鹿だった」とハンブルビーはわざと陽気に言った。「それを考えるべきでした。ということは、おそらく彼女の本名はグロリア・スコットなんでしょう。ミステリアスな印象を与えるために、本名じゃないと言っただけなのかも知れない」

しかし、フェンは首を振った。「それでは、彼女の部屋が荒らされた説明がまったくつかなくなる」

「ああ、そうか、そうですね」一瞬考え込んでから、キャップスティックはそう言うと、——これでまるでいいとこなしってわけでもない、と感じたので——議論からは身をひいて、額の汗を拭くことに専念することにした。

ハンブルビーは身振りで同意を示し、「それで、少なくとも二年以上は前の娘との関係を隠そうとしたXの目的に話は戻るわけですが……」ためらって、考え込み、「自殺の動機にまで話を戻すのは合理的ではないと思うのですが……、ちょっと思いついたので……」と出し抜けに針路を変更して、「何かあるいは誰かが彼女の過去から現れて、彼女を駆り立てたということは考えられないことではないと思うのです。たとえば恐喝とかですね」

「いいかい、僕は自殺の動機はすぐ手の届くところにあると思っている」とフェン。「それがグロリア・スコットに関係するもので、アギー・シスルトンだかなんだか、とにかく彼女の本名には関係ないとしたら……、僕の見る限り、Xが部屋に侵入してまでやろうとしたことについては、たった一つの説明しかないと思う」

「で、それは？」

「血の復讐（ヴェンデッタ）さ」とフェンは言った。

この言葉は、普通メロドラマめいた情感を伴うものだが、この文脈では、ハンブルビーもキャップスティックも笑みを浮かべることさえしなかった。モーリス・クレインの遺体が横たわるあたりがダストシートで覆われていたことが、職業的に死に接する男たちにとっても心を落ち着かせる効果があったからかもしれない。それを別にすれば、彼ら自身以外には、今、部屋には誰もいなかった。机の上に散らばった走り書きの紙、吸い殻が山積みになった灰皿、そして『不運な女』の脚本が、一時間前に悲劇的な終了を迎えた会議の無言の証人となっていた。台車の上には半分空になったコーヒーカップが並び、その中身は冷たく灰色で、まるでそそられない。他にも部屋のあちこちにカップが置かれている。ドアの上の電気時計の針が、静寂の中で音をたてて進んだ。窓の向こうでは、木々の間を爽やかな風が吹いて、ジャグラーのボールのようにつぼみをぐいと持ち上げ、柔らかな緑色が太陽の光を受けて輝いた。そして、ハンブルビーが沈痛な面持ちで言った。

「〝一族郎党不意の復讐にみまわれ……〟。それが、あなたの考えていることですか？」

「それが最初に思いついたことだよ」

「〝不意の復讐にみまわれ……〟」とキャップスティックは困惑してオウム返しに繰り返した。「〝不意の……〟」彼はなんとか気を取り直して、「今度は何の話をしてるんです？」と尋ねた。

二人が引用であることを説明したが、彼に感銘を与えることはできなかった。

「そんなのは、ただの詩じゃないですか」とかなり憤慨して言った。「詩なんて、現実に起こることと何の関係もありゃしない。正直、何が言いたいのかさっぱりわかりません」

「僕が考えているのはこういうことさ」とフェンが言った。「ある男が、グロリア・スコットを自殺に追い込んだ人間を、その復讐のために殺そうと考えたとしよう。そして、その男は彼女の本当の身元とのつながりだけが世間に知られているとする。だとすると、その身元を消すことが彼自身の安全を確保するための一歩になる。たとえば、きみが彼女の弟だとしよう、キャップスティック。彼女が家出をしてから三年も会っていないし、消息も聞いてもいない。そしてある晩、ロンドンのどこかで偶然、彼女と出会う。彼女は大きな問題を抱えていることを説明し、その責任が誰にあるのかも教えてくれる。彼女は自殺し、それを目撃したか、話に聞いたきみは復讐を決意する。でも、警察が彼女の部屋を訪問し、かなりの確率で彼女の本当の名前はジェーン・キャップスティックであるという証拠を見つけるだろうことはわかっている。それはつまり、彼女を不当に扱った人間たちが死に始めたら、すぐに、警察はきみを注意深く調査するようになる、ということを意味している。だが、きみの妹が〝キャップスティック〟だったという事実を隠すことができれば、警察はどこを捜せばいいのかわからなくなるから、きみの殺人が露顕せず逃げきれる可能性が高くなる。だからきみは彼女の部屋に行って、すべての持ち物からその名前を消し去るのさ。それから、きみは犠牲者、あるいは犠牲者たちに手をつける」

「とても素敵なファンタジーです」とハンブルビーは言った。「でも、それ以上のものではない」

「少なくとも可能性のある仮説だよ」とフェンは言い訳がましく言った。「そして、もしモーリス・クレインは毒殺されたのだと証明されたら、大いにありうる仮説になると思う。彼には、最初の被害者の役割を担う資格は十分にあるだろう。彼が彼女の子供の父親であることは、まず間違いないのだから」

「まあ、その点は私も認めます」キャップスティックの発作的な憤懣は、問題を理解するにつれておさまっていった。「しかし問題は、あなたの仮説で、この件を殺人として扱うことを正当化できるのか、という点です」と、首を振って床の死体を示し、「そして、隣の部屋に閉じこめてある連中を容疑者として扱うことを」

「誰のつま先も踏まずにすむ方法もあります」とハンブルビーは言った。「たとえば、このコーヒーカップを押収して、その内容を分析することができる。それに、その……、排出されたもののサンプルを取ることができる。それに、この部屋はひどくちらかっているので難しいとは思いますが、どのカップがモーリス・クレインのものだったのか調べてみてもいい」

「身体検査はどうするんだ？」フェンが尋ねた。

キャップスティックはショックを受けた。「あの人たちの身体検査ですか？」

「なぜ駄目なんだ？　映画業界にいるからといって、聖職者特権のようなものがあるわけじゃない」

「あまり賢明じゃないのでは」キャップスティックは浮かぬ顔で言った。「金持ちで影響力のある人間たちです。そういう人種（タイプ）を扱うときは振る舞いに気をつけないと。現状でも、必要以上に長い時間閉じこめているんです」駐車規制と一方通行といった人格を持たないものの気楽さを思い出して、懐かしそうにため息をついた。「もちろん、何もおろそかにしたくはないですが……」

口ごもって、訴えかけるような目を向けられたハンブルビーは、助けるように、「いずれにしろ、身体検査をしてもあまり役に立つとは思えませんね。あの中に毒殺者がいるのだとしたら、明らかにその準備をしてきたということです。しかしもちろん事情聴取はしなければなりません。たとえもう三十分かそこら待たせることになるとしても。そのせいで撮影所の半分が仕事を混乱させる、なんてことでないといいのですがね」と言った。

「今日は土曜日だ」とフェン。「ここの仕事は昼に終わる。連中の週末を混乱させることになるかもしれないが、僕だったらそんなことは気にしないな」

キャップスティックは、再びハンブルビーに目を向けた。「では、彼らと話をするのは任せてもいいかな、警部？　きみ自身でその娘について尋ねたいことや、その他いろいろと考えがあるだろう」

キャップスティックは悲哀を込めて言った。「今のところ、きみのほうが私よりもこの件に深く関与していると言わざるを得ないからな」

「お望みとあれば、もちろんそうしましょう」とハンブルビーは言って、「あなたは口をつぐんでいて下さいね、フェン」と思いついたようにつけ加えた。「トルケマダ（初代異端審問所長官。在職十八年間に約千人を焚刑に処したと伝えられる）の真似事をすれば絶対に彼らを怒らせてしまうだろうし、そうなったら警視にも迷惑をかけることになる」

「僕の分別にはまったく信用がないようだな」フェンは不満そうに腰を上げて、「そんな言われようをする心当たりはないんだがな。箝口令を敷くというのなら、僕の代わりに質問をしてくれないと困る」

「どんな質問を？」

「マッジ・クレインとニコラス・クレインに、モーリスの淫行以外に、グロリア・スコットが自殺する理由を知らないか尋ねてくれ。知らないと言うだろうが、かまわずに追及するんだ」

「私に隠している情報があるんですか？」ハンブルビーは怪訝そうに言った。

「いや、これも虫の知らせさ」フェンは愛想よくうなずいた。「今日は虫の知らせがよく働くんだ。時間があったら、午後のレースに賭けてもいいくらいさ……。さあ、行こうか」

2

隣の部屋には、張り詰めた空気が満ちていた。レイパーがいれば、『不運な女』の会議は一時以降も続いていただろうが、そう考えたところで、撮影所に閉じこめられたままでいる苦痛が和らげられるわけではなかった。隅にいるマッジ・クレインは、静かな悲しみを演じているように見えた。だが、弟の死の直後に示した反応はそれほど秩序だったものではなかったのだから、彼女が感情を動かされているというの本当なのだろう。スチュアート・ノースは、漠然とした義務感に駆られて、発作的なくしゃみの合間にマッジに慰めの声をかけていた。キャロライン・セシルが、その場の唯一の女性として、スチュアートの努力に手を貸していた。メデスコは一人で座って反抗的に石窟のスケッチを描き続け、音楽部の若い男は窓の外を見つめながら、歯のすきまで『ベレニーチェ』のメヌエットを口笛で吹いていた。エヴァン・ジョージは、控えめではあるものの断固として陽気な態度でニコラス・クレインと話をしていた。ジョスリン・スタッフォードはしかめっ面で行ったり来たりしていた。そしてグレッソンは、本人は軽いジョークと思っているひそひそ話で金髪の秘書たちを楽しませていた。フェン、キャップスティック、ハンブルビーの三人が入ってくると、全員が顔を上げた。そして、少なくともフェンを見る目には、明らかな不信感が込められていた。さっきまで仲間だった者が、突然フェンスの向こう側に行ってしまったのに気づいたのだから、当惑するのは当然だし、なんとなく裏切られたような気がするのも無理はない。

ハンブルビーはもたもたせずに仕事に取りかかった。

「長くお待たせして、たいへん申し訳なく思っております」と恩着せがましく言った。「とりわけこのような苦しい状況ではなおさらです」マッジ・クレインに頭を下げると、相手はそれに応じて、涙を誘うように効果的に計算された微笑を浮かべた。「問題は、ミスター・クレインの死が非常に突然で予期せぬものだったことです」

メデスコは呻くような声で、「あんたは誰だ?」と聞いた。

ハンブルビーは嫌悪感をにじませてメデスコを見つめた。「私はスコットランド・ヤードの警部です」と応えた。「とある仕事でここに来ているのですが、それが何らかの形でミスター・クレインの死と関連があるかもしれないのです……。突然で、また予期せぬことでもあり、残念なことに、医師からはまだ原因についての情報はもたらされておりません」

「それであんたは、奴が毒をあおって自殺したと思ってるんだな」とメデスコは無愛想に言った。「それとも、誰かが殺したと」

マッジ・クレインが、この発言に狼狽したような小さな叫びをあげた。そんな仕草を上手くこなすには入念な練習が必要なはずだ。つまるところこの叫びは、マッジの精神的苦痛は、ピンを刺された程度にも達していないことを暗に示していた。ニコラス・クレインは、彼女の演技は少しやりすぎだと感じたのか、少し眉をひそめて言った。

「ねえ、オーブリー、それは趣味がいいとは思えないな」

「いいえ」と、ハンブルビーが圧倒的な厳粛さを込めて言うと、ジョスリン・スタッフォードは歩き回るのをやめ、驚愕とともに値踏みするような目で彼を見つめた。映画業界の人間は常に新しい演技の才能を探している——というか、少なくとも本人たちはそうしているつもりでいるのだ。「我々は、あなたが、その……、ほのめかされたような疑惑をもてあそんでなどおりません」とハンブルビーはしらばっくれた。「ですが、当然ながら検死審問は避けられませんので、どれほど迂遠でありそうにないことと思えても、可能性のあるすべての事柄を調査する義務があるのです。さて、ほんの数分もご協力いただければ……」

彼らは協力した——けんか腰になることもないではなかったが、だいたいにおいて素直に応じた。役に立つことは何も出てこなかった。飲み終えた後、モーリス・クレインがどこにカップを置いたのか、誰も覚えていなかった。彼が部屋を出たときまでに、彼の行動や他の人々の行動に何か変わったことがあったと気づいた者も誰もいなかった。

「ありがとうございました」この不可知論のパレードがようやく終わると、ハンブルビーは言った。「さて、では私が直接的に関わっている問題にとりかかりましょう。グロリア・スコットの件です」

突然、意味深長な静けさが訪れた。マッジ・クレインは表情を固くして兄弟に目を向けた。そこにいた人間では、グレッソンと音楽部の青年だけが、その名前に影響を受けていないように見えた。二人の秘書は、一瞬だけ平静さを失い、意味ありげに目を交わしあった。スチュアート・ノースは驚いて、息を呑むばかりだった。

「グロリア・スコット？」と彼は言った。「いったい何を……？」

「今朝の新聞はご覧になってないんですね、ミスター・ノース」

「ええ、見てません。目がしょぼつくので、読めないんです」

「ほとんどの新聞にミス・スコットの写真が出ています」とハンブルビーは言った。「他の方々はご覧になったことでしょう」マッジ、ニコラス、メデスコ、そしてジョスリン・スタッフォードは皆うなずいた。「写真が公開されたのは、一昨日の夜、ミス・スコットが自殺したからです」

スチュアート・ノースの褐色の皺だらけの顔に恐怖のようなものが現れた。

「な、なんてことだ」とどもりながら、「ま、まさか。そ、そんなこと」

「残念ながら事実です」

ノースは、手の中の皺くちゃになった湿ったハンカチをぼんやりと見つめた。「あの可愛くて愚かな子が」と感極まって言った。「信じられない……。なんで、あの子が……」

そして、彼は何か思いついたのか、自分の恰好を確認し、それから灰色とオリーブグリーンの服を着て傍らに座るマッジ・クレインを見おろした。そこにいた誰もがそれぞれなりの驚きを示していた——冷静さを保つニコラス・クレインを除く、誰もが。ニコラスはエレガントすぎるスポーツジャケットのポケットに深く手を突っ込んでいた。フェンには、妹の目をわざと避けているんじゃないかと思えた。ハンブルビーが何かを見逃すなどということはほとんどないので、これに気づいていたに違いなかったが、何のコメントもせず、何のニュアンスも込めない声で言った。

「〝グロリア・スコット〟は単なる芸名だと信じる理由があります。どなたか彼女の本名をご存じありませんか?」

沈黙。

「一年前に撮影所に来る前から彼女と知り合いだった方は?」

再び沈黙。

「彼女が自殺した理由を説明できる方はいますか?」

今度は、不安げにそわそわとした動きがあった。愚直な質問に対し、頭をめぐらし、足を組み直し、視線を交わしあう。しかしそれでも誰も口を開かない。

「あるいは」と、ハンブルビーが口を開いた。「この質問に対する答えを持っているけれど、人前で口をすべらすつもりはない、という方が、この中におられるかもしれない。もしそうなのでしたら、警視か……」と、意識して近くに留まっていたキャップスティックを示し、「あるいは私が、この会合が解散した後、あるいはいつであれ、お相手いたします」

小柄で疲れきって薄汚れたエヴァン・ジョージが、何か話したそうに口を開けたが、慌てて再び口を閉じた。他には反応はなかった。

「結構です」とハンブルビー。「では、もう一つ……。ミスター・クレイン、先週の木曜日の晩にパーティーを開いたとうかがっています」

ほとんど気がつかない程度だったが、ニコラス・クレインは身を強張らせた。それから緊張を緩めて内ポケットから金のケースを取り出すと、平べったい煙草を出し、慎重に口の端にくわえた。灰色の目は重いまぶたの下で意志の力を放っていた。とうもろこし色の髪は、作り物めいた前髪のウェーブが目ざわりではあるものの、太陽の光を受けてキラキラと輝いていた。アスリートのような体はとっくに盛りを過ぎていて、ハンガーにかけられたコートのように肩から垂れ下がって見えた。左頬がぴくぴく動くのは三叉神経痛の前兆かもしれない。煙草に火をつけて唇をつぼめたとき、頑丈だが黄色くて不ぞろいな歯が垣間見えた。

ニコラスは返事をする前に煙を吸い込んでから吐き出した。

「ええ」と淡々と、「確かにパーティーを開きました。それが何か？」

「そしてミス・スコットも客の一人だった？」

「その通り」

「どうして彼女を招待したのかお聞きしても？」

ニコラスは目を見開いた。「私は彼女が好きだった」と彼は穏やかに言った。その発言には、信用せざるを得ない何かがあった。「彼女はいい子だった。すれていなかった」

ニコラスのような重要人物と一緒にいるときには、彼女は当然そうならざるを得ないだろう、とフェンは思った。ヴァレリー・ブライアントのような根っからの劣等生だけが、彼女の性格の嫌な面を見ることになるのだ。フェンは立ったまま身じろぎし始め、その動きに気づいたハンブルビーは、沈黙の誓いが破られる前兆だと考えて、急いで言った。

「ここにいるどなたかが、そのパーティーに出席されていましたか？」

ニコラスは部屋をぐるりと見まわした。たっぷり時間をかけたが、ぎりぎり非礼といえるほどではなかった。

「マッジがいた」と言った。「それとオーブリー……。ミスター・メデスコ。ミスター・エヴァン・ジョージ。ミスター・スチュアート・ノース。ミス・キャロライン・セシル」彼はこの型通りの尋問に、皮肉な楽しみを感じているようだった。「他にも客はいた。たとえば、私の弟のデヴィッド。必要なら完全なリストを提供できる」

「それにミスター・モーリス・クレイン？」

「あいつは来られなかった」

「わかりました」ハンブルビーはこの情報を飲み込むのに少しだけ時間を費やした。「それではっきりします……。そのパーティーに出席された方たちには、もう少しだけ残っていていただきます。他の方々は、おそらくもうこれで十分かと……」ハンブルビーが尋ねるように顔を向けると、キャップスティックはバランスを崩しかけ、慌ててごまかすように鼻を鳴らした。「では、もう十分です。ミス・スコットやミスター・モーリス・クレインについて何か重要なことをお話し下さる気になられたのなら、警視も私もいつでもお相手するということを、どうぞお忘れなく……。どうもありがとうございました」

不自然な沈黙のなか、弔問客のように沈んだ面持ちと慎重な足取りで、グレッソン、スタッフォード、二人の秘書、そして音楽部の青年が去っていった。最後の一人がドアを閉めたとたん、抑圧されていたおしゃべり声がドア越しに聞こえ、次第に外の廊下を遠ざかっていった。

テーブルの端に腰を下ろし、非の打ち所のないズボンをはいた脚を振っていたニコラス・クレインはもの問いたげに眉を上げて言った。

「ゴシップ屋に醜聞（スキャンダル）あさり。一、二週間はたっぷり悩まされるだろうな……。警部、私のパーティーがその不幸な少女の死と何の関係があるのか、聞いてもよいかな?」

マッジは涙の跡が残る顔――急いで跡を消そうという気はないらしい――を持ち上げて、スチュアート・ノースに向けた。

「可哀想なモーリス」とつぶやいた。「それに……、それに今度は可愛いグロリアまで……」ハンブルビーに顔を向け、「グロリアのことは残念です」彼女は人を惹きつける声で嘆願した。「でも、モーリスと私は仲が良かったものですから……。ああ、残酷なことは言いたくありません。でも、彼女のことを冷静に話すのは難しくて……。その、愛しいモーリスが隣の部屋で……、その……」

「死んでいる」この無神経な虚飾に口を挟んだのは、冷淡で、重厚で、揺るぎないメデスコだった。彼の言葉に、マッジの可愛い顔が急に意地悪で悪意に満ちたものになった。

「口に気をつけてくださらない？」と彼女は、鋭く追及するようにメデスコに言った。「さもなければ、あなたは二度と……」

そこで唐突に口をつぐみ、今の言い方はまずかったと遅ればせながら気づいた。次の瞬間には、フエンも賞賛せずにはいられないほどの器用さで、静かにすすり泣き、スリムで繊細な片手の縁を恥ずかしげに眉毛に押しあてていた。

「ああ、私、ヒステリックになってるようね」と彼女はささやいた。「もう限界みたい。スチュアート……。ダーリン……」

スチュアート・ノースは彼女の肩を不器用に撫で、哀悼の言葉を並べた。なかなかおさまらない咳の発作がなければ、もっと効果的だっただろう。そして、同情らしきものも見せずに妹のことをじっと見つめていたニコラスは、これを機にハンブルビーに質問を繰り返すことにした。

「ああ、それですが」ハンブルビーは表向きの態度を捨てていて、親しみやすく打ち解けて見えた。「簡単なことです。ミス・スコットが自殺した理由はわかっておらず、一方、私たちはプロの詮索屋ですから、それを解明したいと思っているのです。その日の昼食時には陽気で普段どおりだったことがわかっています。その夜の午前二時に彼女が自殺したこともわかっています。ですから、彼女を動揺させたのは何かを突き止めることが課題であり、あなたのパーティーはそれを期待できるアプローチというわけです」ハンブルビーはその場の全員に向けて声を上げた。「皆さん、お聞き下さい。木曜日の夜のパーティーでグロリア・スコットが何を言って何をしたか、彼女がどんな様子だったかなど、すべてを知りたいのです。ところで、そのパーティーには何か特別な理由があったのですか?」

ニコラスは嫌な顔もせずにニヤリと笑った。「私の誕生日だったんだ」

「おめでとうございます」ハンブルビーは礼儀正しく言った。「いつも思うのですが、パーティーを開くにはとても良い口実ですね……。それでグロリア・スコットですが……」

彼女はほぼ最後に到着した人間だったということをハンブルビーは知った。彼女が到着した時間はだいたい十時ごろだったということで意見が一致した。彼女は陽気だった。唯一奇妙だったのは、最初の一、二分に、何か彼女を驚かせることがあったという点だった。これを目撃したのはニコラスとキャロライン・セシルだけで、ハンブルビーに集められた他の人々は、それに気づいていなかった。

「驚いていた?」とハンブルビー。「どんなふうに驚いていたんでしょうか?」

「ええと……、まるで幽霊でも見たような」とキャロライン・セシルは言った。彼女は映画での役柄とは裏腹に気立ての良い黒髪の娘で、私生活では、疲れを知らない人当たりの良さで、映画の役柄の分まで埋め合わせをしていた。「でも長くは続かなかったわ……。彼女、あっという間にそれを抑えちゃったの。どうしたのか聞いてみたんだけど、下着のゴム(ニッカーズ)が駄目になって外れてたんだと思うとかなんとか言い始めちゃって」ミス・セシルは垢抜けないクスクス笑いをした。「そういうのがチャンスに繋がるってのは認めるけど……。でも、私は彼女の言葉を信じなかった。あれは間違いなく煙幕だったわ」

「何をごまかそうとして煙幕を?」

ミス・セシルは首を振って、「それは私も気になった。でも、さっき言った通り、すぐ抑えちゃったからね」

「それ以外では、彼女は陽気だったんですね？」

「そうねえ」ミス・セシルは自信なさげに唇をすぼめ、「何か考え込んでたみたいな。陰気じゃないの。ただ考え込んでいただけ。まるで解決しなければならない問題があるみたいに……。悲惨な問題じゃなくて、難しい問題ね」

「彼女を自殺に追いやるような問題ではないと？」

「ぜんぜん違う。しばらくの間はそんなこと忘れて、他の人たちと一緒に大騒ぎしてたもの。で、しばらくすると思い出して、またうわの空になってしまうの」

「彼女はその場の誰か特定の人を見ていましたか？」

「そうね」とミス・セシルは言った。「彼女が誰かを見ないように避けているという印象を受けたわ。でもそれは、私のロマンチックな空想だったのかもしれないし、相手がどの人だったのかもわからないの」

「彼女は誰と話してましたか？」

「誰とだって話してたわよ。彼女が着いた時には、もうかなり盛り上がっていて、みんなあっちこっち動きまわっていたの。到着してすぐは私と一緒にいたんだけど、それも長くは続かなかったわ。彼女がその後どんなふうに過ごしていたのか、正直覚えてないのよ。真夜中になるころには」とミス・セシルは嬉しそうに続けた。「男どもはすっかりエッチな気分が盛り上がっちゃってて、私たち女の子はビーチボールみたいにあっちこっちに振り回されてたのよ。だから誰も、他の人が何やってるかなんて、見ているひまはなかったわ。本当に素敵なパーティーだった」彼女は心のこもった口調で締めくくった。

つまりは、これが一般的な見解であるらしかった。すなわち、誰もが目一杯楽しんでいて、グロリア・スコットに注意を払う余地など残していなかった。そして、彼女が自殺しそうな精神状態にあるようにはまったく見えなかったという点では意見の一致がみられたものの、キャロライン・セシルがすでに言ったこと以上に重要な情報は出てこなかった。パンナイフを振り回して暴れてでもいたら記憶に残ったのだろうが——と、ハンブルビーは悲観的に思っていた——それよりも些細な出来事の機微など、起こった端から永久に忘れ去られてしまう運命にあったのだ。

「では、彼女はいつ立ち去りましたか？」とハンブルビーが尋ねると、彼女は最後に帰ったというのが、ニコラス・クレインの答えだった。しぶとく残っていた小グループ、すなわちメデスコ、キャロライン・セシル、エヴァン・ジョージが別れを告げて、階下の舗道に出ていった。グロリア・スコットはその後一、二分ほど、ホストと二人きりでアパートに残った。

「なぜです？」ハンブルビーは尋ねた。

「彼女が『不運な女』の役どころについて話をしたがったんだ。その役を手に入れて、夢中になっていたんだ。私はできるだけさっさと彼女を追い払った。私にとっては、映画はただの仕事で、実際にとりかかっている時以外は忘れていたいんだ」

「あなたは、何らかの形で彼女を動揺させはしなかったですか？」

「とんでもない。彼女は、まだ舗道でおしゃべりをしながらたむろしていた連中と合流して、とても楽しそうに去っていったよ。あれは午前二時ぐらいだったんじゃないかな」

「では他の皆さん……。フラットから出てきてあなた方に加わったときの彼女は元気だと感じましたか？」

　メデスコは鼻を鳴らして、「我々にはそんなことに気づくひまなどなかったさ」と唸った。「あの娘はエヴァン・ジョージを抱きかかえるようにさっと捕まえて、ピカデリーに向かって一緒に歩いて行ったよ。〝家まで送ってくれるわよね、ミスター・ジョージ？〟だとさ」メデスコは物まねしてみせた。「はっ……、それで二人は行っちまった」

　ハンブルビーが当の小説家に目を向けると、相手は少し恥ずかしげに顔を赤らめた。「では、彼女のことをよくご存じだったのですか？」

「あのパーティーより前には会ったこともなかった」とジョージは慌てて言った。「本当だ。誰に聞いてもらってもいい」彼は助けを求めて周りを見まわした。「彼女は……、ええと、彼女は夜の間に少しばかり私と親しくなっていたんだよ。どうしてかはわからない」と申し訳なさそうに、「あそこには若い男がいくらでもいたのに……。とにかく、家まで送ってくれと言われたのは事実です。それでタクシーを探しに行きました」

「探しながら、どんな話をしましたか？」

　ジョージは、懸命に思い出そうと、うつろな表情になると、「ああ、いろんなことを、なにもかもです」最後には、ますます曖昧さをこじらせて、「パーティーのこと、映画のこと……。私は彼女に脚本会議で何が起きているのか少し話しました。それに、ああ、いろいろな人のこと。問題は……」と気まずそうに、「私は少々具合が悪くて……。でも、彼女は自殺しそうには見えなかったし、彼女を動揺させるようなことを言ったはずがないのは間違いありません。くそ、私はあの子のことをほとんど知らないんだ」

「結局、あなたは彼女を家まで送っていかなかったのですか？」

「ええ、そうです。正直、その後のことをかなり期待していたことは認めますが、ピカデリー寄りのハーフムーン通りの終わりまで来たところで、私の言葉に彼女が突然怒り出したんです」

「どんなことで？」

「ええと、ミス・クレインに関することでした」ジョージは落ち着かなげに咳払いをし、再び顔を赤らめた。「つい、彼女の容姿に感心していると言ってしまったんです」これを聞いたミス・クレインは、弟の死に対するあふれんばかりの悲しみと、自負心と、感謝の気持ちが見事に調和した小さな微笑みを浮かべた。「明らかにこれは間違いでした。ミス・スコットに、〝まったく、なんなの。私と一緒にいるのに、他の女の話をしないといけないの？〟なんて言われましたからね。そこにタクシーがやって来て、彼女は走り寄ってそれを捕まえました。おやすみも何も言わずに乗り込むと、私を置き去りにして走り去って行きました」

「俺には、あの娘がまともな精神状態にあったようには聞こえんな」とメデスコが言った。「俺自身の記憶では、あんたはアルコール中毒が進みすぎて、彼女が立ち止まって裸になっても気づかなかったんじゃないかと思うね」

「さっき自分で認めただろう」ジョージは威厳をもって言ったが、その背丈とボロボロの服装のせいであまり効果がなかった。「私は具合が悪かったんだ」いったん口を閉じ、「よく考えてみると、彼女はあまりしゃべらなかったようです。しゃべっていたのはもっぱら私のほうだった」頭をかいて、「もっと思い出せればいいんですが……。私は良い証人にはなれないと思います」と続けた。

「これはどれも役に立ちませんね」とハンブルビーは率直に言った。「ミスター・クレイン、ミス・

スコットがあなたと別れてから舗道のグループに合流するまでの間に、誰かと話したり、電話をかけたり、手紙を読んだりする機会はあったでしょうか?」

フェンはニコラスを見ていたが、エヴァン・ジョージの物語が進むにつれて、彼の内に安堵感が増していく様子を見て興味を覚えていた。今や、彼は楽観的で楽しげに見えた。

「いや、ないな。警部」と彼は答えた。「私は自分でドアまで送っていって、ドアを閉める前に他の連中と合流するのを見たんだ」

ハンブルビーは抑えきれない苛立ちを覚えて指を鳴らした。証言は曖昧で、グロリア・スコットの自殺の動機は、相変わらず説明しようがない。何かが彼女を驚かせたが、それが何かは誰も知らない。一連の出来事のどこかで、彼女を思い悩ませ、だんだんと正気を失わせるような何かが彼女の耳に入り、最後にはウォータールー橋で理性の糸が切れ、狂気の衝動がひどい痛みを伴って彼女を永遠の彼方に追いやった……。しかし、なぜだろう? そこでハンブルビーは、頼まれていた質問を思い出して、ちらりと目を向けると、フェンがごくわずかに頭を振るのが見えた。そのジェスチャーは、ニコラス・クレインに話を変えるように仕向けることはできず、そのために費やす努力は明らかな無駄になるだろう、と告げていた。ハンブルビーはそれに従い、尋ねなければならない最後の質問に進んだ。

「『不運な女』のマーサ・ブラウント役をミス・スコットに与える件は、誰が責任者だったんですか? ミスター・スタッフォードですか?」

ニコラスは驚いた顔をした。「最後の決定権はもちろん彼にある。プロデューサーなのだから」

「彼は自分の意思で彼女を選んだのですか?」

「いいや」とニコラスは言った。「私がそうさせた」

「あなたが?」ハンブルビーが驚く番だった。「ご兄弟のモーリスではなく?」

「弟のモーリスではない」とニコラスは重々しく言った。

「理由をお話しいただけますか?」

「そうだな。彼女は決して悪い女優ではなかった……。私が監督した『天国行きのビザ』にカメオ出演していたので、その実力は知っていた……。見た目も体格も彼女は役柄にぴったりだった。それに、私は彼女が気に入っていたので、足掛かりを与えてやりたかった。幸いなことに、マーサ・ブラウントのキャスティングは、この映画の中で、ミスター・レイパーがあらかじめアイデアを持っていなかった数少ないものの一つだった。ジョスリンはこの件については寛容だったので、私の推薦をすんなり受け入れてくれた」

「そして、あなたです。ミス・クレイン」とハンブルビーは詐欺師のような柔らかい口調で言った。「あなたは、これを良い配役だと思いましたか?」

何も考えずに先走って「そんなわけ……」と口にしたものの、スチュアート・ノースの視線に気がついて、口調を改めた。「まあ、ええ、もちろんです。グロリアには訓練と経験が必要でしたけど、いつの日かとてもとても良い女優になったことでしょう。彼女と一緒に仕事をするのを楽しみにしていました」

「まあ、そうだったの?」キャロライン・セシルは、抑えた悪意とともに言った。「あなたは、そんなこととあまり信じてないと思ってたわ」

「嫌だわ、ダーリン」マッジは甘い声で応えた。「そう見えたとしたら、それは、基準に達していないせいでグロリアのチャンスが損なわれてしまうのが心配だったからよ。ねえ、警部さん。映画業界というのは、とても慎重でないとやっていけないの。一度でも失敗したらもう許されないんですから」

「それで、あなたは……」ハンブルビーは膏薬のようにねっとりとした口調で、「あなたは、ミスター・ノースが彼女に興味を持っても、まったく動じなかったのですか？」

ほんの一瞬、マッジの目に憎しみがあふれだした。そして、まるでスクリーンに映る幻灯機のスライドが別のスライドに取り替えられたかのように、彼女は驚きの声を上げていた。

「あら、どうして私が？　スチュアートが彼女に興味を持っていることさえ存じませんでしたのに」

マッジはスチュアートを見上げて、「興味があったの、ダーリン？」

ミスター・ノースは騒々しくくしゃみをして、「〝興味がある〟というのがどういう意味で言っているのか、私にはよくわからないな」と彼は不機嫌そうに言った。「一度や二度連れ出したことはあるけど、そういう意味で言うなら、大したことは何もなかった……。なんでこんなつまらない話題になったんだ？　それが何だっていうんです？」

彼がキャップスティックに目を向けると、相手はぎこちなくうなずいてから、まずいと思ったのか、曖昧に首を振った。

「いずれにしろ、それが私の最後の質問に解答を与えてくれるのです」とハンブルビーは平然と、「ミス・スコットとミスター・モーリス・クレインの関係についての質問に」

「最後か」メデスコが繰り返した。「本当にそうであって欲しいもんだ。俺は昼メシにしたいよ」

「私の知る限りでは」とハンブルビーはニコラスに向き直って、「昨年のクリスマスには、ミス・スコットがあなたの家に滞在していたとのことですが、本当ですか？」

「彼女は私の母の家に滞在していた」

「あなたご自身は、そこには住んでおられない？」

「ああ。マッジもだ。モーリスとデヴィッドが住んでいる」

「どなたが招待したのか知りたいのですが」

「モーリスだ」

「その時期には、あなたもそこにおられたのですか？」

「いいや。デヴィッドと私はバミューダを航海していた」

「となると、弟さんのモーリスが、家の中で唯一の男性ということになりますね……。あなたのお父上がおられれば別ですが……」

「父は何年も前に亡くなった……。そうだ、モーリスが家にいた唯一の男のはずだ。グロリアには赤ん坊ができていたのか？」

「その通りです……。では、ミスター・クレイン、パーティーのゲストの完全なリストを教えていただければ……」

その要請が果たされると、会合は解散となった。ニコラス、マッジ、スチュアート・ノースの三人が最後になった。ニコラスは去り際にフェンにうなずいてみせて、「これはまさに、きみの本領発揮というところだな？」と通り過ぎながら言った。

「たぶんね」とフェンはどっちつかずの答え方をした。「アドバイスがいるかい？」

「頼む」

「数日の間は、他の人間が食べたり飲んだりしたもの以外、食べたり飲んだりしてはいけない」とフェンは言った。「きみの妹も同様だ……。法的なトラブルに巻き込まれることなく女優との契約を破棄したいと思ったとしよう……。きみならその場合どうする？」

ニコラスは目を細め、「ほほう」とつぶやいた。「名誉毀損を禁じる法律もあるんだぞ、フェン教授。慌てて告発しようなどと考えたら、きみのほうがまずい立場になるんじゃないかな。せいぜい気をつけることだ……。では、さようならだ。また会えるものと期待している」一瞬笑顔になってから、彼は立ち去った。

3

それから一時間後。フェンは、急いで〈ベア亭〉でエールとサンドイッチの昼食を摂ってから、オックスフォードへと戻る途中だった。午前中の出来事についてはほとんど考えていなかった。今ある以上のデータが手に入らない限り、推測では何も導き出せないからだ。その代わりに、ワーズワースとアネット（ワーズワースのフランスの恋人）を題材にした映画の構想とキャスティングに没頭し、時折ヘンリー・ジェイムズ風の誇張表現を織り交ぜることで、家に着くまでの間、頭の中をいっぱいにしていた。

翌日の日曜日の朝、電話が鳴ったのは、フェンが朝の祈りに出席した後、カレッジの自室でガウンを脱いでいるときだった。

「こちらジャーヴァス・フェンです」とフェンは言った。

「ミスター・ジャーヴァス・フェン？」

「です」

「少々お待ち下さい、ミスター・フェン」フェンの耳元で、受信機の振動板がひび割れた音をたてた。

「繋がりました。ええと、繋がりましたよ、ミスター・フェン」

「なるほど、そりゃ結構」

「聞こえてますか？」

「こちらジャーヴァス・フェンです」

「お電話です」

すぐに回線は切れてしまったが、その時には、カチリという音が反響し、背景のかすかな音――タイプライターを打つ音、食器のふれ合う音、会話、誰かの口笛――が聞きとれるようになった。フェンは煙草に火をつけるために受話器を置いた。三十秒ほどすると、ハンブルビーの不信感に満ちた「もしもし（ハロー）」という声が、虜囚となったエルフの声のように響いてきたので、フェンは再び受話器を手に取った。

「そこにいるんですか？」とハンブルビーは言っていた。「誰もいないのかな？」

「落ち着けよ」とフェン。「で、何が起きたのかい」

「ああ、やっと繋がったのか……。ええと、モーリス・クレインの検死が終わったんです。あなたの言った通り、毒殺でした」

「何の毒？」

「コルヒチン」

フェンは眉をひそめた。「コルヒチンだって？　おやおや。それじゃあ、コーヒーカップについて悩んで、馬鹿みたいだったな」

「ああ、じゃ、コルヒチンのことはご存じなんですね？　私は知りませんでしたよ。毒殺者ってのは、普通はそんなに、その……、秘術めいた選択はしないものですから」

「どうやって投与されたんだい？」

「モーリスが常用していた強壮剤の瓶に入っていました。バグリーが、昨夜遅くに彼らの屋敷に行って突き止めてきました」

「時間は？」

「ほとんどいつでもあり得ます。誰でも気づかれずに簡単に出入りできる、大きくてだだっ広い屋敷なんです。特定のしようがない」

「まあ、モーリスが、昨日の朝、撮影所に出かける前に飲んだのは明らかなんだ……。だから、そこが最終期限（ターミナス・アド・クエム）なのは間違いない」

「ええ。ですが、最初期限（ターミナス・エ・クォウ）が問題ですね。瓶には一日二回食後にと書かれていますが、人はしばしば薬を飲むのを忘れるものですし、そもそも飲む気がない場合もある」

「うーむ。で、きみの立場はどうなったんだ？」

「今は、正式に担当しています。キャップスティックが署長を説得して警視庁に連絡させて、私は総監補（AC）を説得して、休みを延期して事件を引き受けさせてもらえることになりました」

「で、今までに何がわかった？」

「何も」

「そうか。モーリス・クレインの金は誰が手に入れるんだ？」

「ああ、そこが重要でしてね。彼の母親が手に入れるんですが、これが莫大なんですよ。父親はノミ取り粉や下剤などの製造業で財を成していて、子供たちにそれぞれ五万ポンド遺しているんです。ただし、三十五歳までは手を付けられないし、三十五歳になる前に死んだら母親の手に渡ることになる……。これは動機になりますね」

「ありがとう。よくわかったよ。グロリア・スコットについては？」

「可哀想なチャールズは大忙しでしたよ。イギリスの半分はあの写真に見覚えがあったらしい。ところが、他の名前で彼女を知っていたという者も、二年以上前のことを知っているという者も一人もいない。型通りの捜査はまだ山ほど残っているっていうのに、つまるところ、彼女については、昨日の朝にわかっていた以上のことは何もわかっていないんです」

「そして新しい日の冷たい光の中で、きみは大いなる疑念に悩まされているわけだ。モーリス・クレインの死は、本当に彼女と関係があるのかどうか、と」

「ええ、率直に言って私は……、私がどう思っているかわかりますか？」

「どう思ってるんだい？」

「あなたは、そこにないものを見ようとしている」

「おやおや」

「映画や例の頌歌（オード）との暗合のせいで、あなたはまともな判断ができなくなっているんじゃないかと、私は思ってます」

「僕がなまくらになったと思ってるのかい？」

「そう主張するのでしたら、その通り」

「そんな主張をする気はさらさらないよ。断固否定したいね。でも、きみたちは聞く耳持たないいんだよな……。で、どうするつもりなんだ？」

「殺人なら殺人で、筋の通った方法で対処しようと思っているだけです。何か出てくるでしょう」

「なんとね。ミユーバー・ハンブルビー（ミユーバーはC・ディケンズ『デイヴィッド・コパフィールド』の登場人物。楽天家）、スコットランド・ヤードの鬼刑事ってわけか。僕はこのままでいいのかい？」

「ええ、私に異論はありません。とりあえず、何か提案はありませんか？」

「そう、船会社だな。グロリア・スコットがメネンフォードに到着する前の一ヶ月間にイギリスに到着した旅客船の客室乗務員に、写真を配布するんだ。彼女の正体がわかれば、モーリス・クレイン殺人犯の手がかりが得られる」

「〝今の調べをもう一度〟（シェイクスピアの『十二夜』より引用）ですか」

「まあ、やりたくなければ、やらなきゃいい。でも、クレイン家の残りに何かあっても、僕を責めないでくれよ」

フェンは電話を切った。コルヒチン。事件の最終的決着がどうであれ、これは毒物学の歴史に残ることになるだろう、とフェンは思った。毒物に関する専門書はすべてノースオックスフォードの自宅に残してきていたが、この毒物の主な特徴を思い出すのにそれほど苦労はしなかった。秋に咲くクロッカスやイヌサフランの球根や種子に含まれる二つの有効成分のうちの一つを構成していたはずだ——と、フェンは記憶をたどった——この二つを原料にすれば、さして苦労せずに強力な煎じ薬を抽出することができる。その症状は、嘔吐、唾液分泌、胃痛で、呼吸中枢の障害によって死に到る。そして、ある一点で他の毒物とはまったく違う異彩を放っている。摂取後数時間はまったく効果が無いのだ。フェンはこれまでに殺人に使用された例を思い出せなかった……。

とりあえず今、何ができるだろう? フェンの思いつく限りでは、「何もない」はずだった。型通りの捜査を必要とする犯罪ならば、フェンはお呼びではない。今わかっていることから思いつける解釈なら、すでに最後の一滴まで絞り出している。もっとも、そこからはモーリス・クレインを殺した犯人が誰であるかという手がかりは、まったく得られなかったが。さらに何かが発見されるか、あるいは何かが起きなければ、有意義な推測を続けることはできない。そういうわけで、フェンは家に帰り、一日の残りは、食べて、寝て、読んで、子供たちを叱りつけ、とりとめもなくフレンチ・ホルンの練習をして過ごした。彼の知る限りでは、事件は凪だった。翌日のティータイムに四時版の「イブニング・マーキュリー」紙が到着して、ようやく再び風が吹き始め、船は新しい浅瀬、新しい岩礁に向かって方向転換したのだった。

4

フェンは、「この事件以前には、殺人者が不測の事態に容赦なく巻き込まれた例など聞いたこともなかった」と、しばしば口にしている。あらゆる曲がり角で〝偶然(チャンス)〟が藪に身を潜め、殺人者の歩みを地図に記し、その顔の特徴という特徴を書き留め、最後には、身分も名前もすべて白日の下(もと)に晒してしまったのだ。フェンやハンブルビーにできることなど、この最終的啓示を早める上で何の役にもたたなかった。ノルン族(北欧神話の女神たち。人間の運命を決定する)が最後の輪を提供して、出来事の連鎖に一貫性を与えてくれるまで、屈辱的な忍耐とともに足踏みしているしかなかった。この犯罪は、演繹力と思考力をもって解決すべき問題であったにもかかわらず、その演繹と思考に必要な肝心のデータは、不透明な運命という特権を最後まで貫き……。

そして月曜日の朝、運命はその網目模様の最初の糸を織った。

運命の女神の道具にはバーソロミュー・スナードという名前があり、その職業は私立探偵だった。一般的に私立探偵は誠実な人間ではあるが、不誠実な人間にとっては、この職業はある種暴力的な誘惑を提供する。ミスター・スナードはたびたび嬉々としてこの種の誘惑に屈していた。実は、彼は何度も間一髪で監獄行きをまぬがれてきていた。そのため、文句も言わずに自分の利益を辛抱強く守ってくれる個人的な守護神が、いつもそばにいるのだと半ば信じていた。そして、これから語られる出来事の間、この超自然的保護感覚のせいで、彼の貪欲さと警戒心は極めて不安定なバランスを維持していたのだ。確かに、ミスター・スナードも過信することの危険性は認識していた。しかし、人が自分自身を欺く能力というのは事実上無限大だ。ミスター・スナードの本能が慎重さを促して鳴らす警告は、日ごとにその激しさと回数を増していたのだが、対照的に、彼の中で決定を下し行動する部分は、日ごとにその警告に注意を払わなくなっていった。そしておそらく、この危険な心理的状態故に、マッジ・クレインのアパートを荒らすという危険な企みに手を出してしまったのだ。

ミスター・スナードは人懐っこい男で、体格も良く――とはいえ、目立ってこそいないものの肥満気味だ――、率直で人好きのする顔つきをしていた。もう四十に近かったが、少なくとも十歳は若く見えたし、化粧室での手入れをかかさず、洋服の選び方にも気を配った結果、かなり見栄えのする見てくれを保っていた。求愛行動の質と量の両面で彼は豊富な経験を積んでいたし、対象へのアプローチに特化した才能は、仕事の上でも最も貴重な資産であることが証明されていた。と同時に、多かれ少なかれ純粋な楽しみの源ともなっていた。彼はいつも女性を狙った。男が相手だと、ハッタリをきかせて同志的な態度をとることはできるものの、どこか居心地悪く感じていた。女性を相手にするのはビジネスの面でも有利で、しばしばちょっとした恐喝の機会を与えてくれた。そして、ことが恐喝となれば、ミスター・スナードは芸術家だった。過度の要求や度重なる要求はしないというのが彼の厳格なルールだ。これまで報復を免れてきたのが、この賢明かつ節度ある方針のおかげなのは間違いないだろう。実のところ、時が経つとともに、それは倫理の原則のようなものにまで深化しており、一度絞り取った井戸から再度汲み出そうという試みを、ミスター・スナードは〝アンフェア〟あるいは〝非紳士的〟と呼んで、忌避していた。彼の要求を受け入れた被害者に対する態度は、親切で父性的な寛容ささえ感じさせた。人生の汚い面をたくさん見てきたにもかかわらず、いろんな意味で、ミスター・スナードは極めて単純で穢れない心を保っていた。姦淫、倒錯、些細な裏切りといったものと避け難く関わっていたにもかかわらず、まるで九九の表に対するのと同様に、そういったものにはさしたる感銘を受けなかった。この無邪気さは誰の目にも偽りのないものだったので、必然的かつ最終的に彼の罪が露見したとき、その証拠があれほど圧倒的でなければ――そして判事が感受性豊かな人物であったならば――守護神はもう一度彼を助けていたかもしれない。

彼の合法的な活動の中では、夫婦間の不貞行為を追求し発見することが中核をなしていて、ロング・エーカーのはずれにある清潔で趣味の良いオフィスでは、夫婦間の不信から生じる痛々しい告白が何度も目撃されていた。商人や弁護士、医師、あるいは秘密の保持を必要としない他の専門家でさえも、信用と能力によって地位を維持するものだが、中流階級と上流階級が人目を忍んで頼ってくる私立探偵はそうではない。依頼人は行き当たりばったりに私立探偵を選択することになるため、より堅実で経験豊富な組織が職業のうま味を独占するということはなく、かなりの頻度で、小さな個人事業主の下にも仕事が転がり込んでくるのだ。これは私立探偵が享受する利点の一つだと言える。ある日、ミスター・スナードの事務所に著名な映画界の大御所の妻が現れたのは、こうした理由があったからだ。彼女には、夫の不貞願望と実践を疑うだけの理由があり、ミスター・スナードがあずかり知らぬ理由から、その証拠を手に入れたいと切望していた。そして、ミスター・スナードでさえも耳を疑った、浮気相手の候補の一人がマッジ・クレインだった。

ミスター・スナードの調査の進捗状況は、興味深いばかりか有益なものですらあったが、ここでは関係がない。映画界の大御所の妻の推測は、かなりの程度まで十分な根拠があったことが判明したのだが、マッジ・クレインに関しては、ミスター・スナードが確認できた限り完全に見当外れだった、と述べるだけで事は足りるだろう。本来は、それだけでこの件は終わっていたかもしれないのだが、ミスター・スナードがミス・クレインの私生活を調べたという事実は、ミス・クレインの専属メイドであるフェリシティ・フランダースという名の魅力的なブルネットと知り合うという結果をもたらした。ミス・フランダースは女主人の名声にのっかってお高くとまった若い娘で、当然のように身持ちが堅かった。ミスター・スナードのような手練れであっても、彼女の愛情――そして彼女が持っているかも知れないミス・クレインに関する機密情報――を得るには長く困難な道のりが必要だった。しかしひとたび愛情を得てしまえば、それは非常に情熱的なものとなり、二度と逃れることはできないのではないかとミスター・スナードが恐れるほどだった。ミス・フランダースのようなタイプの女は、簡単に切り捨てるのは政治的に好ましくない、と彼は感じていた。その結果、関係を築いた当初の動機が意味を持たなくなってからずっと後、映画界の大御所の妻が支払いをすませ、彼が提供した弾薬を持って不運な夫に立ち向かっていってからずっと後になっても、ミスター・スナードはミス・

フランダースと関係を持ち続けていた。すべてが終わって顧みたとき、それが自己懲罰的な行為だったと言うことはできない。ミス・フランダースは容姿端麗で、愛嬌もあり、しかも神の教えをたてにして関係を拒むなどというつもりも、さらさらなかったのだから。したがってミスター・スナードは、モーリス・クレインが死んだ時点ではまだ、この交際を満足のいくものと見なしており、フェリシティが、週末に女主人が不在になるからと、ウェストミンスターの豪華なアパートに初めて招待すると、ミスター・スナードは他の計画をキャンセルし、大喜びで招待を受け入れた。

それは日曜日のことで、すでに語られたロング・フルトン撮影所での一連の出来事の翌日だった。その夜の九時、ミスター・スナードはグレート・ピーター通りの〈クイーンズ・ヘッド〉でサンドイッチの夕食と飲み物をとりながらフェリシティと会い、彼女が零(こぼ)れ聞いた前日の大惨事の詳細を耳にした。

「マッジはあまり動揺してなかったわ」とフェリシティは言った。彼女は、ミス・クレインの目が届かないところでは、いつも洗礼名で呼んでいた。使用人ではなく、あの有名な若い女の親友なのだと思われたかったからだ。「私に言わせれば、彼女とモーリスの間に失われるような愛なんかなかったわ。でも、何の不思議もないと思う。あんな男だったし」

「しつこい(ロービイ)タイプ、ってやつか?」ミスター・スナードは、戦争末期に徴兵制を巧妙に回避していたにもかかわらず、兵隊のスラングをよく使っていた。

「そうね……。サテュロスといい勝負ってところね。私に対する態度ときたら!」

「ああ、そういう奴、いるよな」ミスター・スナードはわけ知り顔でうなずいた。「女の子と見たら手を出さずにはいられないんだ」ウィンクをして、「もっとも、きみに関する限り、俺にもそいつを責める資格はないよな」

フェリシティはくすくす笑い、「まあ、ピーター、冗談はよして」と言った。ミスター・スナードは、本名や職業を明かすのは賢明ではないと考えていたので、彼女は自動車関連の仕事をしていると思っていた。「あなたったら、本当、ひどい人ね」

「じゃあ、もう一杯お代わりして、嫌な記憶はシャットアウトするってのはどうだい？」

「今度はジンを頼んでもいい？」

「ビールにしときなよ、ベイビー」ミスター・スナードは金には細かかった。「混ぜると、おなか（ぽんぽん）を壊すぜ」彼はお代わりを注文した。「なあ、本当にアパートに行っても大丈夫なのか？　彼女が不意に戻ってきて、きみが困ったことになるのは、俺も嫌だぜ」

「戻ってこないから心配しないで。マッジは、夕べは母親と一緒に過ごしたし、今日はコテージに行ってるわ」

「そりゃどこだい？」

「ドゥーン島よ。ポーツマスの近く」

「彼女は、どこに行くにもきみを連れてくもんだと思ってた」

「あなたも休暇（オリデイ）を取らなきゃって言ってたわ」フェリシティは「h」の欠落を言い直そうかとも考えたが、かえって目立たせるだけだと判断した。「大丈夫。水曜日に戻ってくるまでは、私の好きにできるの」

「じゃ、秘書のほうはどうなんだい？」

「まあ、ピート、そんなに気にしなくてもいいのに」

「気にするさ」ミスター・スナードは断固として主張した。「俺のことはどうでもいいんだ、ベイビー。きみのことが心配なのさ」

　フェリシティは、より勘の鋭い側の性の一員だったので、この口上は嘘くさいと考えたが、男性が習慣的に嘘をつくのは物事の道理の一部であるという事実を受け入れていたので、この問題を追及しようとはしなかった。

「秘書はマッジについて行ったの。彼女も邪魔はできないわ、大丈夫」

「確認することは大事だからな」とミスター・スナードは朗らかに言った。「今でも忘れられないんだが、空軍にいたころある飛行軍曹がいてね……」

　彼は夢中になって根も葉もない戦争の逸話を語った。

　閉店間際になって、二人は酒を飲み終え、席を立った。ウェストミンスター病院の近くにあるマッジ・クレインのアパートは、近頃では特別に裕福な人間しか手が届かないような、小さくて高価なサービスフラット（食事・掃除などのサービス付きアパート）の立ち並ぶ区画（ブロック）にあった。ミスター・スナードは物事にかかる費用というものを熟知していたので、アパートの設備や調度に強く感銘を受けたが、それを隠すために、生まれながら贅沢になれているかのようなさりげないふうを装った。フェリシティはダイニングルームのサイドボードから、ジンとオレンジ色のスカッシュを取り出してきた。二人はこれを惜しげもなく試飲して、深夜になるとベッドに籠もった。

　ミスター・スナードは月曜日の朝の交通量のせいで、七時に目覚めた。フェリシティはまだぐっすり眠っていたので、ミスター・スナードはアパートを見て回るのにちょうどいい機会だと考えた。何かを盗む気満々だったかというと、それがそうでもない。彼はいつも、紛失が発覚したとしても、所有者はどこかに置き忘れたのだろうと思う程度の価値しかないものしか盗んでこなかった。では恐喝を念頭に置いていたのかというと、こちらはもっと疑わしい。この民主主義の時代にあっても、富と影響力は背後から痛めつけにくるものだということを知っていたので、著名な人間や悪名の高い人間は犠牲者に選ばないことにしてきたからだ。そう、確認できる限り、彼の動機は単なる好奇心だったらしい。たとえ何の役にも立たなくても、隠密裏に動くこと自体を好んでいたようだ。いずれにしろ、その動機はこの記録にとって重要ではない。重要なのは行動だ。それこそが、この特筆すべき繊細さと冷酷さを持った殺人者を追い詰める上で、大きな役割を果たす運命にあったのだ。

慎重にベッドから這い出て、形ばかり裸を隠し、裸足で部屋から忍び出たとき、ミスター・スナードは、自分が重大なことをしているとはまったく思っていなかった。むしろ、特に危険にさらされることなく違法行為を行うときに感じられる、あの爽快感を感じていた。廊下に出て一瞬ためらい、それからそっと居間に向かった。前の晩のうちに、そこに調べてみる価値のありそうな小さなローズウッドの机があることに気づいていた。フェリシティのわずかな動きにも気づけるように耳をそばだてながら、机を改め始めた。一度調べたものは、すべて念入りな正確さで元の位置に戻した。しかし、注目に値するものはほとんどなく、努力は報われなかった。今は、唯一鍵のかかった引き出しに賭ける価値があるかどうか、という問題だけが残されていた。もともと目的があって始めたことではなく、その中身を見る必要などまったくないことはわかっていた。フェリシティからは十分に離れていたので、この時点では、そのままにして戻るのは簡単な事だった。しかし、今や習慣となっている探究心に煽られて、どうにも衝動を抑え込むことができなくなる決定的な瞬間が訪れた。彼は忍び足で寝室に戻った。

フェリシティはベッドを出た時のままに横たわっていた。疲れ果てて微睡(まどろ)み、額はうっすらと湿り気を帯びていた。ミスター・スナードは、彼女が本当に眠っているのを確認するためだけに立ち止まり、化粧台から手袋を取り出してはめ――ズボンしか着ていなかったので、これでその外見はかなり異様なものになった――、ズボンのポケットから合い鍵(スケルトンキー)の束を取り出し、再び部屋から忍び出た。

引き出しには秘密がつまっていたのかもしれないが、その量は決して多くなかった。まず、債券の包みがあった。ミスター・スナードの手は名残り惜しげにその上をさまよったが、結局は手をつけずに戻した。次は、奇妙なイラストが付された『ベロニカの鞭』というタイトルの私家版の本。ミスター・スナードは、少し考えた後、自分の目的と楽しみにかなっていると判断した。なくなったと知れば、ミス・クレインは恐らく、置きっぱなしになっていたのを召使が――たぶんフェリシティが――拾ったと推測するだろうが、それについて追及はしないだろう。その結果、女主人とメイドの関係は間違いなく悪化するだろうが、フェリシティは遅かれ早かれ――ミスター・スナードの考えでは――そうなるはずなのだ……。

最後に手紙があった。

上等な便箋に、のびのびとした、少し子供っぽい筆跡で書かれていた。それを読んだミスター・スナードは興奮で膝の力が抜け、よろめいて転ばないように、慌てて腰を下ろさなければならなかった。

この過剰な反応の原因は、次のようなものだった。

木曜日、夜、午前二時

親愛なるマッジ。

終わった。そうでなければいいのにと切望しているのだが。さきほどグロリアに話をした。彼女が気絶するか、具合が悪くなるか、私の喉につかみかかってくるかするかもしれないと思っていたので、他の連中が帰る後まで待つように頼んであったのだ。あんな状態の人間は見たことがない。あの役を得ることは、彼女にとってすべてを意味していたのだ。騙されて契約を破棄したなどと口にしたら名誉毀損で訴えられるぞと警告しておいた。きみも知っているように、ジェッドが口を開くはずがないことも教えた。しかし、これは悪魔のように危なっかしい話だ。少しでもこのことが漏れたら、私の映画生命はお終いだ。きみも同じだぞ、と言っておきたい。お願いだから、この手紙は燃やして、この件については生涯口を噤んでいて欲しい。

おそらく、彼女は契約違反で撮影所から訴えられるまで待ってはいないだろう。訴えられたら、彼女には戦える力がない。彼女の将来のために、私にできることなら何でもしようと言ったんだが、もちろん彼女は一瞬たりとも信じなかった。あれは、映画に毒されているのだろう。彼女はきみがすべての裏にいることをよく知っている。きみの馬鹿げた嫉妬心も、だ。私自身もきみのために気をつけたほうがいいのだろう。ここを立ち去るときの彼女はまともじゃなかった。

何もかも、とても残念だ。きみも知っての通り、私はあの子が気に入っていた。モーリスとは違う意味で、だが。土曜の朝に顔を合わせるときには、この件は口にしないように。

ニコラス

ミスター・スナードは素早く考えをめぐらせた。商魂たくましい新聞社は、グロリア・スコットの自殺には謎めいた部分があると嗅ぎつけ、日曜日の新聞で大きく報じていた。ニコラス・クレインのパーティーのことにも控えめながら触れつつ、警察は今のところ動機を突き止めることができずにいると報じていた。そのおかげでミスター・スナードは事件の概要に通じていたので、極上の暴露文書にぶつかったのだと気がついた。しかも、これは不名誉にも映画界の名士二人を巻き込むものなのだ。彼はそこに座りこみ、グロテスクな服装のまま手袋をした手で手紙を握りしめ、できる限り超然とした態度を保ちつつ、これをどう扱うのが最も有益だろうかと自問自答した。

そして必死に脳みそを働かせた結果、手紙を持ち帰って「イブニング・マーキュリー」紙に届けよう、とミスター・スナードは決意した。

この判断は、ミスター・スナードの自信過剰が知性の劣化をもたらしたことを示す好例と言えるだろう。もちろん、一旦手紙が公表されてしまえば、ミス・クレインが警察に盗難を届け出ることを防ぐ方法などないことはわかっていたし、フェリシティが犯人は彼だと気づくこともわかっていた。しかし愚かにも、フェリシティは仕事を失うことを恐れて彼を告発しないだろうと考え、また、たとえ告発されたとしても、二度と彼女と会わなければ――名残は惜しいが――偽名が彼を守ってくれるだろうと考えたのだ。手に入る金――それなりの金額になるはず――で、事務所を閉めて休暇に出かける。戻ってくるころには、すべて忘れ去られているだろう。

ミスター・スナードはこのように計画を立てていたが、守護天使は知らぬ間に船を見捨てていた。おわかりの通り、フェリシティと警視庁の能力の両方をひどく過小評価していたのだ。ともあれ、彼には良い計画に思えたので、すぐに実行に移した。

寝室ではフェリシティが寝ていた。ミスター・スナードは自分の服をかき集め、別の部屋で身に着けた。ニコラス・クレインの手紙を『ベロニカの鞭』に挟み、レインコートのポケットに入れた。その後、漁った引き出しを閉めて再び鍵をかけ、アパートをひと通り回って、触った覚えのあるものはすべて指紋を拭き取った。不運にも見落としがあったとしたら、それはそれでしょうがない。彼の指紋は警察のファイルにはないので、発見されても説明できないまま残るだけだ。彼は、侵入されたように見せかけるために窓をこじ開けようかとも考えたが、よく考えて、もっともらしくするのは難しいだろうと判断した。それに、音をたてることになり、フェリシティを起こしてしまう。彼女宛てに、仕事で早く出かけると説明するメモを書いた。夜に〈クイーンズ・ヘッド〉で会おうとしたためたが、言うまでもなく、待ち合わせ場所に行く気はなかった。これを化粧台に置くと、申し訳なさそうな、しかし断固とした態度で、彼女の寝姿に手を振って最後の別れとし、静かにアパートから出ていった。

雨が降りそうなどんよりとした朝だった。戦利品をポケットに入れて舗道に出たミスター・スナードは、最初、どこに向かうべきか躊躇した。しかしすぐに八十八番のバスに乗り込み、ホワイトホールからチャリング・クロスまで行くと、そこで降りて、セント・マーティンズ・レーンに向かった。〈シザーズ〉の豪華なバーのドアを押し開けた時には、時計は八時半を告げていた。

コヴェント・ガーデンでは朝まで誰かが働いているので、早朝に酒が必要とされる。そのため近所にある〈シザーズ〉は免許法の特例として、この時間帯の営業が許されていた。その結果、いつでもアルコール依存症の人間や市場で働くポーターたちがたむろしていた。ミスター・スナードが探していたのは、前者のグループに属するラウンシーという名前の人物で、「イブニング・マーキュリー」紙に記事を書いていた。ミスター・ラウンシーとミスター・スナードは、ここや他のバーで、長い年月をかけて、いかがわしい仲間意識を友情にまで育ててきた。「誰かを信頼する」ということが彼らにとって何を意味するかはともかく、その範囲において、二人はお互いに信頼しあっていた。そういうわけで、ミスター・スナードは、ミスター・ラウンシーを通じて「イブニング・マーキュリー」紙にニコラス・クレインの手紙を提供しようという腹づもりだった。「イブニング・マーキュリー」紙が十分な対価を払うであろうことは疑っていなかった。なぜなら、「イブニング・マーキュリー」紙はイギリスの新聞の中でも唯一無二と言っていいほど、最悪で不謹慎な醜聞（スキャンダル）紙だったからだ。その売り上げは、中傷と疑似ポルノを糧として成り立っていた。後者のタイプは偽善的な道徳的態度をとることで正当化していた。「このような事態は、イギリスの人々には決して容認されないだろうと私たちは信じています……」「この堕落した悪質なコミュニティの慣行を明らかにすることが、公共の利益に繋がるというのが、我々の見解です……」などなどだ。その配下たち（ミュルミドーン）（アキレスに従ってトロイ戦争に参加した戦士たち）は、馬鹿の一つ覚えのように民事裁判所や刑事裁判所に出入りし、しばしば投獄された。毎年名誉毀損で巨額の損害賠償金を支払ったが、これは他の必要経費と同じとみなされていた。この方針は結果として莫大な利益をもたらし、同時に高潔を気取って見せるだけの知性を持つ人間からは嫌悪されるという結果をもたらした。そして金満階級への断固たる敵意を公言したため——「どんなときでも、苦しむのは××卿ではなく真っ当な一般市民、すなわち鉱夫や鉄道員、鉄鋼労働者、そしてその妻や子供たちなのです」——、「イブニング・マーキュリー」紙は間違いなく非常に人気のある新聞だった。

　ミスター・スナードはすぐに正しい酒場を引き当てたことに気づいた。ミスター・ラウンシーはバーのいつもの隅で、ウィスキーを手に、安煙草（ウッドバイン）をくわえ、ボロボロになったフェルトの帽子を後頭部に被っていた。彼は小狡い年寄りなのだが、酒が入ると涙をこぼすという奇妙な癖があった。この反応は完全に肉体的なもので、彼の気分とは何の関わりもなかった。彼の気分はいつも陰鬱で、涙もろい要素などかけらもなく、そうとは知らない人間を不愉快にさせずにはおかなかった。しかし、ミスター・スナードは慣れたもので、ずいぶん前からそんなものは何の邪魔にもならないと思っていた。ミスター・スナードは、ミスター・ラウンシーの頬の汚れにもうるんだ目にも動じず、愛想良く歩み寄った。

「じいさん、おはよう。何を飲ってるんだい？」

ミスター・ラウンシーはそれには応えず、目をあげることさえせずにグラスを飲み干すとバーの奥へと押し出し、ミスター・スナードのおごりでお代わりが注がれるのを黙って待った。こんな無礼な態度はいつものことで、ミスター・スナードはそういう〝キャラクター〟なのだと納得していたので、返事がなくても腹を立てなかった。隣に腰を下ろし、安酒を威勢よく呷ると、突然襲ってくるむかつきを抑え込もうと、こっそり膝を叩いた。

「あんた好みのものを手に入れたんだ」とミスター・スナードは言った。「熱々だぜ」

ミスター・ラウンシーはうるんだ目を彼に向け、びしょ濡れになった煙草を口から取った。

「何だ？」と興味なさげに言った。

「今見せてやる」ちらりと周りを見まわして見られていないと確認してから、ミスター・スナードはニコラス・クレインの手紙を取り出した。「こいつを見てみな」

ミスター・ラウンシーは目を拭い、鉄縁の遠近両用眼鏡をかけ直して、その言葉に従った。表情を変えずに手紙を読み終えると、それを返して、酒を一気に飲み干した。

「お代わりは？」と言った。

「今度はあんたがおごる番だ、じいさん」

「そうか？」

「わかってるだろうが」ミスター・スナードは不機嫌な顔もせずに答えた。自分がおごる番になるのをなんとかして逃れようとするのも、ミスター・ラウンシーの〝キャラクター〟のうちだと考えていたのだ。「俺は同じやつでいい」

ミスター・ラウンシーはあきらめて注文した。

「で？」とミスター・スナード。

「そうだな、こいつは熱い」とミスター・ラウンシー。「ちょいと熱すぎるな」

「そんなことを言うなよ。あんたなら扱えるだろ」

「それが偽物じゃないっていう保証はあるのか？」

「俺が本物だと言っている」とミスター・スナードは威厳を込めて言った。

「そうだな。私にはそれでいい。だがな、バート坊や（バートはバーソロミューの愛称）。編集長は私と違ってお前を知らんのだ。編集長を納得させられないとな」

「クレインの筆跡見本を手に入れなよ。それと比べればいい」

「そんなもの、どこで手にいれろと……。いや、待てよ」ミスター・ラウンシーは急に勢いづいて、指を鳴らそうと空しい努力をし、「あの男は一週間前に新聞社宛に手紙をよこしていたが、あれはタイプじゃなくて手書きだったはずだ。なんとかなるかも知れん」

「その調子だ、じいさん」

「慎重に書かないといかんな」とミスター・ラウンシーは物思わしげに言った。「推測だけで、コメントはなしだ。いずれにしろ名誉毀損で訴訟になるだろうが、公益を主張すれば逃げ切れるか……。これはどこで入手した？」

ミスター・スナードはウィンクして、「窓に舞い込んできたんだ。誰のものかと思って見てみても名前も住所もないんで、あんたなら力になってくれるかもしれないと思って持ってきたんだがね……」

「そういうのはやめておけ、バート坊や」ミスター・ラウンシーは機嫌良く言った。「新聞社には通用せん。正義の執行を求める誰かから匿名で郵送されてきた、ということにするだろうな。もちろん、我々は匿名の手紙なんて認めちゃいない……。少なくとも、市民の目が届く範囲ではな……。ともあれ、筆跡の専門家に見てもらうのが市民の義務だと思ったわけだ。そして警察に引き渡す……。そう、これが我々のやり方だ。ただやったことを報告するだけ。〝私たちは何のコメントもいたしません。これらの芸術家の名前が明らかになれば、誰よりも喜ぶことでしょう〟」小芝居に消耗したとばかりに、ミスター・ラウンシーは口をつぐんで飲み物を手探りした。「どれ、もう一度そいつを見てみよう」

ミスター・スナードが手紙を手渡すと、ミスター・ラウンシーは視界を曇らせる涙を拭いながら、もう一度読み返した。

「ジェッドか」とつぶやいた。「印刷にまわす前に、こいつを引きずり出す必要があるな」

「ジェッドってのは誰だい?」

「劇場支配人だ。『恋人の幸運』、カーテン座」ミスター・ラウンシーは目を見開いた。「これだ、バート坊や」

「何が?」

「このスコットっていう娘は火曜日の公演でマーシャ・ブルームの代役で出ていたんだ。劇場担当のサークが話しているのを聞いた覚えがある」

「それが何なんだい、じいさん？」

「簡単なことだ。映画と契約するときには、許可なく他のショーには出演しないのが条件になるもんなんだ。つまり、クレインは、スコットって娘をだまして、撮影所から『恋人の幸運』に出演する許可を得ているものと思わせたんだが、実際にはそうじゃなかったんだな。そしてこれは、契約違反で訴えると脅して、契約をキャンセルしろと彼女を脅迫することができる、ってことだ」

ミスター・スナードはこの暴露に純粋に憤慨した。「汚いやり口だ」

「それがショー・ビジネスさ」ミスター・スナードは、ミスター・ラウンシーに無邪気さを嘲笑われたように感じた。「さて、我々に何ができるか考えてみようか」おぼつかない足どりで立ち上がり、

「いくら欲しい？」

「きっちり百五十」

「それは高すぎるな、バート坊や」

「それが値段だ」ミスター・スナードはぬけぬけと言った。「買うか買わないかは、そちらが決めること。今晩〈フェザーズ〉で、開店の時間に受け取ろう」立ち去り際に、ミスター・ラウンシーの肘をつかみ、「俺がブライトンでの仕事のことを知ってるのを忘れないでくれよ、じいさん？　あんたがそんなことでトラブルに巻き込まれて欲しくはないな」

「いまいましい強請り屋め」とミスター・ラウンシー。

「なあ、そういう口の利き方はよくないよ」とミスター・スナードは楽しげに言った。「俺たちはいい仲間だろう？　あんたは俺のために、俺はあんたのために最善を尽くす。こんなにフェアな話は無

いだろう？」

　ミスター・ラウンシーは手紙をポケットに入れた。

「バート坊や、私には何も約束できん」と真剣に言った。「このいまいましい手紙はダイナマイトだ。もし、こいつが売れれば、お前さんは大金を手に入れるだろう。それ以上のことは言えん」ドアに向かいながら、「いいか、坊や、会社がこいつに手を出すかどうか、スクープか何もなしか、十対一の賭けだぞ」

　しかし、ミスター・ラウンシーの予測は、雇い主の良識をあまりにも過大評価したものだった。もちろん、彼らは手を出したのだ。

第三章

1

いつも通り、「イブニング・マーキュリー」紙の四時版はおよそ三時にロンドンの街に出回った。仕事でやむを得ない場合や、何らかの合理的な理由かあるいはマゾヒスティックな理由から、道徳的・文化的価値観の崩壊が差し迫っていることを実感する必要があると考えた時でもない限り、ハンブルビーは決して読もうとはしない新聞だった。しかし、この運命的な月曜日には、ギリシャ悲劇の先触れ――悲惨かつほぼ信頼できないニュースをもたらし、驚愕と困惑のコーラスを市民にあげさせる役回り――のような雰囲気を漂わせた巡査部長の手によって、三時五分に彼の机の上に置かれていた。

ハンブルビーは二度昇進を断っている。それに伴う純粋な管理業務の増加を望まなかったからだ。しかし、それにもかかわらず、いやむしろ、それが故に、スコットランド・ヤードの中で大きな影響力を持つ存在となっていた。そのため、彼の怒り――非常に稀なことだったので、より印象的だ――は、入り組んだ警察の階層組織全体に、エーテル波のように広がっていった。実際、ニコラス・クレインの手紙の原本を持ってきた「イブニング・マーキュリー」紙の脂ぎった青年は、手荒な扱いを受けたせいで、警察の建物を出た後、公園で座って回復を待たねばならないほどだった。

記事はミスター・ラウンシーが考えた方針に沿って書かれていた。一面トップ見出しの当てこすりで目を引き、手紙そのものの複写も掲載されていた。ハンブルビーはそれをじっと見つめると、流暢な言葉で呪いの文句を吐いた。電話ではああ言っていたものの、この事件に関するフェンの推論はしっかり頭に入っていた。もしその推論が正しいとしたら、「イブニング・マーキュリー」紙は、殺人者に、そのエネルギーを次に向けるべき先はどこかを教えるという貴重なサービスを、無償で施したことになる。

手紙の真偽について、ハンブルビーはほぼ疑念を抱いていなかったが、それでもヤードの筆跡鑑定士に預けて意見を求めた。その手配をした後、手紙の来歴を調べるために、一群の部下を率いて出動した。

復讐の女神たち(ユーメニデス)の代理人のようなハンブルビーの態度があまりに不穏だったせいで、彼を迎えた「イブニング・マーキュリー」紙の編集長は、不安を隠そうとしても隠しきれずにいた。「はい」と編集長は言った。「手紙は匿名で郵送されてきました」「あなた個人宛で?」「ええと……、いや、実はうちのとある記者宛で……」

べろんべろんに酔っ払って涙まみれのミスター・ラウンシーが呼び出された。彼は、ブライトン事件でのミスター・スナードのことは鮮明に記憶していたので、手紙の出所に関する編集長の説明に、頑固に固執した。結局、ハンブルビーは何の実りもないまま立ち去るしかなかった。しかし、マッジ・クレインが、誰でも手にできるところに手紙を置いておいた可能性はほとんどないだろうと考えていた。つまり、手紙は盗まれたものだということだ。次に、マッジ・クレインのアパートへと車を向け、そこで「イブニング・マーキュリー」紙の愛読者であるフェリシティが、不安で千々に心を乱しているのを見つけた。

それに続く事情聴取では、裁判官規則が過剰に適用された。それが公表されればすぐに疑われる立場にあるのだから、フェリシティが手紙を盗んだ可能性は低いとハンブルビーは考えていたが、それで追及をゆるめたりはしなかった。当のフェリシティは、どう転ぼうとミス・クレインの雇人としての将来は確実とはいえないものになっていることがわかっていたので、ハンブルビーの追及に長く抵抗し続けることはできなかった。その手紙が悪意をもって持ち去られたということは彼女にもわかったし、となれば犯人が誰かは疑う余地がなかった。かくして、ことの全貌が明らかになった。

彼女がハンブルビーに語ったところによると、だいぶ前に「ピーター・ウィリアムズ」は本人が主張する通りの人物ではないのではないかと疑ったのだという。偽装そのものは特に気にしなかったが、自分の利益を守るため、本当は誰なのかを知っておく必要はあるだろうと感じた。そこである日の昼間、お互いにさよならを言った後、目立たないようにロングエーカーのオフィスまで戻る彼の後をつけて行き、その正体を知った。彼はアパートで彼女と一夜を共にし、彼女が起きる前に出ていった、と彼女は説明した。盗みを働いて、その責任を彼女に押し付けたのは、あの腐った汚いコソ泥だ、と彼女は確信していた。

……ミス・クレインはどこに手紙を隠していましたか？……ええと、居間の机に鍵のかかった引き出しがあって……

ハンブルビーは、くだんの机には疑わしい指紋がまるでないことを見つけて、フェリシティの見解に同意する気になった。彼女を車に乗せてロングエーカーまで連れて行った。

そこで、オフィスで鼻歌を歌いながら、来たるべき休暇のために片付けをしているミスター・スナードを見つけた。フェリシティと警察に同時に対決させられた彼は、最初は無実を主張した。しかし、ハンブルビーはミスター・スナードがミスター・ラウンシーに直接手紙を手渡したのだと確信していたので、シンプルに断固たる態度で、ミスター・ラウンシーも認めている、と明言した。

これでミスター・スナードも冷静さを失い、自らの罪を告白したかと思えば、今度はミスター・ラウンシーの裏切りを非難するという繰り返しで、二人を楽しませた。沈むとなったら、ミスター・ラウンシーも一蓮托生、一緒に沈むべきだとばかりに、ミスター・スナードはブライトン事件の顛末を詳しく話した。それは明らかに、二年前に競馬場で起きた暴行事件を解明する重要な証拠が、賄賂によって故意に隠蔽されたという事実を示す証言だったが、ハンブルビーには関わりのないことだったため、適当に聞き流した。ミスター・スナードとミスター・ラウンシーの逮捕は部下の一団に任せ、一人でスコットランド・ヤードに戻ったハンブルビーは、非常に充実した二時間の仕事を終えて満足していた。

当然、次の段階は、ニコラス・クレインに会うことだ。ハンブルビーは、メイフェアにある彼のアパートに電話をかけたが、返事はなかった。母親の家を当たってみると、よりましな成果が得られた。ニコラスは「イブニング・マーキュリー」紙に目を通すと、すぐにそこへ車を走らせたらしかった。

ハンブルビーは、ヤードの研究室からとある化学物質と器具を借り受け――これは、フェンの知性を尊重した結果の予防措置だった――六時半にアイルズベリーに向けて出発した。

2

西の地平線で最後の光が消えようとするころ、ハンブルビーはミセス・クレインの住まいであるランソーン・ハウスに着いた。屋敷は低い丘のようにこんもりと繁るお椀型の木立の中にあった。よく繁っていて、道路からは屋敷がぜんぜん見えなかった。ハンブルビーは、石造りの門番小屋を備え、かろうじて識別できる紋章が付けられた門をくぐり、広大な敷地に生い茂る手入れの行き届かない木々の間に入っていった。車道は徐々にそして容赦なく下り坂になっていった。あまり可愛くない娘を連れてとぼとぼと家路についていた庭師が、立ち止まってハンブルビーを見つめた。道の両側には巨大な石楠花(シャクナゲ)の茂みがそびえ立っていた。そして、ようやく窪地の底にたどり着いたハンブルビーが、納屋や物置が雑然と並ぶ角をぐいっと左に曲がると、目の前には特徴のない屋敷が広がっていた。ハンブルビーは方陣形(ファランクス)に建ち並ぶコリント式の柱と、破風(ペディメント)のある玄関ドアの間に停車して車から降りた。

敷地の向こう側を迂回するように走る線路で貨物列車が小馬鹿にしたような汽笛を鳴らし、ガタゴトと緩慢な音をたてながら遠ざかっていって、やがて聞こえなくなった。ハンブルビーは呼び鈴を押した。頭上では、金網の中の電球の光が、車のイグニッションを切った途端に聞こえるようになった重油エンジンの脈動に合わせて、点いたり消えたりしていた。待っていても、なかなか応対に現れないのに業を煮やして、再度呼び鈴を押した。ついでに飾りのついた真鍮のノッカーを鳴らそうとしたところに、倹約には縁のなさそうな恰好をした老執事がドアを開けた。

「取材はお断りだ」と執事は言い捨てた。「さっさと帰れ。今すぐにだ」

「私は警官だ」とハンブルビーはそっけなく答えた。「今すぐ、ミスター・ニコラス・クレインにお会いしたいんだがな」

　執事は疑わしそうに彼を見た。

「あんたはミスター・モーリスの薬瓶を持って行った者とは違う。引っかけようとしても無駄だよ」

「議論をする暇があったら入れてもらえないかね。前にここに来たのは、私の部下の一人だ」

「良い部下を持っとるな」と執事は恨めしそうに言った。「きっと父親のように慕われとるんだろうよ……。まあ、認めざるを得んか。さっさと入んなさい。こんなところにわしを一晩中立たせておくつもりかね」

　かくも丁重に招かれたハンブルビーは、三段の浅い踏み段を上り、玄関をくぐって中に入り、一群の輝く白い像と顔をつきあわせることになった。体育館のように広くて天井の高い部屋を取り囲むように配置されている。おそらくファラデーの彫像だろう。あるいはサミュエル・ロジャースあたりか。ひょっとしたらパーマーストーンかもしれない（三人とも十九世紀イギリスの文化人。ファラデーは化学者・物理学者。サミュエル・ロジャースは詩人。第三代パーマーストーン子爵ことH・J・テンプルは政治家）。彫像は、座ったまま、借金の取り立て人か強制執行官の到着を恐れるかのように不安げにドアを見つめていた。その台座が、寄木張りの床に敷かれた大きいけれど粗悪なトルコ絨毯の重しになっていた。その頭上では、それとは対照的に金ピカの額縁に納められた肖像画が、無言で見下すように見おろしている。洗練されてはいるが、明らかに機能していないテーブル――〝時折〟と表現される、決してやってくることのない機会に利用されるテーブル――が、舞踏会の休憩所（シッターアウト）のように部屋の周辺にいくつも配置されている。他の家具は、ドアの両脇で、ヴィシュヌ神のように冠のようにたくさんのこぶのついた腕を天井に向かって広げる、二対の巨大なヴィクトリア朝の帽子と傘のスタンドだけだった。

「ここで待っておれ」と執事は無愛想に言った。「あんたをどうすればいいのか、お伺いしてこよう」。

執事が立ち去り、ハンブルビーは辛抱強く待った。この職業のおかげで、文化的にも人格的にも彼自身よりもはるかに劣る人間を楽しませるためだけに、控え室でかかとを蹴る（「長いこと待たされる」という意味）はめになることには、とっくの昔に慣れてしまっていた。それに――とハンブルビーは思った――そういう人間はたいてい最後には自分から墓穴を掘るものだ。そんな因果応報を予想して心を慰めながら、ハンブルビーはぼんやりと天井を見上げていた。そこでは、優美で神々しい男神や女神たちが、昼間のオリンポスの主な関心事である、ありえないほど複雑な陰謀にまつわる大騒ぎを繰り広げていた。たぶんアンジェリカ・カウフマン（十八世紀の画家。スイス出身オーストリア人）だな。彼女としては傑作の部類だろう。この廊下から判断するに、ランソーン・ハウスの他の部分でも、美的に好ましいものと好ましくないものが混在しているのだろう。もちろんこの屋敷はミセス・クレインのものではない。もはや手の施しようもないほどに原型を留めていない男爵領の最後の所有者であるボスコイン卿から、六ヶ月前に借りたものだ。卿の祖父が、近くの村を売却した金で改装して、現在の屋敷になった。当のボスコイン卿は、その家賃でハロゲートの下宿でかつかつの生活をしていた。ハンブルビーは、これだけの広さの地所を維持するには、かなりの経費がかかるだろうなと考えた。競走馬もそうだ……。それがミセス・クレインの人生における最大の関心事ということを、ハンブルビーはすでに知っていた。となれば、棚ぼたの五万ポンドは、さぞや役に立つことだろう……。

ハンブルビーの瞑想は、執事の再登場によってここで中断された。

「お会いになられるそうだ」執事は、この良い知らせが自分の意には沿わないものだという雰囲気を漂わせて「今、すぐに」と言った。ハンブルビーが帽子とコートを脱いでいるのを確認し、「それはどこでも適当に放り出しておくがいい。急いでもらえんか？　あんたにばかりかかずらわっていられる身じゃないんでね」

「私の準備はとうにできてるが、きみのほうはそうでもないんじゃないかね」とハンブルビーは言った。

「偉そうなことを言う」年老いた生き物は唸った。「いつか革命が起きてみろ。そうなれば、お前らなどお終いだよ」

「革命なんて起きないよ」

「そう、起きやしない」意外にも執事はそう言った。「起こるのはもっとひどいことばかり……。ともかく、わしのことで苦情を言おうなんて思わんことだ」と彼は警告した。「お前の言葉などに耳を貸すわけがない。わしをクビにしたら、代わりなど二度と現れんのだからな」

「大切にされているんだ」とハンブルビー。

　執事はじっくりと考えて、打ち明けるような口調になって話を続けた。

「いいや、それは違う」と言った。「あの方々は俗物なのだよ。だからわしのような鼻つまみ者の腐れ執事でも、いないよりはましなのさ」と率直に言い切った。

「そうか。まあ、そんなところにしておいて、案内してもらおうか」

「ああ、いいだろう」執事の若かりし日の激しい気性は年を重ねるとともに影を潜め、今では愛想の良さも身につけていた。「上着はお召しになったままどうぞ。ご心配なく。私がお世話申し上げます。

さあ、さあ、こちらへ。マットにお気をつけ下さい。躓いて、怪我をなさってはいけません」彼は元気よく歩き始め、ハンブルビーはその後に続いた。

通されたレセプションルームは、よくある映画館の大きさと形を備えていた。中二階のギャラリーが三方を取り囲んでいる。ここにも金色の額縁に入った絵画があった。馬の絵、ぼんやりとした黄昏時の風景の絵、十八世紀の俳優がサテン張りのソファから誇張された恐怖の面持ちで立ち上がろうとしているシーンが実物の二倍以上の大きさで描かれた絵などだ。おそらく現ボスコイン卿の祖父の趣味なのだろう。その一方で、ヴェロネーゼ（パオロ・ヴェロネーゼ。ルネサンス期のヴェネツィアで活動した画家）のように見える作品が、全体の装飾計画から切り離そうとするかのように隅っこにひっそり配置されていた。それ以外に彫像もあったが、玄関で十九世紀の著名人たちが無慈悲に見おろしていたのに比べれば、ここではまったく目立たず、威圧感もなかった。色あせた凡庸なタペストリーが、絵画でも飾るかのように壁に掛けられている。暖炉の前には、八フィートのソファとさまざまな椅子が置かれ、暖炉の両脇では、驚くほど性別の曖昧な二人の裸像が手の込んだ細工の炉棚をうなじに載せて支えようと力を振り絞っており、暖炉の中では小さな丸太の火が、パチパチと不機嫌そうな音をたてていた。

執事はドア口で立ち止まると、堂々とした態度をみせようという投げやりな試みをして、少し考え込んでから言った。

「こちらへ……。お客様がおみえです」

これだけの仕事を終えると、執事は引き下がったが、去り際にうかつにもバタンと音をたててドアを閉めていった。そしてハンブルビーは、火のそばで立ったり座ったりしている人々の集団に向かって、広大なカーペットの上を進んだ。

3

長椅子に寝そべっていたニコラス・クレインは、彼が近づくと顔を上げ、「やあ。警部」と言った。「きみも会合に参加したまえ。まずは、シェリーをどうぞ」

「ありがとうございます。ですが、今はやめておきます」ハンブルビーも、あえて堅苦しくしたいわけではなかったが、「イブニング・マーキュリー」紙の暴露の後となってみては、ニコラスに対して敬意を感じることもできず、自分でも意外なほどそっけない言い方になってしまった。「今のところは」と、より穏やかな口調で繰り返した。

「ふむ。とにかく座りたまえ」

ハンブルビーは腰を下ろして一同を見まわした。ニコラスを除くと、出席者の中で唯一知った顔はメデスコだった。「イブニング・マーキュリー」紙による青天の霹靂に対処するための会合であることは明らかだったが、そこに参加するほど、メデスコが一族と親密な関係にあると知って、ハンブルビーは少し驚かされた。彼は、その大きな体を小さな椅子からはみ出させて座り、口の端で葉巻をくわえていた。恐ろしげな眉毛と肉付きのよいすべすべの頬に挟まれたトカゲのような小さな目が、ハンブルビーを冷たくじっと見つめていた。

「よお、警部」とメデスコは言った。「見ての通り、我々は泥沼にはまっている真っ最中さ。あんたはそこに座って、おこぼれでも拾っていくがいい」

ニコラスもうなずいて、「お役に立てなくて申し訳ないのだが。マッジは今ここにはいないのだ」

と言った。「彼女がいれば、すべての汚れを一気に綺麗にすることができるのだが。しかし、彼女のほうからは何の連絡もないし、こちらからドゥーン島に電話しても返事がないのだ。たぶん、まだ暴露記事を目にしていないんだろう」

その傍らをうろうろしていた禿げ頭の小男がわざとらしい咳をして、「いや、いや、ミスター・クレイン」と言った。「発言は慎重にしていただかないと。とても、とても慎重に」

ニコラスはため息をつき、「こちらは私の弁護士のミスター・クラウドだ」とハンブルビーに言った。「普段はとてもいい奴なんだが、今は法的配慮の塊になって恐れおののいているんだ」

「あなた自身の利益のためですよ、ミスター・クレイン！」クラウドは声を張り上げた。「あなた自身のためなんです！　この新聞社を告訴するとなったら……」

「告訴はしない」ニコラスは簡潔に言った。

「しかし、それは馬鹿げてます！　この訴訟は勝てます。絶対に勝てると、私は断言します。ねじ曲げられた事実が大きければ大きいほど、名誉毀損の度合いも大きいと見做されるものなんです。ということはですね……」

そこで、クラウドは我に返った。さすがに目下の状況では、この法廷戦術上の大鉈に言及するのは無粋にすぎると遅ればせながら自覚したのだ。

ニコラスは笑って、「私の気持ちも汲んでもらいたいんだがな、クラウド？」と言った。「だが、まあいい。『イブニング・マーキュリー』紙の非難は的を射ている。だから……」

「ミスター・クレイン、お願いですから……」

「だから、私は異議を唱えようとは思っていない」ニコラスは不敵な笑みを浮かべ、「この醜聞（スキャンダル）が、私には分相応なのさ……。贖罪を信じますか、警部?」

「一応クリスチャンなので」ハンブルビーは慎重に「信じます」と答えた。

「まあ、この事態を受け入れることが、あの哀れな娘の死に対する私の贖罪になるでしょう。残念ながら十分な贖罪とはいかないでしょうが、私は十分にこの罰に値する」

「この醜聞(スキャンダル)は、あなたのキャリアに影響するでしょうか?」とハンブルビーが尋ねた。

「私のキャリアはこれで終わりです」とニコラスは簡潔に答えた。

「映画業界にはひどく生真面目な人間が大勢いるのですよ。今後彼らは、ハンセン病患者を避けるように、私と仕事をすることを避けるでしょう」

ハンブルビーは興味深げに彼を見た。こういう反応は予想外だったが、刺激になった。ニコラスは、決してまともな感覚を失っているわけではないようだ。そして、ハンブルビーの思考の流れを察したのか、ニコラスは居心地悪そうに姿勢を変えて顔を赤らめ、「偉そうにしたいわけではありませんが」と付け加えた。そして鋭い声で、「だが、はっきりと理解してほしいのだ、クラウド。私は名誉毀損の訴訟を起こすつもりはない。それだけは確かだ。議論しようとしても、労力の無駄だ」

焚き火の前に立って、彼の様子をじっと見ていた母親が、初めて口を開いた。

「マッジはたぶん訴訟を起こすでしょうね」と、生来のハスキーな声で言った。「その場合はどうなるの?」

エレノア・クレインは背が高かった。メデスコと同じくらいの背丈だが、スリムで堂々とした女性だった。痩せていて、顔色は灰色がかり、くすんだ金色の中に白い筋が混じったほつれ髪で、淡い緑色の目にはある種のユーモアがあった。彼女は息子モーリスのために喪服を着ているだろうとハンブルビーは予想していたのだが、実際には紫褐色のツイードのコートとスカートを身に着け、ラフなウールのストッキングと狩猟用の靴（ブローグシューズ）を履いていた。

「ええ、喪服は着てませんよ、警部さん」彼女はハンブルビーの品定めするような視線を正しく解釈していた。「モーリスは義理の息子ですし、どうやら、私は彼があまり好きじゃなかったみたい。彼は放蕩者で、愚かだった」

「彼がクリスマスにミス・スコットをここに招くことを、あなたはお認めになったはずです」とハンブルビーは言った。

「そうよ。でも、あの子が到着したらすぐに脇に連れていって、〝気をつけないと面倒なことになるわよ〟って直接注意してあげたの。モーリスのやり口を伝えて、もし彼に屈したとしても、その代償として結婚や映画での贔屓なんか期待できないと教えてあげたの。あの子、私の忠告にひどく怒ってしまったけれどね」エレノア・クレインは冷たく言った。「だから、私の警告なんてまったく気にしていなかったんだろうと理解しているわ。でも、だから、モーリスの思惑に対抗する味方が欲しくなったら、彼女はどこに来ればいいのかわかっていたはず。だから、私としては責任は果たしているつもり……。私が怠ってしまったのは、子供たちの教育みたいね。皆、どこかしら嘆かわしいところがあるわ。もちろん、デヴィッドだけは別だけど」

その場にいた人びとの中で、まだ口を開いていないのはデヴィッド・クレインだけだった。彼は若く、太っちょで、早々に禿げ上がっており、社会の不確実性というやつを心霊体（エクトプラズム）のように滲ませているタイプの男だった。

「いや、ちょ、ちょっと待ってよ、お、お母さん」と抗議した。

「でも、話を戻しましょう」エレノア・クレインは静かに言った。これまでに会ったこの一家の誰よりも、彼女にはたちまち人を惹きつける魅力がある、とハンブルビーは思った。「問題は、さっきも言ったように、おそらくマッジは訴訟を起こすだろうということね。つまりニコラス、あなたがその自己犠牲の精神を貫くというのであれば、証言台で彼女と敵対することになるのよ。そうなったらとても憂鬱な見世物になるわ。できれば避けたいところなのだけれど。ミスター・クラウド、娘の弁護士は『イブニング・マーキュリー』紙への名誉毀損訴訟でどんな方針をとるかしら？」

頼られてのぼせ上がったミスター・クラウドは、もったいぶった口調になり、「この手紙は、ミス・クレインを憎悪、嘲笑、軽蔑の対象とするよう計算した上で、公表されています。このことは自明ですから、その証明に困難はなく、それが故にこの訴訟は勝てる可能性が高いのです。もちろん、あくまでも民事訴訟の話ですが。その代わりに、あるいはそれと同時に、ミス・クレインは警察裁判所に刑事上の名誉毀損で召喚状を申請することもできます。そうなれば、被告人は手紙の内容が真実であることを証明する必要がなくなります。刑事上の名誉毀損では、この点はほとんど問題にされないからです。この場合ミスター・クレインはまったく出番がなくなるでしょう。一方……」

「よくわかったわ、ミスター・クラウド」エレノア・クレインは、手際よく、この生まれたての説教の芽を摘み取った。「でも、私が知りたいのは、娘の民事訴訟が成功する可能性があるかどうかなのよ。あなたは〝可能性が高い〟と言ったわね。勝てない原因は何？」

「証明です」ミスター・クラウドは憂い顔で答えた。「あの手紙が本物だということの」

「そうね。事件の経緯は知っているわよね。実際にそんなことを証明できるのかしら？」

「ええ、できるでしょうね」とミスター・クラウドはますます憂いを帯びて言った。「ミスター・クレインが手紙の信憑性を認めるのであれば。ですが、もし彼がミス・クレインと一緒に訴訟を起こすのであれば……」

「起こさない」ニコラスはきっぱりと、「そのようなことをするつもりはない」

「そうなると、娘の企てはおそらく失敗するのね？」と母親は言った。

ミスター・クラウドはうなずいた。「そうなるだろうと思います。はい」

「あなたがそう思うなら、きっと娘の弁護士もそう思うでしょう。そして、娘には助言を受け入れるだけの良識があると信じるわ。残る問題は、彼女が名誉毀損罪の召喚状を申請するかどうかね？」

「仕返しとしてなら、たぶん」と、ミスター・クラウドはややヒステリックに言った。「その方法で金銭的な見返りを得ることはもちろんできませんし、評判を回復するのに役立つかどうかも疑問です」

「これで、ようやく、状況がはっきりしたわね」エレノア・クレインは、暖炉の上の壁龕からシェリー酒のグラスを取って口にした。「ニコラスは殉教者にでもなったつもりで、どんな行動もとる気はない。マッジはニコラスの協力なしに民事訴訟で勝つことはできないし、刑事上の名誉毀損で召喚状を申請しても何の役にも立たない。となれば、損失を拡げないために沈黙を続けると思うのだけれど、どうかしら、オーブリー？」

メデスコは唸り声を上げて、「あの娘は自信過剰で、色気づいたろくでなしだ」と冷静に意見を述べた。「それに、彼女が映画関係者に振りかざしている権力なんてものは、彼女の頭の中にあるだけだ。俺に言わせれば、彼女は自分のメンツを守るためなら鼻だって切り落とすことができる。しかし、俺の思うに、今やるべきことは、あれこれ理屈をひねることじゃなくて、彼女と連絡が取れるまで待つことだろうよ」

「それまでは？」ニコラスが尋ねた。

「その間に」とハンブルビーが言った。「なんらかの予防措置をとるべきだと思いますよ、ミスター・クレイン」

「予防措置……？　ああ、おっしゃりたいことがわかりました。あなたのお友達のフェン教授も土曜日に同じことを言っていましたね。つまり、『イブニング・マーキュリー』紙に掲載された内容から見て、私が毒殺犯の次の犠牲者になる可能性が高い。あるいはマッジかもしれない、とお考えなんですね」

「その可能性はあります」ハンブルビーは真剣な顔で「それを無視するのは愚かなことです」と言ってから、顔をしかめて、「実は、ドゥーン島のミス・クレインに連絡がつかないというのが、少し心配なのです。電話を貸していただけるのでしたら、ドゥーン島の警察に連絡して、念のために彼女を訪問するように頼んでみようと思います」と言った。

　ニコラスが電話まで案内してくれた。ハンブルビーが用件を済ませて五分後に戻ってみると、一同は困惑して黙り込んでいた。席を外している間に話し合われたことの結果だろう。

「まだ、何もわからないのね、警部」とエレノア・クレインは言った。「誰がモーリスを殺したのか」

「残念ながら。ミセス・クレイン。できるだけのことはしているのですが」

「復讐」いつの間にか、彼女は身震いしていた。「それが動機だと、あなたもお考えなのかしら？」

「それは考慮に入れています」ハンブルビーは控えめに答えると、再び腰を下ろした。

　エレノア・クレインは、突然耳障りな、あまり楽しくはなさそうな笑い声を上げた。

「それだけじゃないわね」と彼女は言った。「モーリスのお金は私が管理することになるの。ご存じだったかしら？　もちろんご存じよね。土曜日の午後にあなたが送り込んできた、あの感じのいい若者に話しましたもの」

ハンブルビーは無表情を保ったまま何も言わなかったが、

「いや、ね、ねえ、お母さん、そんなの駄目だよ」とデヴィッド・クレインが言った。「ひ、人の頭に、余計な考えを吹き込むなんて馬鹿だよ。ぼ、僕の言うことなんか、気にしてないのは知ってるけど、でも……」

「ああ、デヴィッド。あなたの思いやりは、これっぽっちも疑う気はないわ。でも、あなたの脳みそのほうは、ね……。警部さん、私にはそのお金が必要だということは認めてもいいわ。このところ、競馬で大きな損失が出ていて、このままでは債務不履行になりかねないと心配していたところなの」

「そのようですね、奥さん」部下の調査の結果、ハンブルビーは二十四時間前にこの事実を知っていたが、興味を惹かれてはいなかった。興味を惹かれたのはむしろ、ここにオーブリー・メデスコがいることだったので、さりげなく、「こちらの紳士があなたがたと一緒にいることには、少し驚かされました」

「警察を驚かせることなんて、いくらでもあるだろうさ」とメデスコは言った。「警察があんまり驚くもんだから、カンディード（ヴォルテール作のピカレスク小説『カンディード、あるいは楽天主義説』の主人公）は、都会の洗練された人士の中で一番堕落した人物のように見えてしまう」

「ミスター・メデスコは、一家の古い友人なんですよ、警部」とエレノアは嬉しそうに言った。

「で、でも、そ、そんなに古くはないよね、母さん」デヴィッドは、懸命に役に立とうとしていた。

「だ、だって、に、二年前に、ぼ、僕がアメリカから、か、帰った時は、まだ知り合いじゃなくって、お、お母さんが、彼と、け、結婚するって、い、言ったとき、ぼ、僕は……」

「デヴィッド！」と、エレノアは楽しげに憤慨してみせた。「私とミスター・メデスコの婚約は、しばらくの間秘密にしておくって言わなかったかしら」

「あ、ご、ごめんなさい、お、お母さん。ぼ、僕が考えてたのは……」

「いいえ、坊や。あなたは考えなくていいのよ」エレノア・クレインの寛容な笑顔の裏に、本音がほの見えていた。「これで一つ秘密が晒されてしまいましたわね、警部さん」

「それはおめでとうございます」とハンブルビーは重々しくメデスコに言った。「奥様も、どうぞお幸せに」ハンブルビーは、二人が婚約を秘密にしようとしたことには驚いていなかった。高齢者同士の関係となると、どんなに品位を保とうとしたところで、結局は世間の嘲笑を買うことになるだけだからだ。こうして明らかになった事実そのものにも驚きはなかった。なぜなら、メデスコとミセス・クレインは、言葉を交わすことはほとんどなかったにもかかわらず、最初から二人の間にははっきりとした繋がりが感じ取れたのだ。この事実が事件に影響を与えるかどうかはわからない。もちろん問題とすべきことはある。それは……。

ミセス・クレインが、ハンブルビーの思考の流れを遮り、まるでその流れを引き継ぐかのように、「ですから問題は」と言った。「オーブリーにも、モーリスを殺す動機があったのではないかという点ですわね。貧乏な女と結婚したいと思っているはずはありませんもの」

メデスコが彼女を見上げた。そのとき、ハンブルビーは初めて彼の笑顔を目にした。

「愛しい人よ。きみが酒場の女だったとしても結婚したいよ」

エレノア・クレインは、シェリー酒のデカンタが置かれたテーブルに移動し、グラスにお代わりを注いだ。「ころあいね」とコメントした。「いいタイミングだわ。本当にお飲みにならない、警部？ シェリー酒が苦手でしたら、うちの意地悪執事に他のものを作らせることもできましてよ。それとも、勤務中は飲んじゃいけないという規則でもあるのかしら？」

ハンブルビーはそんな規則はないと宣言してシェリー酒を受け取り、恭しく彼女に乾杯した。

「さて、私たちの個人的な事情で、ずいぶん長い時間お待たせしてしまいましたわ。あなたの訪問の理由を教えて下さいな」

「詳細をお聞きせねばなりません。このミス・スコットの契約にまつわるすべての」ハンブルビーはニコラスに顔を向け、「二人だけでの話がご希望でしたら……」

「いや、いや」ニコラスはけだるそうに言った。「こんな薄汚い話は、世間に晒け出して、さっさと終わらせたほうがいい」

これには、ミスター・クラウドがひどく動揺し、「忠告したはずですよ、ミスター・クレイン」とうろたえて言った。「警部の質問に答える義務はないんです。それに、ご自身の利益を考えるなら……」

「黙れ、クラウド」ニコラスは指を振って、「きみの尽力には感謝するが、それは見当違いなんだよ。きみの仕事は、マスコミから私を守ることだ……。ところで、マスコミは何をやっているんだ？ 奴らにしちゃ、ずいぶんと慎重に動いているじゃないか。記者の大群が押しかけてくるものと思ってたんだが、今のところ一人も来ていないじゃないか。声明を出さないかという電話がかかってきただけだ」

「慎重にならざるを得ないんです」とミスター・クラウド。「状況がデリケート過ぎて、極めて慎重に行動しなければならないんです。彼らの判断にならってみてはいかがですか？　ミスター・クレイン？」

ニコラスは呻き声を上げ、「腰を下ろせよ、クラウド」と言った。「あたふたするな。シェリーでも飲れ」

「わかりました」ミスター・クラウドは明らかに気分を害していた。「あなたが私の指示に従わないとおっしゃるのなら、もはや私には責任はとれません」どしりと腰を下ろし、眉をこすった。「ここでの発言は私の了承を得ているものではない、とご理解ください」

「〝メア・マキシマ・カルパ（ローマ・カトリックのミサ「コンフィテオール」からの引用。「私の最も悲しむべき過ちによって」の意）〟」とニコラス。「クラウド、証人の立会いの下、我が名において宣言する。汝は免罪符を得た……。さて、警部、話を始めましょう」

4

静寂が訪れる中で、期待がふくらんでいた。エレノア・クレインはマントルピースに肩をもたせかけ、部屋の隅に架けられたヴェロネーゼをぼんやりと眺めていた。メデスコは小さな目をほとんど閉じたまま動かない。萎縮したミスター・クラウドは、口にしたシェリー酒に、言葉にできないような嫌悪感を抱いたようだ。そして、デヴィッド・クレインだけは、その場の空気に影響されていないように見えた。まるで直前のことをすぐにすっかり忘れてしまう猫のように、図鑑を手に取り、熱心にページをめくっていた。

「遺憾ながら、この件を調査しないわけにはまいりません」ハンブルビーは言った。「一つには、明らかにミス・スコットの自殺と関係があるから、そしてもう一つ、ミスター・モーリス・クレインの件も考慮にいれなければいけないからです。ですから……」

「ああ、ああ、わかっているよ、警部」ニコラスが口を挟んだ。「謝る必要はない。あなたが単なる下劣な好奇心でここに来たとは思っていないとも」彼は煙草に火をつけ、深く吸い込んでから続けた。

「実際には、こんな具合だった……。マッジがことの中心だった……。責任逃れしようというわけではないが、彼女こそがことの原動力だったという事実は動かせない。彼女は哀れなグロリアを憎んでいた。その理由は、もちろんスチュアート・ノースだ。スチュアートとグロリアは、二人とも、私が監督した『天国行きのビザ』に出演していた。グロリアの出番はほんの少ししかなかったが、そのシーンにはスチュアートも出演していた。それが彼らの出会いになった。スチュアートは彼女に恋をした。しごく穏やかな形で。彼女が純粋に彼に興味を持っていたのかどうかはわからないが、とにかく、スターにつきまとわれれば彼女自身も引き立つことになる」

「ええ。そこが私にはよく理解できないところなの」と、エレノア・クレインが言った。「いったい、どうしてグロリアはモーリスにつきまとうようになったの？　本気で同時に二人とも相手にできると思っていたのかしら？」

「それは私にもよくわからない。だが、スチュアートが本心では映画を嫌っていると知ると、すぐにスチュアートを捨てて、モーリスに走ったようだな。映画界での成功こそがグロリアの目指すところだったのは明らかだ。その点では、さっさと映画から足を洗いたいと思っていたスチュアートよりも、モーリスのほうが有望株だった。だが、そういったことを考えにいれたとしても、その疑問には同意だ。『天国行きのビザ』が完成したのが十一月末だった。スチュアートが初めてマッジに会ったのはそのころだ。可愛い妹の動機を理解しているふりをするつもりはないが、とにかく、マッジは本気でスチュアートに狙いを定めた。ただ、彼女にとって不運だったのは、グロリアのほうが先に出会っていたことだ。そのせいでマッジはよけいに熱をあげることになったのだろうな。マッジは言葉巧みに人を動かすのが得意だった。レイパー自身を別にすれば、彼女が撮影所で一番重要な人物であることは間違いなく、彼女を怒らせて仕事を失うリスクを犯したいと思う人間なんていない。レイパーでさえも彼女の扱いには注意を払っている。彼女は最高のドル箱で、もしランク社やコルダ社に奪われでもしたら、収益は特急エレベーターのように落ちてしまうからだ。しかし、彼女の視点から見ると、スチュアートには大きな問題点があった。彼は映画よりも舞台に出たいと思っていたので、撮影所での力を彼に対してふるうことができなかったのだ。だから、マッジが彼を愛人(イナマラータウ)にしたいと思ったら、自分の素の魅力に頼るしかなかった。グロリアがいるせいで、これはあまりうまくいかないように見えた」

　暖炉を囲む二つの高い窓の外はほぼ真っ暗で、吹き上げる風が窓ガラスに雨粒を散らしていた。広々とした部屋には——もともとは舞踏室(ボールルーム)だったようだ——薄明かりが灯っているだけだった。炎の周りだけが、明るく照らされていた。そして部屋の灯りは、自家発電機のエンジンの鼓動に合わせて明るくなったり暗くなったりしていた。火が弱くなってきたので、ニコラスは話を続ける前に、立ち上がって丸太を投げこんだ。

「ま、そういう状況だったわけだ」と言った。「『不運な女』まで、私の可愛い妹はグロリアに嫌がらせをすることができなかった。グロリアには仕事がなかったからな。そこにマーサ・ブラウントを登場させようという話が出て、私がグロリアを推薦した。ジョスリンは……、ジョスリン・スタッフォードのことだが、彼は撮影所内の醜聞(スキャンダル)に関しては、まるで異世界人のような人間なのだ。彼はマッジとグロリアの間に敵対関係があるなんてことは知らなかったし、私もわざわざ彼に伝えはしなかった。だから、彼はあの娘を面接して契約した。私は、マッジがこの話を聞けば、負け戦は潔く諦めるのが最善だと判断するだろうと期待していた。間違いだった。正直、彼女がどれほどグロリアを嫌っていたのか、まったくわかっていなかった。わかっていれば、あの役にグロリアを推薦したりはしなかった。彼女がその役に値するとは思っている。しかし、若い女優を応援することで面倒な騒ぎを引き起こすことになるとみたら、私はいつも手を引くことにしてきた。今回は、まさにそうなってしまったわけだ。話を聞いたマッジは、私を問い詰め、最後通告をしてきた。もし、グロリアの契約が破棄されなければ、レイパーのところに行って、私が会社を辞めなければ自分が辞める、と言うつもりだというのだ。レイパーがどちらを選択するかは、お互いによくわかっていた。私は『不運な女』以降の契約をしていなかった。もしマッジの命令を無視していたら、私は首を切られていただろう」

「まあ、坊や」と彼の母親が言った。「あなたの評判なら、きっとランク社が……」

しかし、ニコラスは首を振り、「残念ながら」と言った。「今、業界は低迷していて、他社でも、使い切れないほど大勢の監督を抱えているんだ。私は間違いなく仕事を失っていただろう……。その可能性を考えただけで気が萎えた」

彼は皮肉っぽく周りを見まわした。

「臆病者だと思うかね？　ああ、認めるとも。しかし、グロリアが自殺するなどと、予想できるわけがないだろう？　それに、誓って言う」身を乗り出して真剣に、「誓って言うが、この先、マッジに邪魔されない方法で、グロリアに埋め合わせをするつもりだったのだ。あの計画はマッジの発案だった。いくらマッジのためとはいっても、レイパーは一度契約したものを取り消しはしないだろう。それに、マッジは自分がグロリアを引きずり下ろそうとしていると知られたくはなかった。もちろん、基本的に汚れ仕事は私に任せるということになった。そして、状況はすべて好都合だった。マーシャ・ブルームは『恋人の幸運』で主役を演じていた。父親が亡くなったので、マーシャは葬儀のためにアイルランドに帰りたいと考えた。それで、先週の火曜日の夜の公演は代役が演じることになったわけだが、偶然にもその代役が虫垂炎か何かで病院に運ばれてしまったのだ。そしてジェッド……。『恋人の幸運』は彼の舞台なのだ……。私はジェッドのことをよく知っていた。すべてが都合良く運んだのだ。計画の内容はご存じだろう。映画会社と契約している人間は、舞台やラジオに出演する際には会社の許可を得なければならない。この許可はまず間違いなくもらえるので、実際には形式的なものにすぎない。しかし、その形式を守らなければ、契約違反となり、訴えられる可能性がある。自らの利益を守るために、劇場のマネージャーは許可を得ていることを確認するのが普通だ」

ここで、ニコラスは目に見えて居心地が悪そうになった。「しかしジェッドは私の知り合いだったので、私の言葉を信じて、他の証拠は要求しなかった」

「あなたの手紙には」ハンブルビーが穏やかに口を挟んだ。「あることを示唆する文章が……」

「ミスター・クレイン！」クラウドは催眠術をかけられたようにどんよりとした様子で話を聞いていたが、急に身を起こしたせいで、シェリー酒を膝の上にこぼしてしまった。「この時点で詳細を説明することは好ましくありません。まったくもって、好ましくありません。警部に、我々は事後共犯だと考えてもらいたくはないでしょう？　ここは……」

「落ち着け、クラウド」とニコラスが言った。「そして、ズボンを拭け。私が事後共犯だということに疑問の余地はない。ジェッドについては、そんな事実はない。私の知る限り、彼はどんな犯罪も犯したことはない」

「では、あなたがミス・クレインに、その……、ジェッドが口を開くはずがないと保証したのは……」とハンブルビーは尋ねた。

「彼の私生活に関わる話があったのだ。夫婦間の背信問題だ」

クラウドは耳障りな呻き声をあげた。「ミスター・クレイン、ミスター・クレイン！　恐喝で告訴されることになりかねません。ここは……」

「これが最後だ、クラウド」ニコラスは憤怒を込めて言った。「黙っていろ……。私は、グロリアがマーシャ・ブルームの代役に立つ機会を得られると嬉しいとジェッドに言った。彼は彼女と会ってみて、チャンスを与えることに同意した」

エレノア・クレインは眉を上げた。

「劇場のマネージャーは、昔よりも人を疑わなくなったのね」彼女はそっけなく言った。

彼女の息子はこの皮肉を断固として無視して話し続けた。「これが事実のすべてだ。この仕事を提示したとき、グロリア自身がそれを嫌がらなかったことは察しがつくだろう……。私は卑劣だった。マーシャの代役に立ってくれると私が助かるのだ、と彼女に言ったのだ。しかも、ああなんということだ、彼女は私の役に立てるならなんでもしようと言ってくれたのだ……。とにかく、こうしてすべてが手配された。私はグロリアに……、人目のない機会を選んで、会社からの出演許可は私が確認するから、その件に関してはすべて私に任せてくれればいいと告げた。もちろん彼女は私を信じた」ニコラスは短く抑揚のない笑い声をあげた。「信じないわけがないだろう？　私は彼女が気に入っていたし、彼女のためにできるだけのことをしてきた」

エレノア・クレインはじれったそうに身じろぎして、「そうやって自虐的になるのは勝手ですけどね、ニコラス。それを人前に晒け出すのはとても趣味が悪いと私は思うわ。あなたがどれほど後悔しているか、もう何度も聞かされたし、私たちはみんなあなたを信じているわ。だから今は、事実を語ることだけに専念なさい」

ニコラスは奇妙な目つきで母親を見ると、「わかったよ、母さん」と、どんよりと無気力な声で答えた。「事実だけを話すことにしよう……。次の事実は、グロリアが四日間懸命に働いたということだ。とても良かったと彼女には言ったが、実は私自身は観ていなかった。そして次はもちろん、彼女がどんな事態に巻き込まれているのか伝えなければならなかった。それこそが彼女をパーティーに招いた理由だった。他のみんなが立ち去った後で、話をするために彼女を引き留めた。私が言ったことを逐一説明する必要はないと思う。すべてマッジが悪いことにしたかったのだが、あえてそうはしなかった。いずれにしろ、その時にはもう、私もマッジと同罪だった。しかし最悪なのは、グロリアに言ったことが、ほとんど完全にはったりだったということだ。彼女は逆らいようのない立場に陥っていたわけではなかった。ただ、彼女には逆らいようがないのだと、私が思い込ませたのだ。言い換えるなら、彼女が映画業界に比較的無知であることを、私は利用したのだ。つまり、私は、彼女が『恋人の幸運』に出演して契約に違反したと主張して、契約違反で訴えられたくなければ、契約をキャンセルする手配を……、これは私なら簡単にできることだから、私に任せろと言ったのだ。ここで彼女が頑固に譲らず〝訴えればいい〟と言ったとしたら、私はお手上げだった、という点が肝心だ。会社が訴えたりしないことは、私にはよくわかっていたからね」

しかめっ面のメデスコが葉巻を火に放り込んだ。

「彼女は気づいていたさ、間違いなく」と彼は言った。「彼女を契約から遠ざけようとするきみの露骨な意図に逆らったら、もう次の契約を期待できなくなる、とな。だから、きみを信じていようと、はったりだと見抜いていようと、彼女からしたら結局は同じことなのだ。彼女は映画に取りつかれていたんだからな」

「なんてこった。私はそんなふうには考えていなかった」ニコラスは目を閉じると、極限まで疲れきった男のように、親指と人差し指でまぶたをマッサージし、「まあとにかく、その結果がどうなったかご存じの通りだ」と、束の間の休息の後に続けた。「私には……、私には、もちろん彼女が動揺していることがわかっていた。しかし、あそこまで深刻に受け取るだろうとは夢にも思わなかった。彼女の反応はあまりに凶暴で、壮絶で、私には演技しているのだとしか思えなかった。しかし彼女の顔は灰色になっていて、ひどく苦し気で醜悪だった。あんな演技などできるはずがない。私が話を終えたとき、彼女は何も……、一言も言わなかった。彼女はただ背を向けてアパートから飛び出していった。そして……。そう、出ていって、そして自殺したのだ」

5

三十秒ほども続いたか、ひどく長く感じられる完全な沈黙が降りた。

ニコラスの最後の言葉はその広い部屋の中では、薄っぺらく冷血に響いた。そして、炎の周りに集まる一同を三方向から包囲する影は、ますます暗く、ますます広がっていくように感じられた。すきま風が壁の擦り切れたタペストリーをもてあそび、光の強弱が魅惑的な効果をあげていた。今では本降りになっているらしい雨の音が聞こえた。もっとも、窓ガラスはクレオソートを塗ったように黒くくすんでいて、外は見えないのだが。部屋の上部は暗闇の中で、中二階のギャラリーの手すりが幽霊のようにぼんやりとしている。

ハンブルビーには、彼らの間に、溺れた少女の幻影が実体を持つかのように鮮明に存在しているように思えた。デヴィッド以外の全員が、その心の目で彼女の姿を目にしていた。ハンブルビーの心に、ヴォルテールからの引用が脈絡もなく浮かび上がった。〝若い時は愚か者のように愛し、年老いたら悪魔のように働け。それが唯一の生き方だ〟。なるほど、とハンブルビーは思い至った。そう考えれば、グロリア・スコットの欠点がよく見えてくる。彼女はまだ十代だというのに、なりふりかまわない成り上がり者だった。このような人物には、どうしても哀れさと場違いさがついてまわる。若者は何よりもまず、生きること、経験することに邁進すべきなのだ。〝野心家たれ。されど忘るるなかれ。大地が生まれるその前より、岩をも突き破りあふれ出る命の泉より沸き上がる血の悦びを〟。フェンは認めないかもしれないが、感傷的なハンブルビーはこのスペンダーの詩が気に入っていた。成り上がらんとする者は、そんなものは切り捨てざるを得ないのだろうが……。

ハンブルビーは意識を引き戻した。素人くさい神秘思想のいい加減な考察に脱線するのも悪くはないが、今はそんなことをしている場合ではない。

「ありがとうございました、ミスター・クレイン」と彼が言うと、それが合図だったかのように、火を囲んでいた一同は散会してバラバラに動き始めた。デヴィッドは雑誌を投げ出した。メデスコは椅子から腰を上げ、大きな体を猫のような優雅さで動かして暖炉の前に立つと、両手を後ろに組んだ。エレノアは時計に目をやり、家事を理由に、簡潔な暇乞いとともに部屋を出ていった。ニコラスは立ち上がって、グラスにシェリーを注ぎ直し、一気に飲み干して、また注いだ。クラウドだけは動かなかった。話の流れに失望し、仕事上の優先順位と個人的なモラルとの食い違いを思い返しているのだろう。

「ま、それはそれとしてだ」ニコラスは軽薄を装って言った。「今晩の告解はもう終わったのだから、悔い改めた罪人は罪滅ぼしのために政府のドキュメンタリー映画を三本くらい監督することにするさ……。おかしいかね？　いや、こんな状況では贅沢はいえないだろう」

ハンブルビーはそんな彼を見きわめるようにじっと見つめた。

「どうやら私は、フェン教授のあなたへの警告の件を失念していたようです」と言った。

「警告？」ニコラスは心ここにあらずといった様子で繰り返した。

「先ほど、土曜日に彼がある予防措置を取るように助言したと言っていましたよ」

「ああ、あれか……。そうだった。彼は、マッジと私は、他の人が食べたり飲んだりしたもの以外は、何も口に入れないほうがいいと思うと言ったんだ」

「それで、あなたは彼のアドバイスを実行していますか？」

「ああ。彼は犯罪学者としても評判が高いと聞いている。おそらくこの警告には理由があるのだろうと思ったんだ。それに、もう一つ言われたことから、彼はかなり切れ者なのだと判断したので」

「何を言われたんですか？」

「グロリアの契約に何か胡散臭いところがある気がする、というストレートな示唆だった。推測以上のものではなかったのだろうが、だとしても非常に適確な推測だ」

「それで、彼の警告を妹さんに伝えたのですか？」

「伝えた。しかし、彼女が気にしていたとは思えないな。彼女の誇大妄想は、自分は不死身だと思う域に達しているんじゃないかと思う。それに、いずれにしろ」とニコラスはより散文的な言葉で付け加えた。「アドバイスされると、反射的に逆のことをせずにはいられない人間だからな。アイスランドで休暇を取って欲しいと思ったら、イタリアの太陽が必要だと言ってやらないといけない。しかも気がついたときには、彼女はレイキャビクか北極にいて、ニュース映画のカメラの前で間欠泉に石鹸を投げ込んでいることだろう（アイスランドは間欠泉が多数あることで有名）」

「なるほど……、あなたご自身は注意しておられるんですね？」

「まあ、食事も酒も全部、外出してレストランやバーでとっているから、それなりには。それに、モーリスの飲み物に毒が入っていたとわかる前から、薬を飲むのはやめているので……。なあ、警部。モーリスの死は復讐の結果なんだろうか？」

「先ほど申し上げた以上のことは言えません。つまり、その可能性は五分五分だということです」

ニコラスは考え込んで、「『イブニング・マーキュリー』紙のせいで、毒殺者が私にも手を出してくるとしよう。私のアパートでは、飲み物に何か入れようとするなら、サイドボードの鍵をこじ開けなければいけない。掃除をしに来てくれている女性がアルコール依存症の気味があるものだから、鍵をかけておかなければならないのだ。そこに置いてある飲みかけの飲物の中に入れてもいいし、薬の中に入れてもいい。もちろん、アパートの中に入ることができればの話だが。実を言えば、その薬は持って来ている……。いや、いや、飲もうってつもりはないとも。ただ、アイルズベリーに化学者の友人がいるので、彼に試験してもらおうと思いついたのだ。自分の立ち位置を知りたいのさ。ここに来る途中で彼に届けるつもりだったのに忘れていたよ。明日の朝にでも持って行くことにしよう」

「もし、私に預けていただけるなら、すぐにコルヒチンのテストができますよ」

「何のテストだって？」

「コルヒチンです。ご兄弟の死因がそれでした」

「そんなものは聞いたこともないな」

「確かに、珍しいものです。それに、あなたの薬に毒が入れられているとしても、そのコルヒチンを使っているとは限りません……。しかし、毒殺者は同じ薬にこだわる傾向があるものなのです」

「まるで夢でも見ているようじゃないかね？」ニコラスは少し呆然とした様子で言った。「誰かが人を殺そうとしているのか、そうでないのかを、冷静に上品に話し合うなんて……。わかった。薬はきみにまかせよう。すぐにテストできると言っていたが、今ここでということなのかな？」

「そのための部屋をご用意いただければ」

「ああ、もちろんかまわないとも。母に相談してみよう……。ああ、ちょうど来たようだ。母さん、警部さんが化学実験をするための部屋を借りたいとおっしゃるんだ」

「あら、まあ」エレノア・クレインの驚きは、上辺ばかりのお愛想だった。「血痕を分析しようというわけではないですよね？」

ニコラスが経緯を説明すると、彼女はうなずいた。「ええ、それは手配できますわ。物置のような部屋があるんですが、そこがいいでしょう。机と椅子と洗面台、それにガスの火も使えます。自分でご覧になって、目的に合うかどうか見てください」

「薬を取って来よう」と言うと、ニコラスは出ていった。

「でもその前に、夕食はいかが?」とエレノアが言った。「いつもは八時には食事をしているのに、もう九時を過ぎてしまったわ。うちの料理人ときたら、ろくな料理も出せないくせに、自分の出すものに誇りを持っているふりをしたいらしくって、事前に知らせてもらわないとって、不満たらたらなのよ。警部さんもご一緒していただけるでしょう?」

「ありがとうございます、マダム」とハンブルビーは洗練された物腰で言った。「せっかくお招きいただいたのですが、私は仕事を進めたいと思います。もしご迷惑でなければ、サンドイッチでも……」

「承りましたわ。ミスター・クラウド。もちろん、あなたは残るわよね?」

弁護士はゆっくりと立ち上がった。その顔は、思い詰めたように無表情だった。

「ありがとうございます、ミセス・クレイン。ですが、そうもまいりません。通常、個人的な感情に仕事が左右されるようなことは無いのですが、今回ばかりは……」

自分の気持ちを、率直に、そして角が立たぬように表現しようとするこの小男の努力は、それなりに堂々としたものだった。わずかにためらった後、弁護士は続けた。

「残念ながら、今回のお話をうかがった後では、もう、ミスター・クレインを誠心誠意お助けすることはできません。ですから、他の法律顧問を捜していただくのが一番良いと思います。私は……、もしご許可いただけるのでしたら、今すぐにでもここを出て、明日の朝になったら、ミスター・クレイン宛てに手紙を書くことにします」

「あなたの考えはわかるわ、ミスター・クラウド」エレノアは重々しく言った。「私にもその気持ちは良くわかる」

「あなたはとてもお優しい、ミセス・クレイン。優しすぎて……。いや、呼び鈴は鳴らさないで下さい。一人で帰れますので。おやすみなさい、ミセス・クレイン。おやすみなさい、皆さん……」

彼は頭を下げ、ドアから出ていった。ニコラスが戻る頃には、いつの間にかデヴィッドも部屋から消えていた。食事に備えて手を洗うために出たのだろうが、他の人間に一言告げるだけのことも、彼には一苦労なのだ。薬は、よくある目盛り付きの壜に入った乳液だった。約三分の一が使用済みだ。

「何のために処方されたものですか？」とハンブルビーは尋ねた。

ニコラスはニヤリと笑った。「いわゆる神経性消化不良というやつだ……。だが、いつも胃痛に悩まされているエヴァン・ジョージ老のことを考えたら、騒ぎたてるのが恥ずかしいくらいのものでね……。たぶん、ほとんど重曹なんじゃないかな。とにかく、そういう味だ」

「おお。では、車から器具の鞄を出してきましょう。その後で部屋に案内していただければ……」

十分後、ハンブルビーは一人でその部屋にいた。いくつかの屋根裏部屋の中でも高い位置にあるものだった。狭く、壁はむき出しで、無愛想だ。彼の目的にはぴったりだった。カーテンのない窓の向こうには月も星もない暗闇が広がっている。降りしきる雨の中で、背の高い木々がため息をついたり、ささやいたりしている。年老いてはいるが機知に富んだ執事が、大量のサンドイッチとビールを持ってきてくれた。

「醜聞(スキャンダル)ですな、え？」と愛想よく言う。「貧しくて正直に働いていた娘を自殺に追い込む。ま、それでこそ支配者階級ってものですな」

「ミス・スコットは不定期的に働いていていただけなんだ」ハンブルビーは言った。「それに、正直者だったという証拠もない」

　執事は無視して、「ですが、ミスター・モーリス、あの方は自業自得でしょうな」と言った。「彼女を誘惑したのは事実ですからな。初夜権（ドロワ・デュ・セニエル）。古き悪しき自由放任主義（レッセ・フェール）時代の言葉ですわ……。どうせフランス語なんてわからんでしょうから、解説してあげますかね。労働者の娘が支配階級の男のベッドに連れ込まれることを強制する法律のことなんですわ。おわかりか？」

「あんたがどういう種類の人間か教えてやろうか？」とハンブルビー。「あんたはフェビアン運動（十九世紀後半のフェビアン協会による緩やかな社会変革運動）の初期から今まで生き残ってきた、恐るべき遺物だ」

　執事はこれも無視して、「お前さんが心の中で考えとることも、わしにはよくわかる」と続けた。「こうだろ？　〝さて、このシド・プリムローズ老人のようなまっとうな男が、クレイン家のような堕落した資本家のために働いているのはなぜだろう？〟とね。そして……」

「私はこう考えているよ。あんたは、ただ楽しみのためだけに幼い子供を拷問するような人間の靴を、喜んで舐めるんじゃないかってね」

　執事はこの見解が気に入らなかったようだ。彼の顔に老人ならではの怒りが浮かんだ。

「その口を閉じろ」我を忘れて唸り声を上げ、「ずっと口を噤んでいるがいい。馬鹿にしおって」と叫んだ。「しかもああだこうだと理屈をこねおって。いつか必ず革命の時が来る。そうなれば、お前なんぞ……」

「自分でさっき言っていたじゃないか」とハンブルビーは指摘した。「革命が起こることはないだろうって」

「わしが言ったことなんてどうでもいいんだ、威張り屋め。人の言葉の揚げ足取りばかりしおって。

哀れな老人の顔に唾を吐くような真似を……。まったく……」

「さっさとここから出ていって、私一人にしてくれないかね。さもないと、哀れな老人の背中をどやしつけてやるぞ」ハンブルビーは言った。「お願いだから、どこかよそへ行って、『ニュー・ステイツマン』誌（政治と文化を扱う雑誌）でもなんでも読んでてくれ。私は忙しいんだ」

プリムローズ老人は、破滅的な罵詈雑言を浴びせようと、今にも爆発しそうにエネルギーを貯めこんでいた。しかし、爆発することはなかった。だが、それは考えを改めたからではなく、むしろ、急に、何を言おうとしていたのかわからなくなってしまったからのようだった。その顔は平穏を取り戻し、納得したようにうなずいた。

「では、そういうことだな」と唐突に話をまとめ、「必要なものはそろっとるか？　何かあれば呼び鈴を鳴らせばいいからな」ドア口で立ち止まり、「子供の拷問のことだがな」と真剣な表情で言った。「そんなものは許せない」まるで講義でも始めるかのように指を一本立てた。「いいかね……」

「出ていけ」とハンブルビーは言った。「今すぐ」

プリムローズは出ていった。

ようやく、ハンブルビーは仕事に専念できた。元々、化学薬品を扱うのが好きなので、一心不乱に目の前の仕事に取り組んだ。ケースから試験管、硝酸、硫酸、苛性カリを取り出す。それらを扱って、十分の間、楽しく過ごした。そして、結果をじっくりと検討した。

彼が行ったテストでは、いずれも陽性反応が得られた。もちろん、何も混入していないとわかっている薬と比較して、対照実験をする必要はある。しかし、消化不良の処方箋に、コルヒチンと同じ化学反応を起こす物質が含まれているとはとても思えない。そもそも、コルヒチンと同じ化学反応を起こすような物質が存在するとも思えなかった。ツァイゼルテスト（有機化合物の中のメトキシ基の数を決定する方法）の結果が出ればこの問題は解決するのだが、このテストは高度すぎてハンブルビーには難しかった。しかしそれを抜きにしても、ニコラス・クレインの薬にコルヒチンが含まれていることには疑問の余地がなかった。

どうやらフェンの考え――復讐のためという解釈――が正しかったのではないかと思えてきた。しかし、可能性は他にも二つ考えられる。その一、グロリア・スコットとは無関係の殺人者で、モーリスだけでなくニコラスを殺す理由もあった。その二、まだ発見されていない動機から、ニコラスがモーリスを殺した。疑惑をそらすために、自殺まがいの真似をしてみせているのだ。しかし、ハンブルビーはどちらの選択肢にも説得力を感じられなかった。なぜなら、スタンフォード通りの部屋が荒らされたことで、グロリア・スコットの正体がたどれなくなったことを説明できないからだ。彼女の自殺の動機はいまや明白だ。彼女の部屋に侵入することでその動機を隠蔽しようとした、という仮説には無理がある。スタンフォード通りの事件は、まったくの偶然――などということはハンブルビーにはとても信じられないが――でないかぎり、殺人事件と関係があるに違いないということだ。そして、ハンブルビーに想像できる唯一の関係とは、まさにフェンが最初に思いついた通りのものだった。すなわち、復讐に燃える殺人者は、グロリア・スコットが生来の名前を使っていた時代に彼女と繋がりを持っており、当然のことながら、その関係を隠蔽してから、恐るべき復讐を開始しようとしたのだという推論だ。

ハンブルビーは、サンドイッチを食べ、ビールを飲みながら、考えを巡らせた。喫緊の問題は、この復讐がどこまで広範囲に広がる可能性があるかということだ。ニコラスが含まれているのは、「イブニング・マーキュリー」紙のすっぱ抜きのおかげだ。おそらくマッジも含まれているに違いない。

その先はどうだ？　グロリア・スコットに危害を加えたかどうかにかかわらず、一家全員を無差別に攻撃するという、言葉本来の意味どおりの血の復讐（ヴェンデッタ）なのかもしれない。そうなると、とハンブルビーは考え込んだ。本当に手に負えないことになる。原則的には、そうでないと証明されるまでは、毒殺者の悪意は特定の人物だけに向けられているのだと考えておいたほうがいいだろう……。ハンブルビーは〝一連の出来事〟の当初から、ほぼ間違いなく殺人だと考えていたので、この冷淡な決断を下して食事を終え、トレイを脇に押しやって、化学薬品と器具を片づけ始めた。次にやるべき事ははっきりしている。ニコラスの薬に毒を入れるには、どんな機会があったのかを調べるのだ。

6

しかし、この仕事は少々延期せねばならなくなった。ハンブルビーは階段を上がってきたニコラスに会った。ドゥーン島の警察から電話があったと知らせにきたのだ。

「ああ、そうだ。ミス・クレインの無事を確認できたら、すぐに電話をくれるように頼んでおいたのでした」とハンブルビー。ニコラスは踵をかえして、二人一緒にホールへと降りていった。

「試験は終わったのかい？」ニコラスが尋ねた。

「ええ」

「では、結果は？　それとも聞かないほうがいいのかな？」

「もちろんかまいませんよ。結局のところ、あなたご自身にかかわることですし……。あなたからお預かりした薬の瓶には確かに毒が入っていました」

「そのコルヒチンというやつが？」

「そうです」

ニコラスは口笛を吹いた。

「まあ、少なくとも自分がどんな状況にあるのかはわかったよ」と皮肉な口調で言った。「で、次はどうなる？」

「薬に毒を入れる機会についておうかがいしなければなりませんね。夕食はそろそろ終わりですか？」

「ああ。社交性皆無の沈黙の中で、手早く片づけてしまったよ。きみの電話の話が終わったら、すぐにそちらにとりかかれる。空いてる寝室(ブードゥワ)があるから、そこでコーヒーを飲もう。あのドアだ」

ドゥーン島のバークレー警部は、おしゃべり好きらしかった。

「ああ、彼女は安全だ」ハンブルビーの最初の質問に、バークレーはそう答えた。「俺が自分で話をしてきたんだ……。ありゃ、なんとも見事な肉体美だな？」

ハンブルビーはこの馴れ馴れしさに顔をしかめた。女性を性的魅力ばかりで評価するようなことに時間を費やしたくなかった。事情聴取で何があったか尋ねると、「ああ、危険にさらされている可能性があるって伝えたんだがね」と、バークレーは控えめに続けた。「ぶっちゃけた話、あの女は俺を笑いやがったよ」

「なんとまあ。あの女に甘く見られたんじゃないのかね？　彼女は『イブニング・マーキュリー』紙を読んでないんだろうか？」

「ああ、それな。あの部屋に一部置いてあったぞ。あの女の態度はかなり図々しかったが、それでも、俺には緊張しているように見えたな」

「それだけ観察力があるなら、精神科医だってつとまりそうだな」

「そうかね。だが、警察で働くにも役に立つ才能だからな」と、バークレーは皮肉に気づかずに答えた。「あの女は、まさに崖っぷちなんだろうな。もちろん、俺を笑ったと言っても、実際に笑ったわけじゃないけどな」

「そうか。あんたは、私を混乱させようとしてるわけかね」

「つまり、あの女は楽しそうには見えなかった、ってことさ。それがちょっと不思議だったもんでね」

「確かに不思議だ」とハンブルビーは重々しく、「あんたみたいな、みだらなお巡りにじろじろ見られていたっていうのにね」

「おい！」バークレーは憤慨した。「そいつは名誉毀損ってやつじゃ……」そこで新しい考えが浮かんだ。「こう言っちゃなんだが、あの女、脚はいまいちだったな」

「あんたの妄想に比べたら、本物の足はどれもいまいちだろうに……。まあ、真面目な話をしようか。自分の面倒は自分で見ないといけない、と彼女にはっきりわからせることができたのかな？　あんたに電話したあとで、新たな証拠が出てきて、事態はさらに差し迫ったものになっているんだ。彼女が本当に殺される危険性は、非常に高い」

「まずいな」とバークレーは真面目に言った。「だが、俺としては、やれるだけのことはやったとしか言いようがない」

「食べ物や飲み物、薬といったものについては、警告したのか？」

「ああ、したとも。だが、あの女は気にも留めていないだろうな」

「たとえ彼女が気に留めていたとしても、それにまかせておくというわけにはいかない。我らがXは、もっと直接的な方法をとる気になるかもしれない。夜も昼も家を見張る者を配置しておかなければならないな」

「わかった」とバークレーはきびきびと言った。「すぐ手配しよう。他に何かあるか?」

「そうだな……。その家は泥棒避けの配慮はされているのか?」

「てんで話にならないな。ただの小さなコテージなんだ」

「なんとか、寝る時くらいドアと窓に鍵をかけるようにさせられないものかな。もちろん、無理強いはできないだろうが、そこはなんとか機転を利かせて……。いや、待てよ。私が自分で電話したほうがいいか」

「やってみてもいいが、あの女を捕まえられるかどうか疑問だな。俺が彼女を訪ねている間に三回も電話が鳴ったが、一度も出なかったんだぜ。そういうポリシーなのかね」

「困った女だな。ともあれ、私には彼女と議論する時間は取れそうにないから、あんたに全責任を負ってもらうことになる。必要な人員と資材をそろえられるように、総監補（AC）からあんたのとこの署長に連絡してもらおう」

「ああ、頼むからそれはやめといてくれ」とバークレーは言った。「シリル卿に一日中警察署でうろうろされたりしたら、やってられん。その程度なら自分でなんとでもできる。ここはいろいろとゆるいんだよ」

「そういうことなら、わかった……。ああ、一つ思いついた。コテージには二人配置したほうがいいな。彼女が出かけるとき、必要に応じて車で尾行するための要員だ」

「あの女は、そういうのを嫌がってるんだぜ。機嫌を損ねたらどうしたらいい?」

「自分の立場を貫くんだな……。もちろん、礼儀正しくね。もし彼女が上のほうに苦情を持ち込むようなら、私が責任をとろう……。彼女は一人きりなのかね?」

「いや、秘書も一緒だ。とんがった顔つきのグリムっていう女だ。俺の知る限りでは、料理なんかは全部秘書がやってるようだな」

「ふーむ。できればその女を味方につけたい。それに頼むから、この仕事ではミスしないでくれよ。殺人犯が野放しになっているんだ。もしマッジ・クレインに手を出されでもしたら、国中から非難囂々になる」

ハンブルビーは受話器を戻しながら、この線でできることはこれで精一杯だ、と考えていた。次はニコラスだ。

ハンブルビーが電話で席を外している間、ニコラスは自分の証言を整理することに専念していたようだ。手短に妹の安否を確認した後、証言を開始した。

「まず第一に、私のアパートは、事実上、侵入不可能なのだ。今日の午後、私が家を出るまで、侵入されたことはない。これは保証できる」

「わかりました。それで?」

「知っての通り、あの不幸なパーティーは木曜日の夜だった。だから、そこから始めるのがいいと思う。グロリアが帰った後、私は玄関の鍵をかけて寝た。そして金曜日の早朝、ここに来た。自分の会社に嫌気がさすと、私は時々ここに来て一泊か二泊することにしているのだ。グロリアとのあのひどい出来事の後だったから、会社にすっかり嫌気がさしていたのだ」

「一つだけはっきりさせておきたいことがあります。あなたは今、仕事を抱えておられないのですか?」

「『不運な女』の会議を別にすれば、何もない。ちょうど映画と映画の間なんだ」

「そうでしたか。どうぞ、続けて下さい」

「では、まずアパートのドアと窓だが、防犯ベルが設置されている。訪問者は一階の守衛室で呼び鈴を鳴らさなければならない。そこには常に誰かが詰めている。あの部屋の前の住人はダイヤモンド商人で、厳重な警報機を設置したんだ。何時間も留守にするときは、必ずスイッチを入れる。セザンヌやピカソの絵が一、二枚あるんだ。これは盗む価値があるからな……。とにかく、私がアパートに戻るまで……、つまりモーリスが死んだ土曜日の午後までは、誰もあの薬に近づくことはできなかったということだ。その後、ある事情があって、今朝まで誰も近づくことはできなかった」

「今朝まで、ですか。では、今朝はどうして近づくことができたのですか?」

「外で食事をしている、と言ってなかったかな? 言ったな。今朝は早起きして、朝食を摂るために、ノースローにあるスナックバーのような店まで歩いていった。そこでは自家製のソーセージが美味しいんだ。歯ごたえのある生玉ねぎのみじん切りが少し入っていてね……。まあ、そういうことだ。問題は、そのときアパートの玄関ドアをきちんと閉めていなかったことだ。帰ってみると、ドアが開いていた……。大きく開いていたわけではないんだが、ラッチが掛かっていなかった。最初は、誰かが合鍵を手に入れたんじゃないかと思ったんだが、そんな人間がいたとしたら、侵入したとわからないように、きちんとドアを閉めて帰ったに違いないと思い直した。それに、出かけるためにドアを閉めたとき、ちゃんと閉まった音がしていなかったことを、何となく思い出したのだ。そういうことってないかね」

「合鍵の話が出ましたね。合鍵があるのですか？」

「使用人に持たせているものだけだ。彼は先週から休暇を取っていて、出かける前にその鍵は預かっている。ほら、この通り、私のものと一緒にしてある」ニコラスはキーホルダーを出して、まったく同じ二つの精巧なエール鍵を見せた。「ご覧の通り、これは非常に特殊な錠前だ。これも宝石商のおかげだな。この二つ以外に鍵を作ることは不可能だろう。そして、この二つは私の手元から一瞬たりとも離れていないと断言できる」

ハンブルビーはうなずいた。「たいへん結構です。朝食のためにアパートを出たのはいつで、どれくらい留守にしていたのですか？」

「それは覚えている。朝七時ちょうどに出かけた。そして、ほぼ八時ちょうどに帰ってきた」

「当然、何かがいじられていないか、見て回られたでしょうね？」

「もちろんだ。しかし、私にわかる範囲内では、何の違和感もなかった。いずれにしろ、私はアパートに置いてあるものは食べたり飲んだりしないというポリシーを守っていたので、それを貫くだけのことだった。もちろん、誰かが部屋に入ったという証拠はありはしなかったが」

「守衛にそのことを聞いてみたんですか？」

「ああ。だが、普段彼は自分の部屋に閉じこもっているんだ……。一日中玄関のあたりにいるわけではないからな……。人の出入りを見たり聞いたりはしていないだろう。だから、助けにはならない」

ハンブルビーはちょっとだけ残っていたブラックコーヒーを飲み干してお代わりを頼み、それを受け取ると両切り葉巻（チェルート）に火をつけた。

「それで?」

「その後、ここに着くまで、毒殺者には次の機会がなかったはずだ」

「着いたのはいつですか?」

「午後五時頃だな」

「その時は、どんなチャンスがあったのでしょうか?」

「荷解きをしてから、ベッドで少しうとうとした。そして六時頃、階下に降りてきた。それから一時間は経ったころに、ようやくはっと思いついたんだ。薬を寝室に置きっ放しにして、誰でも手が出せる状態になっているのはあまり賢明じゃないんじゃないかって。それで、私は上に行って鍵をかけた。その後は、きみに渡すために取りに行くまで、ずっと鍵をかけてあった」

「まとめると、こういうことですね」ハンブルビーはゆっくりと言った。「あなたのパーティーとミス・スコットの自殺のあった晩よりも前。今朝七時から八時の間。今晩六時から七時の間。このいずれかの時に、コルヒチンが薬に混入された可能性がある。これでいいですか?」

「完璧だ。そして、おそらく一番目の可能性は除外できるだろう」

「ええ、私も同感です」

「二番目も同様だろうか? 『イブニング・マーキュリー』紙は今日の午後三時まで出ていなかった。私を毒殺しようとしたのは、あの不幸な手紙が公開された結果だと思うからな」

ハンブルビーは、古典的な意味での血の復讐(ヴェンデッタ)かもしれないという仮説を口にしそうになって、やはりやめておいた。そんな事態は、彼自身、考えたくもなかった。

「その可能性は高いですね」と彼は同意した。「となると、一番可能性が高いのは今晩の六時から七時の間ということになります。では、その時に誰にも見られずXが薬に手を加えられる可能性はどのくらいあったのでしょうか?」

その可能性はかなりあった。エレノア、デヴィッド、メデスコ、そして使用人たちへの質問で、それが確認された。敷地内には草が生い茂っているため、人目に付かずに家に近づくことは問題なく可能だった。外部の人間は、十数個あるドアや窓のうちどれか一つでも開けられれば侵入することができた。そして家の中には、いざというときに身を隠せる場所がいくらでもあった。心の奥底でくすぶり続ける血の復讐(ヴェンデッタ)仮説を抑えこみながら、ハンブルビーは、ここはひどく守りの薄い場所なのだな、と考えていた。Xにとっての唯一の難点は、すべての寝室を探さずに——不可能ではないが危険な方法だ——ニコラスの寝室を見つけ出すにはどうすればいいのか、という点だけだ。クレイン一家がこの家に住んでまだ数ヶ月しか経っていない。ニコラスの部屋の位置は、家族や家政婦以外にはまったく知られていなかったはずなのだ。しかし、気の利いた人間ならば、その問題はさしたる苦労もなく解決してしまうだろう。それに、利益ではなく復讐のために人を殺す人間の強みとは——それを言うなら、弱みも——どんなリスクがあろうと端から覚悟の上だという点にある……。

十一時を過ぎた頃、ようやくハンブルビーは屋敷から引き揚げた。ニコラスは車までついてきた。今では雨は止んでいて、雲の切れ間でぼんやりと滲んだ星が瞬いていた。砂利が足下で煩(うるさ)い音をたて、雨どいには水が溜まってゴボゴボと音を立てている。この頃には、ハンブルビーはすっかり疲れ果てていた。おそらくニコラスもそうなのだろう。頬の痙攣がより頻繁で、より顕著になっていて、痙攣のたびに痛みで顔を歪ませていた。

「まあ、それはそれとして」と彼は言った。「なんとか筋道をたててもらいたいものだ。このあともずっと死に怯えながら過ごしたくはないからな……。ところで、『イブニング・マーキュリー』紙はどうやってあの残酷な手紙を手に入れたのか、心当たりはないかね？」

　ハンブルビーは説明した。

「燃やしてしまわなかったとは、なんて愚かな妹なんだろう」話を聞き終えると、そう文句をつけた。「わけがわからない。しかし、それが女というもなんだろうな。絶対に、自分の手で何かを壊そうとはしない」

　ハンブルビーは車のドアを開けて乗り込み、窓越しに言った。

「本当に警察の保護は必要ないのですか？　手配は簡単にできますよ」

「いや、自分の面倒は自分でみられる。ありがとう。拳銃を持っているし、寝る時には寝室のドアに鍵をかける。飲食も、これからは、すべてアイルズベリーのパブでとることにするよ」

「では、このままここに留まるんですか？」

「一日か二日。この先どうなるかめどが立つまでは」

　ハンブルビーは低くうなった。「では、気をつけて下さい。お願いですから、十分に気をつけて」

「ご心配なく」とニコラスは笑って言った。「まだ当分は死ぬつもりはないよ……。おやすみ」

　ハンブルビーは車で去った。車道に出て、木々や茂みが屋敷を隠してしまう直前に、一度だけ振り返った。破風(ペディメント)付きの玄関の外、不安定に明滅する電球の下で、ニコラスは一人でじっと立ち尽くしていた。仕立てのいい派手なディナージャケットのポケットに両手をぎゅっと突っ込んで、去っていく車を無表情に見つめていた……。

　そしてそれが、ハンブルビーが生きているニコラスの姿を見た最後となった。

第四章

1

どんよりとした不信感に満ちた火曜日の夜明けが、ストライキを計画している労働組合のように東の空から迫ってきた。ブルームズベリーのアパートの寝室の窓から外を見たジュディ・フレッカーは、冴えない一日を予感して、寝ぼけまなこでため息をついた。そしてパジャマを脱ぎ捨て、風呂に入り、服を着、朝食を作って食べ、八時には街路に出ていた。少し歩くとバス停がある。そこで待つ間、大英博物館の巨大な柱廊を醒めた気分で眺めた。バスは、ロンドンのターミナルの中では一番落ち着きがあって魅力的なメリルボーンまで行く。彼女は、そこでロング・フルトン行きの列車に乗り込んだ。

ジュディの一日の中では、いつも十時までが一番ドタバタしている。そして一番手に負えない時間でもある。ジュディは、音楽部ならではのルーチンワークを片付けてから、第二サウンド・ステージで、グリズウォルドの指揮するフィルハーモニア管弦楽団が、『地獄への切符』のスコアをリハーサルし、レコーディングするのに立ち会った。彼女の目の前のスクリーンでは、背景音楽を失った二人の恋人が、お互いに不条理なことを言い合っている。背後にはサウンドエンジニアのガラス張りのコントロールルームがある。そこには作曲家が座し、自分が作った騒音を大音量のスピーカーで満足げに聞いていた。壁の電光掲示板に秒数が表示されていた。ヘッドフォンを着け煙草をくわえたグリズウォルドは、演奏者から楽譜、電光掲示板、スクリーンへと、目まぐるしく視線を動かしている。官能的な場面にふさわしい音楽——弦楽器の響き、フレンチホルンの躍動感、チューブラーベルの粘っこい甘さ、ハープのさざ波のようなさざめきなど——が部屋を満たし、溢れ出していた。悪い曲じゃない。ジュディもそれは認めた。ネイピアは、コンサート用の作品ではやや刺激的なモダニストだが、たいていの作曲家と同様に、映画のために作曲するときには襟を緩め、ロマンチックでセンチメンタルになるのだ。

今、テイクが終わり、再び照明が点けられた。誰かがジュディの隣のキャンバス地の椅子にやって来て、かなり重い腰を下ろした。映画のチーフエディターが長話でいつまでも彼女を引き留めていたので、それが誰なのか確かめることはできなかった。チーフエディターが席を外すと、振り返って新顔が誰なのか確認した。

デヴィッド・クレインだった。

彼が現れても、ジュディは特に驚きはしなかった。ここ数ヶ月、デヴィッドは奇妙な時間帯に彼女のオフィスに現れるということを繰り返していたからだ。彼は、自分でもその目的を明確に分析できずにいるようだったが、ジュディは、その根っこには恋愛感情のようなものがあるのではないかと思っていた。こんなふうに乱入されるのは迷惑なのだが、相手がデヴィッド・クレインとなると、深刻な苛立ちを覚えることもないのだ。しかも、あまりに内気な彼は、いつも到着して五分も経たないうちに、謝罪の言葉を残して姿を消してしまうのだ。ジュディは、我慢できないほどの不器用さにもかかわらず、クレイン一族の中ではデヴィッドが一番気に入っていた。彼が世間と向き合う時の、いつも何も考えていないような雰囲気が、彼女の保護欲や母性本能を刺激するのだ。彼は、脚本部の同僚から仲間扱いしてもらえず、外部に仲間を求めるしかないのだろう。

「ハロー」と彼女は嬉しそうに言った。「調子はどう?」

「お、おはよう。ミ、ミス・フレッカー」撮影所では名前で呼び合う習慣なのだが、デヴィッドはジュディにこれ以上馴れ馴れしい言葉を使ったことがない。「き、きみの邪魔に、な、なってないといいんだけど」

ジュディは笑って、「もちろん大丈夫よ。今、サボってるところなの」彼女は長い脚をのびのびと伸ばした。デヴィッドが黒服を着ていることに気づいて、面白がりながらも、同時に、しきたりを守る真面目さに敬意を覚えていた。「あなたは?」

「え? な、なんだって?」

「つまり、脚本部で一時間の休憩をもらって来たの? ってこと」なんだか見下したような言い方だったな、とジュディは反省した。デヴィッドは使いっ走りじゃないのに。しかし、デヴィッドは自分に好意的な人間にも引け目を感じてしまう性格なので、彼を前にした人間の言葉は自動的に意図してもいない軽侮を帯びてしまうらしかった。ただ幸いなことには、彼は怒るということができなかった。

「け、今朝は、あ、あまりやることがないんだ」と言って、急に笑顔になった。「そ、それに、どうせ、た、大切なことは、ま、任せてもらえないんだ。ぼ、僕が、ぶ、ぶち壊しにすると思ってるんだよ。だから、い、いつでも好きな時に、に、逃げ出せるんだよ、本当」

「なんて馬鹿な話!」と言ったものの、残念ながらジュディ自身、内心では、そんな彼らは結構賢明なんじゃないかと思っていた。

「ぼ、僕は、き、気にしないさ、本当。た、ただ、ぶらぶらしているだけで、十分楽しいんだ。ち、知恵が足りないのが僕の、け、欠点だからね」

こう告白されて、ジュディは少し気恥ずかしさを覚えた。正直言って、これを否定するのは難しい。気まずくなって、彼女は話題を変えた。

「で、家ではみんなどうしてるの？」と聞いてみた。そして口にした途端、こんな状況では、軽率で、少々不謹慎な質問だったと気づいた。しかし、あいかわらずデヴィッドはそんなことは気にしていないようだ。少ない髪の毛に手をやりながら、まるで技術的な情報を求められているかのように、真剣に、そしてきめ細かに答えた。

「か、母さんは、落ち着いてる。も、もっとも、か、母さんを慌てさせるものなんて、お、思い当たらないけど。ニ、ニックは、ちょ、ちょっと腰が引けてる。そ、想像が付くよね。マ、マッジからは、ぜ、全然連絡がないんだ」急に悲壮感が漂ってきた。「お、恐ろしいと思わない？　あ、あの女の子のことだけどさ」

「彼女を知ってたの？」

「ニ、ニックのパーティーで、は、初めて会った。ク、クリスマスの間、か、母さんのところに滞在していたんだけど、ぼ、僕とニックは、バ、バミューダに行ってたから」

「それじゃ、何が起こっているのか、あなたには知らなかったんじゃないの？」

「うん。ぜ、全然。み、みんな、ぼ、僕にはあまり、せ、説明してくれないんだ。で、でも、あれは、す、すごく恥ずかしい話だよ。け、今朝は、こ、ここに来るのが、つ、辛かった。びょ、病気にかかった猫みたいに、ど、どこかに隠れてしまいたいと思ったよ」この動物学的なたとえを最後に、デヴィッドは口を噤んだ。彼は、普段、こんな高度に文学的なレトリックを使わない人間だった。今回口をすべらせたのは、それだけ強い感情の発露なのだろうとジュディは思った。

「誰もあなたを責めることはできないわ、デヴィッド」彼女は急いでなだめた。

「ああ、わかってる。でも、ほら、僕の、か、家族の問題なんだ」そしてつけ加えた「め、名誉の問題だ。ぼ、僕はそう思っている。僕が、ふ、古いのかもしれないけど」

「それはとても当たり前の感覚だと思うわ」とジュディは言った。そして頑固につけ加えた。「でも、お、お……、ごめんなさい！　落ち込んじゃ、駄目！」

デヴィッドは笑って、「ど、どもりが伝染るのって、お、面白いよね」

「とにかく、私の滑舌よりはよっぽどましよ」とジュディは悔しそうに言った。「私たちの会話って、まるで発声法教室のビフォー・アフター広告の〝ビフォー〟みたいに聞こえるんじゃないかしら」

「そ、そんなことないよ。僕は、き、きみのしゃべり方が好きだ」デヴィッドは顔を赤くした。「とても魅力的だ」

「品が無いのよ」ジュディは辛辣に反論した。「ちゃんと勉強したから、私にはわかるの。中流階級や上流階級では、耳にすることもないはずよ」

デヴィッドは、これになんと答えればいいのかわからないようだった。

「い、いずれにしろ」結局は控えめに、「それは、ほ、ほんのわずかなものだよ……。でも、こ、こんな風にきみのことを言うのは、ちょ、ちょっと厚かまし過ぎるよね。れ、礼儀知らずだった」

ジュディは、彼の大きなスパニエルのような目をのぞき込んで、そこに垣間見えた感情に悲しくなった。なぜなら、自分がそれに応えることはできないと知っていたからだ。彼女はとても心優しい娘だったので、デヴィッドの恋心をちょっとだけ利用しようという気持ちと、それを申し訳ないと思う気持ちが入り混じっていた。彼女は足を組むと、恥ずかしそうに自分の足先を見た。

「何言ってるの。あれを不愉快だと感じるなら、私はよっぽどの馬鹿だってことだわ……。ねえ、デヴィッド、お兄さんはあの忌まわしい新聞を訴えるつもりなの？」

最後のテイクは満足のいくものだったので、グリズウォルドは次のセクションの曲へと進むことにした。「フィルムを進めてくれ」と指示し、映像がスクリーンに映されると、黙ってストップウォッチを片目で見ながら楽譜に目を通した。ネイピアがコントロールルームから出てきたので、デヴィッドが質問に答える前に、ジュディは言った。

「おはようございます、ミスター・ネイピア。素晴らしい曲ですね」

「お願いだから、こんなもので私を判断しないでくれよ」目に見えて嬉しそうな顔をしながら、ネイピアはそう言った。

「作曲家さんは、皆さんそう言うんですよ」ジュディは微笑んだ。「あなた方のうちの誰かが、自分の最高傑作は映画音楽だと認める日が来たら、音楽部は一週間休みを取って、ぐでんぐでんになってお祝いするでしょうね」

ネイピアは苦笑しながら、グリズウォルドを困らせに行った。「ごめんなさい、デヴィッド」とジュディ。「邪魔が入ったわね」

「だ、大丈夫だよ」と、念の入った礼儀正しさで言った。「実は、ニ、ニックは訴えるつもりはないんだ」もじもじとして、肩を落とした。「ほ、ほら、か、彼は、あ、あの女の子との契約のことは、ぜ、全部本当のことだって認めてるだろ」

「まあ」ジュディはあまり表情を見せずに言った。「でも、彼にもわかってるはずよ。自分が訴えなければ撮影所が……」

「ニ、ニックを追い出すだろうね」礼儀作法の塊とも言うべきデヴィッドが途中で口を挟むとなると、よほど強く心を動かされることがあったにちがいない。「彼はそうとわかっていて、が、我慢するつもりなんだ。償いって、い、言ってたよ。ある意味、ニ、ニック兄さんらしい、す、筋の通し方だよ」デヴィッドは残念そうに言った。「つ、つまり、あんな腐ったスポーツマンシップに反することをしていなければ、す、筋が通っていたのに、ってこと。あ、あの女の子に対しても、そう。あ、あれで、な、何もかも、だ、台なしだ」

「マッジは？　どうするつもりなの？　この話を否定することができなければ、どんな映画好きでも彼女のファンを辞めると思うわ。そして、それはレイパー撮影所も同じ状態になるっていうことよ」

「マ、マッジは、れ、連絡不能なんだ」と言ってデヴィッドは言葉を切った。慣れない言葉を使ってしまったことに、自分でも戸惑っているのだろう。「れ、連絡が、と、とれないんだ」と説明し直した。「ど、どうするつもりなのか、わ、わからない」神経質に周囲を見まわして、声をひそめた。「ね、ねえ、だ、誰かがニックに、ど、毒を盛ろうとしたって話は、き、聞いた？」

　ジュディは不意に立ち上がった。「何ですって？」

「ほ、本当だよ。だ、誰かが彼の薬に、ど、毒を入れたんだ」

「なんて、なんてこと……」純粋なショックと同時に、罪深い好奇心が発作のようにジュディを襲った。「でも、今朝の新聞には……」

「うん、し、新聞にはまだ知らせてないんだ」デヴィッドは陰鬱な顔で説明し、しばらくの間、痛々しい沈黙が訪れた。「ま、まるで悪夢だよね？」

「ああ、デヴィッド。可哀想に」ジュディは心からの同情を示して言った。「あなたには辛いわよね」

彼は肩をすくめた。「さ、騒いでも、し、仕方が無いよ」と、短く答えた。「じ、じっと我慢する。こ、これしかない」彼は、もう一度自信なさげに彼女に顔を向けた。「でも、ジュディ……。ミ、ミス・フレッカー、ぼ、僕は……」

〝さあ、ここだ！〟と、ジュディは思った。暴風警報標識が掲げられた。そして、声を大きくして言った。「何？　デヴィッド？」

「た、たまには、ぼ、僕と一緒に、しょ、食事に行かないかい？　で、でも、嫌なら、い、いいんだよ」と取り消すように言った。「ちょ、ちょっと聞いてみただけなんだ。た、ただ、ち、ちょっと……」

「あら、いいわね、デヴィッド」とジュディは言った。「誘ってくれるなんて嬉しいわ。素敵ね」

「ほ、本当に？　モ、モーリスが死んだのに、そ、そんなことしてる、ば、場合じゃないって、お、思わない？　も、もっと控えめに、し、しとくべきだと」

「いいえ、悪いことだなんて思わないわ」あらまあ、とジュディは思った。呆れるほど純真な会話よね……。「いつにするか、考えはあるの？」

「そ、それは、き、きみ次第だよ」デヴィッドの感謝の気持ちは、可哀想になるほど圧倒的なものだった。「きみの決めた日なら、も、もちろん、いつでもいいさ……。こ、今夜は、じ、時間はとれないの？」

「それは、ちょっと急な話ね。でも……」

「き、きみの迷惑にならないようにね。僕は……」

「でも、実は、今夜は私フリーなのよ。で、何時にどこにする？」と、ジュディはちょっとぶっきらぼうに言った。デヴィッドに謝るのをやめて本題に入らせるためには、乙女ぶりっこな態度はやめて率直になったほうがいいと感じたのだ。それに、突然の醜聞（スキャンダル）に対するクレイン一家の反応について、ジュディはかなり不謹慎な好奇心を抱いていたのだが、それを満足させるような計画が思い浮かんだのだ。そのためには、会話の主導権を握っておくことが望ましいが、相手がデヴィッドとあれば、それもたいして難しい仕事ではないと認めざるを得ない。

「じゃ、じゃあ、ど、どこがいいかな？　ス、スクリーンライターズか、サ、サボイか……」

「いい考えがあるの」ジュディは誠実に勝ち誇ったような笑顔を浮かべ、「あなたの家で食事しない？」

デヴィッドはちょっと怪訝そうな顔になった。「え、ええと」と切り出した。

「私はお邪魔したことがないのよ。一度拝見したいと思っていたの。でも、もちろん」ジュディは切なげに付け加えた。「もしあなたが本当に嫌だと言うなら……」

デヴィッドが彼女に向けた視線は、はっとするほど鋭かった。

「い、家を見てみたいって？」と確認した。デヴィッドは人を馬鹿にできるような性格ではないと確信していなかったら、ジュディは彼を疑っていたかもしれない。だがそんなわけはないと、彼女はちょっぴり居心地の悪さを感じていた。

「ええ、そうなのよ」彼女は少し息を弾ませながら言った。「もちろん、それだけじゃなくて……」

彼女はより適切な好奇心の対象を求めて、自分の頭の中を探し回り、かなり長い沈黙の後にようやく見つけた。「そう、迷路よ！」

「め、迷路？」デヴィッドはそう言った。その口調には、再び、一瞬ジュディを不安にさせる響きがあった。「み、見たいというなら、め、迷路を見ちゃいけない理由は、な、ないと思うよ。ぼ、僕だって、み、見てみたいと思うし」

「見たことないの？」ジュディは、信じられない、というように言った。自宅に迷路を所有しているのに、探検しない人間がいるなんて、とても信じられない。迷路とはロマンチックで冒険心をそそる場所だ。ジュディは表面上は都会的な雰囲気をまとっているけれども、実はロマンチックで冒険好きな娘だった。「本当に一度もないの？」と繰り返して聞いた。

デヴィッドは困惑して申し訳なさそうな身振りをした。

「ま、まあ、い、家からは、ちょ、ちょっと遠いからね」と説明した。「チュ、チューダー王朝時代に、し、荘園があった場所の近くなんだ。今は、ず、ずっと放置されていて、く、草に埋もれているよ。でも、く、暗くなる前に行けば、ちゃ、ちゃんと見ることができるよ」

「中心には何があるの、デヴィッド？」

彼は一瞬、何を聞かれたのかわからずに見つめ返した。「ちゅ、中心？」

「迷路の、ってこと。迷路の中心には、たいてい何かあるものなのよ。日時計とか……」

「墓だよ」

「まあ、そういう場合もあるけど……」突然、ジュディは我に返って、目を見開いた。その瞬間の彼女はひどく若く見えた。「墓があるっていうの？」彼女は興奮して言った。「あなたのうちの迷路の中心に？」

「そ、そういうことだよ」デヴィッドはこともなげに言った。「め、迷路を造った人間の、は、墓があるんだ。ああ、ひゃ、百年前のものだけどね。へ、変なことを考えるよね」

ジュディはすっかり嬉しくなって、深いため息をついた。

「デヴィッド、それは探検しなくちゃいけないわ。私を連れて行くって約束して」

「ああ、わかった」正直なところ、彼は興味がなかった。「ぼ、僕はかまわないよ」

ここにきてジュディは、やや遅ればせながら、ランソーン・ハウスで食事をするという提案があまり熱心に受け止められなかったこと、そして、事態はまだ未解決であることを忘れるほど無礼であってはならないことを思い出した。

「ああ、でもそうだわ」彼女は後悔して言った。「こんな状況なのに、ご家族の邪魔をするのはあまり褒められたことじゃないわね。またの機会があれば……」

「い、いや、気にしないで」デヴィッドは、必死に頭の中で何かを計算しているように見えた。「なんの問題もないよ。か、母さんも、き、きみに会えたら喜ぶさ。そ、それに、そ、外で食事をしているところを、ひ、人に見られなくてすむしね。む、無神経に見えるよね」彼は思考の世界から抜け出して、微笑んだ。「い、いい考えだと思うよ、本当に」

「まあ、本当にそれでいいなら……」

「ああ、もちろん。ねえ、き、きみに、か、母さんに会ってもらいたいんだ。き、きっと、は、話が合うと思う」

ヴィクトリア朝の連載小説のようだ、とジュディは思った。家柄の良い息子が、自分が愛し、結婚したいと思っている貧しくも誠実な娘を、ママに紹介する。ママは恐ろしげな帽子をかぶって登場するのかしら？「h」を発音しないでしゃべって、豆を食べるのにナイフを使うの？どうしても結婚したいと言うと、彼は相続放棄を迫られる？そして彼の中で、どう考えても勝ち目のない「彼女」への情熱と、階級的連帯感が秤にかけられるわけね……。いや、違う。秤にかけるのは穢れなき一族の伝統のほうね。何が起こるか、三ヶ月後に刊行予定の次号『ハウスホールド・ワークス』をお楽しみに……。

〝可哀想なデヴィッド〟ジュディは妄想から抜け出して思った。どうしても彼への気持ちが盛り上がらないのに、彼を利用しようと思うなんて、恥ずべきことだわ……。しかし、内心そんなふうに懺悔しているにもかかわらず、残念ながら、利用するのはやめようと思うまでにはいたらないのだった。

「そうね、きっとそうだわ。とても楽しみよ」

「ぼ、僕の車で行こうか？け、今朝は、に、ニックのベントレーを、か、借りてきてるんだ」

「素敵ね。でも、あなたは何時に仕事が終わるの？私のほうは、いつもより少し遅くまでいることになるかもしれないの」

「ああ、ぼ、僕は、い、いくらでも待ってるさ」

「ぶらぶらしてちゃ駄目よ」ジュディの気づかいは、彼女のオフィスで彼が時間をつぶすことになったらたまらない、という不安からきたものだった。「仕事が終わったらすぐに家に帰って。私はフランク・グリズウォルドか誰かに車を借りて、一人で追いかけるわ。七時までには着けるわ。アイルズベリーのすぐ近くだったわね？」

「その通り。あ、アイルズベリーまで行けば、だ、誰に聞いてもわかるはずだよ。でも、ほ、本当にそれでいいの？」

「もちろんよ」ジュディは腰を上げた。「じゃあ、それで決まりね。私は仕事に戻らなくちゃいけないわ。だから、またね（オ・ルヴォワール）」

　しばらくの間、彼は何も答えなかった。その沈黙の中には、先ほども垣間見えた、曖昧で不安定な、底の知れないものがあった。しかし、ようやく彼も立ち上がって――こんなふうに礼儀正しい反応が遅れるのも何となく不穏だった――うなずきながらゆっくりと微笑んで、「さようなら（オ・ルヴォワール）。よ、夜になったら、また」

　ここまでの会話から見てとれるジュディの人となりは、かなり複雑で曖昧なものに見えるだろう。特に、デヴィッド・クレインの招待を受けいれた動機については。しかし実のところ、彼女はごく普通の素直な若い女性で、現在彼女を支配する感情は、ごくありふれた好奇心でしかなかった。土曜日以来、撮影所はクレイン一族のゴシップであふれかえっていた。「イブニング・マーキュリー」紙の暴露により、そのゴシップがさらに盛り上がった結果、クレイン一族を近くで観察するという機会は、彼女にとって非常に魅力的なものとなっていた。彼女は女性らしく、事実よりも人に興味を持っていたので、ランソーン・ハウスに招待されるようにと立ち回った理由も、モーリスの死とニコラス殺害未遂の謎を解決したいと熱望したからではないのだ。しかし、クレイン一族は、彼女の世界では重要な半ば伝説的な一族だった。彼女は知性豊かとは言いかねる――というか、はっきり言って知的俗物だったので、大きな視野からみれば、クレイン一族など所詮無意味な存在である、という考え方には納得できなかったのだ。彼女は、醜聞（スキャンダル）の中心地に立って、そこで醜聞を眺めてみたいと思っていた。そして、デヴィッド・クレインの情熱は、その怪しげな特権を手に入れるための唯一のパスポートだった……。

〝下卑た好奇心だこと〟と、音楽部に戻りながら、彼女は自分に言い聞かせていた。でも、それだけだった。

このときの彼女は、好奇心が猫を殺すということわざを忘れていた。

2

彼女が撮影所の〈クラブ〉——上流階級の専用の場所だが、混み合う食堂を避けたいときに使うこともあった——で昼食を取ろうとしていると、古いレインコートを着て、へんてこな帽子をかぶったジャーヴァス・フェンに会った。

「ハロー」と挨拶した。「探偵してるの？」

彼は首を振った。「残念ながら、違う。『不運な女』の会議に参加してきたんだ」

「まあ、まだやってるの？　土曜日の会議が最後だと思ってたわ」

「みんなそう思ってたさ。ところがレイパーは、我々が合意した通好みのナンセンスが気に入らなかったものだから、今朝、再招集されたんだ」

「でもクレイン一家は……」

「クレイン一家は足並みそろえて欠席だったよ。それ以外は全員そろっていた。絵に描いたように陰鬱だったな。レイパーが、まだあれを続ける気でいるとは、僕も驚かされたよ」

「私もびっくりだわ。彼はいったい、ニコラスとマッジがどうなると思っているのかしら？」

「スタッフォードに言った言葉から推し量ると、なにもかも、恥知らずな新聞による、何の根拠もないでっち上げだと思ってるみたいだな」

「全部嘘だと思うほど、あの人は愚か者だって言うの？」

「そうさ。そして、彼の目を覚まさせてやる度胸は誰にもないみたいだな。何もかも、痛ましい限りさ……」フェンはご機嫌で言った。「ところで、土曜日に、クレイン一家はグロリア・スコットに対してどのような態度をとっているのか、って尋ねたことを覚えているかい？」

「ええ」

「きみは、ニコラスがどうだかは知らない、って言ってたね。今なら知ってるかい？」

「ええ。これだけ話題になっているんだもの、どうしても耳に入るわ。彼はいつも、彼女にとても親切だったみたいだけど、それはベッドに誘いたいからとか、そういう理由じゃなかったのね。純粋な利他主義(アルトルイズム)だった」

「だとすると、あの手紙が公表されて、みんなすごく驚いたんじゃないか？」

「ええ、その通りね。びっくり仰天よ……。ねえ、それが重要なことなの？」

「わからない」とフェン。「つまりこういうことさ、ミス・フレッカー」彼は悪意のこもった口調で続けた。「ハンブルビーは自分の考えで動いていて、僕には事件の情報を教えてくれないんだ。これまでにしてくれたことと言えば、昨晩深夜に電話をかけてきて、支離滅裂な言葉を吐き散らして、こちらが確かな情報を一つも引き出せないうちに電話を切っただけときた。誰かがニコラスを毒殺しようとしたことを、知ってるかい？」

「ええ。今朝聞いたわ。デヴィッドが話してくれたの」

「デヴィッド……？　ああ、あの知恵遅れの弟か。僕はまだ会ったことが無いんだ」

ジュディはためらった。「フェン教授、あなたは……、彼が犯人である可能性はあると思う？」

「親愛なるお嬢さん」とフェンは優しく言った。「今のところ、地球上の誰一人として、除外できる正当な理由は思い当たらないよ。なぜ、そんなことを？」

「今晩、彼のお母さんの家での夕食に招待されているの。あなたなら、彼が疑われているかどうか知っているかと思って。もしそうなら、油断なく目を光らせておこうと思ったの。それだけよ」

「夕食？　彼の母親の家で？」フェンは首を振った。「〝コカトリス（中世ヨーロッパ伝承の中の怪物。ニワトリの頭、竜の翼、蛇の尾を持ち猛毒を吐く）の巣に入れば病を得る〟だ」とつぶやいた。「〝イノシシを狩る者は慎重に歩むべし〟とも言う」

「そのバニヤン（イギリスの教役者、文学者。『天路歴程』の著者）の引用は、どういう意味なの？」

「どんなときも、油断なく目を光らせておけってこと……。もう行かないとバスに乗り遅れる。じゃあな（グッバイ）。せいぜい気をつけておけよ」彼は立ち去った。

お茶の時間の頃にはジュディは非常に忙しくなっていて、デヴィッド・クレインに邪魔されるのはひどく迷惑だった。しかし、この時の彼は、訪問の理由を常にない率直さで語った。

「つ、つまりね、ミス・フレッカー。ぼ、僕の車なんだ」と言った。「も、もちろん、ニ、ニックの車のことだけど」

ジュディは忍耐強く聞いた。

「それがどうしたの？　動かないの？」

「だ、誰かが、え、エンジンを壊したんだ」

「何ですって？」

「て、鉄の棒で」

ジュディは彼を見つめた。「デヴィッド、夢でも見たんじゃないの？」

「ち、違うよ。そ、そんなんじゃない。し、信じられないなら、じ、自分の目で見てよ」彼はひどく取り乱しているようだ。「し、始動させようとしても、な、なかなか動かないから、ど、どこが悪いのか見ようとしたんだ。そ、そしたら、そういうことだったんだ」

「でも、来る時には大丈夫だったんでしょう？」と、ジュディはあまり賢くないことを言った。「じゃあ……」

「ああ、もちろん。そ、その時は、なんの問題もなかった」

「でも、デヴィッド、白昼に堂々となんて！　どこの誰がどうすればそんなことができたのか、見当もつかないわ……」

「あれは、ニ、ニックの車庫に、入れてあったんだ」と、彼は説明した。「か、鍵はあるんだけど、もちろん、じ、実際にロックする人なんていないよね。ぼ、僕もしなかった。だ、だから……」

ジュディにも理解できた。大道具係の作業場に隣接して、撮影所の上層部二十人が使用するための鍵付きガレージが並んでいる。デヴィッドの指摘通り、そのドアに鍵をかける人間はいない。それに、朝から晩まで大道具係の作業場でハンマーや電動ノコギリの音が絶え間なく鳴り響いていたから、デヴィッドが言うような大きな音の出る破壊行為も、ガレージのドアを閉めた状態なら、十分に安全に……。破壊行為か。ジュディの心は沈んだ。車はデヴィッドのものではなくニコラスのものだった。そして、ある方面ではニコラスに対する反感が高まっているらしい……。

しかし、この説明はデヴィッドの念頭には浮かばなかったらしく、本当に戸惑っているように見えた。「ぼ、僕にはわけがわからない」彼は無念そうにつぶやいた。「ぜ、ぜんぜんわからない」

「それで、どうするの?」とジュディは尋ねた。自分の頭に浮かんだ推測を口にしても、何の役にも立たないと思ったのだ。

「ああ、そ、そうだね。む、村で車と運転手を雇って、い、家まで送ってもらうんだ。そ、そっちは問題ないよ。で、でも、理由を知りたいんだよ。ぜ、全然意味がないと思わないかい?」

「そうね」ジュディも同意した。「全然、意味ないわ」

「仕事中に、き、きみの邪魔をしちゃいけないとは、お、思ったんだ。で、でも、どうしても、だ、誰かに聞いてもらいたくて」

「警察には相談するんでしょう?」

「ああ。も、もちろんそうするよ。き、汚い腐ったやり方だ」デヴィッド悲しげに言った。「こ、こんなことをした恥知らずを、つ、捕まえなくちゃ」彼は落ち着かなげに体重を右に左にと移しながら立っていた。この暴挙によって一時的に忘れられていた持ち前の内気さが、再び戻ってきたのだ。

「ええと。さ、さっきも言ったけど、き、きみに聞いてもらいたかっただけなんだ」

「私だったらすぐに警察に行くわ」

デヴィッドは肩をすくめた。「その通りだね。さ、さっさと片づけよう。き、聴いてくれてありがとう、ミ、ミス・フレッカー」

「ジュディって呼ばないの?」

彼の仕草があまりにも恥ずかしそうだったので、彼女は下品で不作法な笑い声を抑えることができなかった。

「ありがとう、ジュディ」と彼は言った。「も、もう行くよ。ま、また後でね」

「まったく！」彼の背後でドアが閉まると、ジュディは思った。「私ったら、何をしているのかしら？　無知なること（ネスキエレ・フェール）の泥沼ってやつね……。でも奇妙な話」と声に出してつぶやいた。「あの車。変だわ……」

しばらく考えてから電話を手に伸ばすと、オックスフォードのセント・クリストファー校にかけ、フェン教授をはいないかと尋ねた。

フェン教授を捕まえられた。その声はまるで、この電話のせいで、とても深く心地よい眠りから引き戻されたとでもいうかのように聞こえた。実際にその通りだったので、いったい何事だ、と彼はいくらか不機嫌そうに尋ねた。

しかし、ジュディの話を聞くうちに、愛想のいいてきぱきした応対になった。「お騒がせしてごめんなさい。でも、もしかしたら事件に関係があるかもしれないと思って……」とジュディは締めくくった。

「そうだね、その通りかもしれない。ちょっと頼みを聞いてくれないか？」

「何？」

「車はまだそこにあるんだね？　牽引されていったりはしていない？」

「いいえ、まだあそこにあるわ」

「よし、じゃあ、村の修理屋か、撮影所の人間で車に詳しいやつを呼んで、ステアリングギアを見てもらおう」

「ステアリングギア？　でも、なんで……。いえ、待って、あなたの狙いはわかったと思う。でもらすぐに」

「推測は無しにして欲しい。行動あるのみ。そして、折り返し電話してくれるかい？　何かわかった
……」

それは約一時間後のことになった。

「で？」フェンは尋ねた。

「あなたは正しかったわ。運転に不可欠なパーツが、やすりでほとんど削られていたんですって。私はこういうことには疎いから、正確にどこがとは言えないんだけど……。でも見てくれた人は、致命的な仕掛けだって言ってたわ。車が高速で走っている時にプツンと切れてしまったら、最悪の事故になるんですって」

「そういうことか。まあ、当てずっぽうがうまく当たってたってことだな。肝心の推理はうまくいってないんだけどね。デヴィッド・クレインは警察に話したのかな？」

「ええ。地元の警官がやってきて、頭を掻いていたわ。私は、ハンブルビー警部に連絡を取って話をするべきだと言ったの。それで良かった？」

「完璧だよ」

「あれはニコラスを狙ったものだったの？」

「そう見えるよね？」

「だとしたら、デヴィッドが運転してきたと知った犯人が、彼を殺したくないと思って、エンジンを動かなくしたんでしょうね。自分のやったことをキャンセルするには、それが一番手っ取り早い方法だったから」

「そうだな。この状況下では、極めて妥当な仮説だね。もちろん、もう一つの可能性もあるけれど」

「言いたいことはわかるわ。デヴィッドがここに来てから、全部自分でやったっていうんでしょ。偽の手がかり(レッド・ヘリング)として」

「きみは懐疑的で、回転の速い、良い脳みそを持ってるね」とフェンはコメントした。「でも、今晩ランソーン・ハウスに行ったら、絶対に気を抜くんじゃないよ。いいかい、このコカトリスがどんな顔をしているのか、まだ誰も知らないんだ……。じゃあね」

3

六時五分過ぎ、陰鬱な霧雨に包まれる中、ジュディは撮影所を出てアイルズベリーへと向かった。

彼女はグリズウォルドの車を借りていた。大きくて古めかしいハンバー・サルーンで、所有者の数えきれないほど大勢いる子供たちの破壊衝動のおかげで、傷だらけだった。ジュディは以前にもこの車を徴用したことがあったが、その経験からすると、とても信頼できるとは言えない機械だった。それでも、何本ものバスを乗り継いだり、莫大な金額でタクシーを雇ったりするよりはましだ。この車には、グリズウォルド自身にも説明できない特徴があった。今にも止まりそうに見えた最後の瞬間に、乗り手は何もしていないのに、突然息を吹き返して、ボンネットがガタガタと鳴り、乗客の頰をマラリア熱にでもかかったようにブルブル震えさせ、パステルブルーの煙が吹き出て濃霧のように車内に立ち込めるのだ。グリズウォルドは、これはクラッチと連動するハンドレバーに問題があると——あまり自信はなさそうだったが——主張していて、時間の経過とともにこの現象にすっかり慣れてしまっていた。しかし、慣れない人間を不安にさせるのは間違いなく、ジュディはかなり警戒しながら、この風変わりな車を道路に出した。

最初のうちはそれなりに順調で、なんの問題もなくアイルズベリーの近くまでたどりついた。早まってこの状態を喜んでいたちょうどその時、側面が薄くなっていた右側前輪のタイヤが音をたてて破裂した。幸いなことに高速で運転していたわけではなかったので、ハンバーはそれほどのスピードが出ておらず、道路の縁にぶつかりながらも安全に停止することができた。彼女は車の外に出て、意気消沈してタイヤを調べた。

アイルズベリーまではまだ四マイルもあり、雨はそれまでの優柔不断さに飽きたのか、激しく降り始めていた。道路には人気がなく、あたりに家も見当たらない。ジュディは弱々しい呻き声をあげ、車の中を手探りして、運良く持ってきていたレインコートを探した。肉体労働と、猫に引きずられてきた獲物みたいな格好でランソーン・ハウスにデビューすることを、達観した気分で覚悟して、工具セットを取り出した。彼女は、自立した若い女性らしく、専門家の助けが得られないのであれば、自分の問題は自分で片づけるという信念を持っていた。

三十年代初頭、あるエンジニアがインスピレーションを受けて、何週間もかけて子供でも操作できる道具〝安心ジャッキ――その便利さは是非広告でご覧下さい――〟を考案した。しかし、いかなる科学的進歩にも欠点があるものだ。風呂の水を捨てるには、その水と一緒に赤ん坊が穴に落ちないようにする工夫が必要だ。〝安心ジャッキ〟の場合なら、〝容易な操作〟を実現するには〝困難な組み立て〟が――少なくともこのエンジニアには――必要不可欠だった。もちろんメーカーがこの残念な発見を公然と認めるはずもないが、一応の配慮は示して、迅速かつ容易にジャッキを組み立てられるように〝取扱説明書〟を用意してあった。しかし、ジュディが今手にしているこの道具の場合は、この虎の巻(ヴァーデ・メークム)はとっくに無くなっていて、十分間、休まず作業を続けても、相変わらず事態は絶望的だった。

車内への撤退を余儀なくされたジュディは、座り込んだまま、憂鬱に考えを巡らせた。雨の中を歩いてアイルズベリーに行くのは、さすがに耐えられない。しかし、日が暮れるまでここに座って、〝安心ジャッキ〟の手に負えない部品とかまけていても未来はないのだ。となると、誰かを呼び止めて、手を貸してもらうか、近くのガレージまで送ってもらうかするしかない。すでに二台の車が通過していた。最初は停まるかなと思わせるのだが、土砂降りの中でタイヤを交換しなければならないのだとわかるところまで近づくと、再び加速して通り過ぎていってしまう。どうしたらこれからくる車をうまくとめられるだろう？　ジュディは頭を悩ませた。伝統的な方法だと、サスペンダーでスカートを持ち上げて足を見せるという手がある。しかし、ジュディは自分の幸運に十分な信頼を寄せていなかったので、その結果最初に通りかかったのは性的な変質者でしたという落ちになりかねない、と不安を覚えずにはいられなかった。それに、履いているのはナイロンで、しかも濡れていた。ジュディは、あまりあからさまではない恰好で気を引いてみようと考えた。

最初のうちはこれといった効果はなかった……。びしょびしょの髪の毛とびしょびしょのレインコートを考えれば、それほど驚くにはあたらない。立て続けに三台の車が彼女の合図を無視した。しかし四台目が止まって、大柄で陽気な中年男性が出てくると、ジュディの窮状に狼狽の声を上げ、惜しみなく手を貸してくれた。「もう心配ない」と、陽気に請け負って、「すぐに修理するさ、見ていてご覧」と言い、〝安心ジャッキ〟には一目くれただけで、自分のジャッキを取り出してきて、あっという間にタイヤを交換してしまった。

性的変質者への不安が収まってほっとしたジュディは、陽気な男に「あなたは天使だわ、キスしてもいいかしら」と伝えた。相手はこの申し出を受け入ると、兄弟のような態度で気持ちの良く簡潔にそれに応え、再び「もう心配ないからね」と言って、くすくす笑いながら自分の車に戻り、走り去っていった。

ジュディがアイルズベリーに到着したときには、七時二十分だった。しかし、デヴィッドの楽観的な予想に反して、ランソーン・ハウスへの道を教えてくれる人間を見つけるのに苦労させられた。そして、教わった後も、示された道を完全に信じる気にはなれないまま進み続けるしかなかった。二十分後には、彼女は自分自身に問いかけていた。「本当にこの忌まわしいでこぼこ道でいいの？　馬鹿げた近道か何かなの？」小さな石造りの鉄道橋で車を停め、戸惑いながら周囲を眺めた。不意打ちのように急に黄昏が迫ってきて、雨は単調に降り続き、フロントガラスでワイパーのゴムがきしむ。どっちを向いても雨に濡れた森と野原で、垣根や塀はあるのに、家や人の気配は無い。エンジンはプスプスと陰気な音を不吉な調子でたてている。漠然とではあるが、間違いなくこのままでは長くは持たないという予感がした。

とはいえ、できるのは、このままアイルズベリーの間抜けな中風爺さんに教わった道を進んで、後は幸運を祈ることだけだ。

轍（わだち）や窪（くぼ）みだらけのいまいましい道路を、車はふらふらと進んでいった。納屋、雨と夕暮れでぼやけて幽霊のように見える白亜の断崖、廃墟となった教会か僧院、と人目を引く目印が次々と現れたが、どれもジュディには心当たりのないものだったので、目の前に現れるたびに、「こんなの聞いてないわよ」と、不機嫌につぶやいた。「これについては、何も言わなかったじゃないの」そろそろライトをつけなければならない。そして何が起きているのか良くわからないうちに、ふと気がつくとハンバーは、左右を流れ落ちる激流に挟まれた斜度七分の一（斜度約十四％。角度にすると約八度）の坂をあえぎあえぎ這い上っていた。ギアを一段落とし、もう一段落とした。しかし、そんなストイックな作業に対応できるほどエンジンの調子は良くなかった。脈動は徐々に弱くなっていく。ノッキングが始まる。それはいわば断末魔の呻き声だ。悲痛な思いで耳を傾けながら、ジュディはなんとかコントロールしようと奮闘したが、無駄だった。坂のてっぺんに遙か届かない地点で、ボンネットの下の突然の爆発でとどめをさされ、この腹立たしい機械は沈黙した。

ブレーキを踏んでいるのに車が後退し始めたので、ジュディは一瞬パニックに陥ったが、坂に対して四十五度の角度にドリフトさせることで停止できた。セルフスターターで再始動できると考えるほど楽観的ではなかったが、それが正しかったことはすぐに証明されてしまった。最後の力を振り絞ってハンドルをまわすと、腕をひどくひねってしまって、それ以上どうにもできなくなってしまった。ここまできてようやく、彼女はどうしようもない現実を受け入れることにした。車は立ち往生だ。

「最低」と彼女は言った。「最低、最低、最っ低！」

雨の中、一人立ちつくし、ハンバーの後輪に小さな川になった水がごうごうと流れてゆくのを見ていたら、悔しさのあまり熱い涙が流れてきた。

それまでの緩やかな浸食では食欲が満たされなくなったとでもいうように、暗闇の浸食が早まり、日中の残照を貪欲に食い尽くしていった。涙をこらえていたジュディは、背後に誰かがいるような気がして、はっと振り返った。しかしそれは生け垣の向こう側にあるただの案山子（かかし）だった。仰向けに傾いた案山子は、狩猟ステッキ（上部が開いて腰掛けになる）に寄りかかって硬直しているできたての死体のようだ……。こんな比喩は、気が滅入るだけだわ、とジュディは自分に言い聞かせた。しっかりするのよ。これからどうするのか決断しなくっちゃ。

もちろん答えは一つしかなかった。一晩中ここにいることなどできないのだから、車は乗り捨てて避難場所を探さなければならない。アイルズベリーで教えられたランソーン・ハウスまでの道順など端から信じてはいなかったが、それでもそれに従ってやって来た。もし、そこに万に一つでも真実が含まれていたとすれば、もう目的地の近くまで来ているはずだ。それに、まがりなりにも微かな希望めいたものを与えてくれる状況がある。雨は目に見えて弱まっており、運が良ければあと一、二分で止むかもしれない……。彼女は時計を見た。八時十分前だ。しかし、こうして見渡す限り、電話を見つけられる可能性はまずない。見つかりさえすれば、デヴィッドにこちらの苦境を知らせ、遅刻と、ずぶ濡れでみっともない姿になっていることを予め詫びることもできるのだが。ここまできたら当然ながら、ジュディはこの訪問を完全に諦める気になっていたのだが、よく考えてみると、それにはメリットがないことに気がついた。そもそも、アイルズベリーに戻って文化的生活を手に入れるのは、ランソーン・ハウスを見つけることよりも困難な仕事になりそうだ。そうじゃない。最善の道は、希望を持って再び前進することだ。彼女はできる限りの手を打って車を固定してから、出発した。

坂のてっぺんで、自分の位置を確認するために立ち止まった。教わった話からすると、この道は街道にぶつかるはずなので、そこから街道に沿って北に向かって数百メートル歩き、右に折れなければならないとのこと。今見る限りでは、目前には道なき荒野が広がっているだけだった。それでもなお、単調な生垣の間をひたすら進んでいった結果、一軒のコテージにたどり着いたので、そのドアをノックした。解放農奴の末裔のような、ひょろっとした胡散臭い風采の人物が、このコテージの唯一の住人だった。この男が彼女を見つめる態度から、ジュディはそこに留まるのは賢明ではないと感じとった。しかし、彼からもたらされた情報で、実はアイルズベリーの助言者はジュディを迷わせてはいなかったとわかり、勇気づけられた。街道はすぐ近くで、ランソーン・ハウスも遠くないという。それどころか、一時間おきにバスが走っていて、それに乗ればランソーン・ハウスの門前までいけるというのだ。

しかし、一時間に一本のバスは、ジュディが街道に出る前にあっけなく通り過ぎてしまい、歩き続けるしかなくなってしまった。この時点ですでに、靴とストッキングの状態はこれ以上悪くなりようがない状態までできていて、かえって一種の倒錯した心地よささえ感じられた。ジュディは、到着してからの会話の流れに考えをめぐらせながら、運動選手のような大股で歩みを進めた。そして時折、〝安心ジャッキ〟と始動ハンドルによって彼女の細い手に付いたなかなか消えないオイルの跡に、残念そうに目をやった。まもなく、目当ての枝道にたどり着き、そこを曲がった。

雨はまだ止んでいて、雲の天蓋が、引っ張られたキャンバス地のようにあちこちで裂けているので、宵闇の侵攻は一時的に阻止され、ベールに包まれた照明のような去り際の太陽の光が息を吹き返していた。その枝道はブナの木に囲まれて、灰色の幽霊のようで先が見えにくい。葉の落ちた枝は濡れて色あせた燐光のように淡い光を放ち、去年の葉が朽ちながら草むらの土手を覆い、ところどころに桜草が見えた。とても静かで、そのうちに、自分の足音が、超自然的な秘め事めいた静寂を不当に冒瀆しているような気分になってしまう。ジュディは、ちゃんと意識したわけではないものの、楽しそうに鼻歌を歌い始めることで、いつの間にか辺りを満たしている静寂に対抗して、自らの自立心を維持していた。道は下に向かって螺旋を描き、道に沿って立つ木々は厚く数を増していった。その中には深い谷があり、白亜が露出している場所以外には木苺や朽ちた蕨が茂っていた。ブルーベル（青いつり鐘状の花を付ける植物の総称）にはもってこいの場所だろうな、とジュディは場違いなことを考えていた。追いはぎにももってこいだ……。

彼女はランソーン・ハウスには決して辿り着けないのだろうか？

しかし、この修辞的な疑問が念頭に浮かんだころには、カーブを曲がりきり、門が見えてきた。少なくとも、門まではたどり着いたわけだ。帽子をかぶってレインコートを着た男性が、反対側からやってきた。その歩き方からして、ニコラス・クレインだろうとジュディは思った。しかし彼は、彼女の姿に気づくことも足音を聞きつけることもなく、周りを見まわしもせずに前方に見える門の中に入ってしまった。

敷地の入り口まで到着すると、ジュディは状況を把握するために立ち止まった。紋章が刻まれた石の門柱には、ここが目的地であることを示すものは何もなく、訪問する予定の屋敷は見るからに人気がなく、まるで人が住んでいないように見えた。しかしこの道には他には家がなかったのだから、これが探している家だと考えて間違いないはずだ。いずれにしろ、確かめていけない理由はない。ジュディは、門を抜けて敷地内に入った。

下り坂が続くと、何となく不安になってくる。黄昏の中だと、穴居人の洞窟の奥に降りていくような気分になった。ここでは、木や草や茂みや下草が、手入れもされずに無秩序にはびこっていた。しかし、葉をつけているのは常緑樹だけで、不毛な印象さえ受ける。絡まった茎に芽はあるのだが、小さ過ぎて目に入らないため、枯れているように見える。遠くから梟の鳴き声が聞こえ、時計の音が八時半を告げた。枝葉のすきまを抜けて冷たい風が濡れた服や髪に吹きつけると、ジュディは身震いして足を速めた。

先を行く男——ニコラスよね？——の姿は見えない。しかし、それは車道がひたすら曲がりくねっているからで、道を外れてしまわない限り、そんなに遠く離れているはずは無い。もちろん、茂みの中で彼女を待ち伏せしているのかもしれない。その可能性から思い浮かんだ想像はとても好ましいとは言えないものだった。それでも、ジュディは着実に前へ向かった。もうすぐ、きっと、目の前に家が現れる。そこには、〝明かりや食べ物や暖かい火〟と〝陽気なぬくもり〟があるはずだ。衣服が乾くまでの間ドレッシングガウンに包まれ、ここまでの苦労話をユーモラスに語る自分の姿を思い浮かべた。今でさえ、もうかなり寛容な気分で振り返ることができるようになっている。ならば一時間後には……。

声が聞こえたのは、この時だった。

それは、彼女の前に立ちはだかる曲がり角の向こうから聞こえてきた。すぐにニコラスだとわかった。「やあ！　なんて天気なんだろうね？」

それから口調が変わって、「きみは何を……。じゃあ、きみが……」

そして銃声。

木々の間から鳥が羽音を立てて飛び立ち、取り乱した鳴き声をあげた。その爆発音は、屋敷のある窪地の中で反響していた。

そして、車道の曲がり角の向こうで、一人の男が弱々しい悲鳴をあげて倒れた。

すべてが一瞬のうちに終わった。人並みの度胸を持つジュディは、足を速め、走り出した。なにやら恐ろしいことが起こっているところから逃げ出すのではなく、そこに向かって走った。カーブを曲がったところで、目にしたものに足を止めた。

ニコラス・クレインが、車道の端で仰向けに倒れていた。唇がめくれ上がって歯をむき出し、唸っているような顔になっていた。帽子は脱げ落ち、きれいに整えられた髪が泥にまみれていた。目は開いていたが、何も見えてはいなかった。右手に自動拳銃を持っていた。長いナイフが肋骨を突き破って心臓に突き刺さっていた。薄暗い光の中でジュディにも、一目見ただけで死んでいるとわかった。

一目だけだ。まだ襲われた瞬間から二十秒も経っていない。つまり、犯人はまだ近くにいるはずなのだ。このことに気づくと、たちまち、ぼーっとしていたジュディの感覚は鋭く焦点を結び、犯人がどちらに行ったのかを見極めようとした。心臓の鼓動は早かったが、不思議なことに、恐怖も嫌悪もどちらも感じなかった。追いかけるのは、恐ろしいほどの危険が伴うとわかっているのに、どういうわけか自然で必然的なことのように思えた。そして、この根源的な本能が明確な意識を形づくるよりずっと早く、彼女は追跡を始めていた。

聴覚が彼女を導いた。ニコラス・クレインを殺害した犯人は、明らかに彼女が駆け寄る音を耳にしたらしく、音をたてて草の中に闇雲に飛び込んでいった。ふと気づくと、必死に追いかけるジュディの手には、自動拳銃が握られていた――いつの間に拾ったのかまったく覚えていない――ニコラスが握っていた銃把は、まだ温かいことにも気がついた。銃を撃ったことは一度もないというのに、それは計り知れない自信を与えてくれた。アマゾネスのような熱狂にかられて、無謀にも前に向かって走り出した。

そして今、まるで合図があったかのように、闇が最後の日光の残骸の上に顎を閉じ、完全に征服し尽くした。雨がまた降ってきていた……。しかし、今のジュディは、雨も気にせず、損得勘定もなく、ただ衝動だけに突き動かされる存在となっていた。心臓がドキドキしていた。額から滴るしょっぱい汗が目に入ってきた。茂みのせいで彼女の服は何か所も破れ、ストッキングは引き裂かれていない部分が残っていないほどだった。マイナス（バッカスの巫女。狂暴で理性を失った女性とされる）となった彼女は、身体能力もたいしたもので、手入れの行き届かないランソーン・ハウスの敷地の中を矢のように駆け抜けていった。時に躓きそうになってもすぐに立て直し、目に見えない障害物にぶつかっても倒れない。理性を失って、何世紀にもわたって彼女の本性を覆い隠してきた文明という名の化粧を一瞬で剝ぎ取ってしまった。そして、チャンスの神は、昔なじみの敵である思慮深い知性が打倒されたことを喜んで、彼女に特別な寵愛を授けた。感覚が揺らいだり、疑念が浮かぶたびに、獲物の痕跡が現れて、腹を空かせた獣が獲物を追いかけるように、容赦なく彼女を走らせる。

走っていくにつれ、ランソーン・ハウスがひっそりとたたずむ窪地の縁へと向かって、地面が高くなっていった。木立や雑木林を抜けると、裸の芝生が広がりはじめ、最後には急な坂道を登りきって、草のテラスのような平らな場所に出た。水没した石材の破片に足を引っかけて、ジュディは倒れた。すぐに立ち上がったが、不運にも自動拳銃が手から飛び出してしまい、手探りで探しても見つからなかった。見つけることにこだわれば、獲物を捕まえるチャンスは永遠に失われてしまう。それは駄目だ。すぐに躊躇なく決断した。探そうとしちゃいけない。決断を下す前に、すでに再び走り出していた。

お目当ての相手は疲れているようだ。もうすぐそこまで近づいている……。必死の息づかいが自分の息づかいよりもよく聞こえるほどに。追いついた後のことはまるで考えていなかった。至近距離での素手の戦いになるだろう。よほど運が良くないかぎり勝てない。しかし彼女からは、とっくに慎重さなどというものは失われていた。この仕事に一度手を着けてしまった以上、名誉にかけて最後までやり遂げなければならないと薄々感じていた。たとえ命にかかわる仕事なのだとしても。歩幅は広くなり、息と鼓動は早くなった。そして、自分が素早く前進していることはわかっていた。

二人の距離は二、三ヤード以上はないはずだった。その時、暗闇の中から目の前に高い――背の高い男よりも二フィート以上は高い――生け垣がそびえ立ち、地面はまた草むらになった。すぐにジュディは立ち止まり、獲物が迷い込んだ生け垣の切れ目を探した。それを見つけると、追いかけた。たちまち二つ目の生け垣が前に立ちはだかった。しばらく獲物の音に耳をすませ、右に曲がって、その生け垣と一つ目の生け垣の間を進んだ。ここまでの追跡は過酷だった。もう体力は限界に達していた。しかしそれは彼女だけではなく、追いかけられている側も同じはずだ。生け垣の切れ目を探すことで生じた遅れを取り戻そうと、執念深く決意を新たにした。左に曲がり、また左に曲がり、右に曲がった。生垣に囲まれてしまったことを――無意識のうちに好奇心を抱きながら――感じとっていた。しかし今、分岐点で進む方向を決めるために足を止め、そこで初めて相手の動きが聞こえなくなっていることに気がついた。もちろんこれは、相手が身を隠して待ち伏せしているということだ……。ジュディは、確信がもてないまま、分岐点から左に数歩進んだ。そして、その先が再び分岐しているのを見て、戸惑って立ち止まった……。

そして、やや遅ればせながら、自分がどこにいるのかを理解した。

4

非常時には、人の心は、予想外の形で奇妙な機能を発揮するものだ。ジュディは、知らず知らずのうちにランソーン・ハウスの迷路に入り込んでいたという事実に突然気づき、呆然となって立ち尽くした。そこに、昔出会ったある一節が、心に刻み込まれた教訓として、鋭い明快さをともなって浮かび上がった。

〝かつて親しく見聞せし事どもなり。そは古代神話に於けるテセウスの如く、迷路または迷宮の為に自をば危きに置きたる男の物語なりき。……程なく夜の帳(とばり)の降りて物怪(もののけ)の徘徊する刻限、何者ぞ彼の迹(あと)をつけくるもの有る事に気づきぬ。のみならず其者は、隣接の径(みち)より彼を窺いつつ、彼が足を止めればすなはちそのものも停まるといふ様にて……(M・R・ジェイムズ『ハンフリーズ氏とその遺産』紀田順一郎訳より。以降の引用も同じ)〟

ジュディは身震いした。この迷路のどこかに、そういう墓があるのだ。

心の底ではジュディは迷信深かったが、それを嘲笑うことは誰もできまい。迷信は単なる知的エラーではない。情緒の一部であり、世間ずれした賢者ぶってそれを抑制しようとすれば、魂を損なうリスクを冒すことになる。いや、たいていは魂を損なわずにはすまされない。だから、物語の一節は――あくまで物語、それ以外の何ものでもないのよ、と懸命に自分に言い聞かせたのだが――この状況下ではとても有益とは言い難い効果をジュディにもたらした。人狩りによってもたらされていた高揚感の魔力が、突然きれいさっぱり打ち砕かれてしまったのだ。そしていつもの感覚に戻った彼女は、すっかり疲れきっている上に、これ以上の努力は無駄だと気づいてしまった……。

そもそも、こんなことは最初から無駄だったのだ、と彼女はしみじみと思った。無駄どころか、きちがい沙汰だ。追い詰められた殺人犯に一人で挑もうとしていた自分の愚かさに気づいて、氷水を浴びるようにぞっとした。もう、馬鹿々々！　〝悪魔レギオン〟に取り憑かれていたのだ、と今ならわかる。〝ガダレンの坂〟に突き落とされたまま、見捨てられたのだ（〝悪魔レギオン〟〝ガダレンの坂〟はイエスが行った奇跡「レギオンの悪魔払い」に登場する名前）。肉体的にも精神的にも疲れ果て、美徳と言えるものは何もかも失い、熱意もすっかり失われた状態で取り残されてしまった。一時的に退避していた常識が戻ってきて、あらゆる方面から彼女を責め立てて苦しめた。どうすればよかった？　もちろん、屋敷に急いで、殺しを報告するべきだったのだ。こんな馬鹿げた試みを実行しなくても誰も彼女を非難するわけがないし、とっくに安全で明るい場所で、暖かさと友人たちに囲まれていたはずなのだ……。友人たち。暗闇の中で高い生け垣に囲まれているジュディは、足元のでこぼこした地面に、破れた服から水がしたたり落ちているのを見ながら、友人たちというイメージにつよい憧憬を感じていた。そう、友人たちよ。今はそれがとても素晴らしいものに思えた。

今はとにかく、このひどい場所からできるだけ離れるために、残された力を集中しなければならない。

ジュディはまだ、ひどく怯えているわけではなかった。そうなるのはまだ先の話だ。しかし彼女も、どこかで殺人者が待ち伏せしていることはわかっていた。普段は何の変哲もない遊び場である迷路が、特定の状況下では罠になるのだ。そういえば今朝、デヴィッド・クレインに、まさにこんな冒険を楽しみたいと言ったのだと思い出して、ジュディは苦笑いを浮かべた。あれは何年も前のことみたい。それが今は……。

いいえ、今はそんなことをぐだぐだ言ってる場合じゃないわ。さっさと動き出さなくちゃ。

どっちへ？　そんなの簡単。来た道を戻ればいいのだ。幸いなことに、彼女は自分が来た道を覚えていた。入口で右、それから左、左、右。つまり、左、右、右と行けば、入り口は左側にあるということだ。

迷路というものは、来た道を記録している人間を混乱させるように特別な設計がされているものだということを、彼女は失念していた。

十分ほどさまよい歩いて——どうしても音をたてずに歩くことができなかったので、神経をすり減らし——ようやく、ジュディは自分が罠にはまっていることを自覚した。迷路の中で人殺しと二人きりだと思うと、自分の中のヒステリーの泉が徐々に満ち始めていくことに気づいて、ジュディは自嘲の笑いを浮かべた。もちろん犯人が、彼女のように迷子にならず、何らかの方法で脱出しているのであれば話は別だが。でも、そうはいかないだろう。もしかしたら、彼女と同じように向こうもこっちを恐れているのかもしれない。その可能性に気づいたジュディは、再び笑ってしまった。さっきよりも大きな声で。しまった、と思った。こんなことなら、大声でこちらの居場所を教えてやったほうがましだ。もう一度神経を落ち着かせなくちゃ。

〝……立ち止まりて声をかぎりに応ふれども、己の声或いは谺（こだま）が、他の物音をば掻き消したるものならん。再び静寂（しじま）の還りし時（かすかなる）跫音の間近に迫りしことに気づきたり。彼は愕然として走り出し……〟

かすかなる。もちろん、そうに決まっている。想定の範囲内……。でも、さっさと腹をくくらなきゃ。あなたが恐れているのはどっち？　M・R・ジェイムズと墓場（プラス）？　それともニコラス・クレインにナイフを突き立てたミスター・X？　両方ってはずはないわよね。そうでもない？　むしろ、両方とも恐れているみたい……。じゃあ、こう考えたらどうかしら。この角を曲がった先に待っているのはXか、はたまた墓場の住人たちが声をひそめて集会を開いているのか、どっちがいいか？　完全無欠の殺人鬼か、宝石で飾り立てた妖怪どもか、紳士淑女の皆様、お好きなほうをお選び下さい……。駄目ね。こんなこと考えても無駄よ。じっとしてるしかないわ、ジュディ。じっとして、自分をしっかり持って、そしてきちんと考えるの。

自分が身動きを止めてみると、辺りはとても静かになった。もちろん、雨の音は絶え間なく続いているが、それ以外には何も聞こえない。本当に？　ねえ、ときどき生け垣が、まるで向こう側に誰かいるみたいに揺れるんだけど。

〝……闇の愈深まるにつれ、その追手は一人にとゞまらず、恰も一連隊をなし居る如く思へり。そは深き繁みの中の騒めきにて知れたり……〟

ざわめきは、雨のせい。もちろん、雨のせいに決まってる。それとも――ここは見捨てられて放置された場所だから――動物なんかもいるかも。小動物。

〝……森の獣たちのうろつく刻限に……〟

鼠？

ジュディは指を二本口に突っ込み、血が出るまで噛んだ。悲鳴は駄目。今は駄目。たぶんミスター・Xがほんの数メートル先に潜んでいる今は……。猫よ、きっと山猫が身を潜めてるのよ……。できる限りの手を尽くしたのにもかかわらず、ジュディはどうしてもくすくす笑いをやめることができなかった。この愚かな馬鹿騒ぎ――かろうじてわずかに残った彼女の警戒心にはそう思えた――は、もはや制御不能で、延々といつまでも続いた。

そして、ようやく笑いが収まって、入れ替わりに訪れた静寂は、以前にも増して恐ろしいものに感じられた。

一気に黒々とした惨めな思いに打ちのめされた。何百万メートルもの深海の底のように、想像を絶するほど深く苦しい惨めさだ。彼女のあずかり知らぬことであったが、これは、それまで心が揺れ動くままに心中でもてあそんでいた半端なお遊びよりも、はるかに健全で有益な反応だった。だが、彼女にとっては、はるかに恐ろしく、これ以上悪いものなど想像もつかない究極の深淵に思えるのだった。四方は忌まわしい高い生け垣に囲まれ、その上辺は、剪定されぬままギザギザの線を夜空に描いているのが見えるだけだ。寒くて、びしょ濡れで、どうしようもなく疲れていて、ひどく怯えていた。そしてついに、もう何が起きてもかまいはしないと、迷子の子供のように泣き崩れてしまった。

どのくらいそうしていたのか、今となっては知る由もない。この時にはすでに彼女の心は麻痺していて――精神の崩壊を防ぐための最後の防壁なのだろうか？――感覚からのメッセージを受け入れなくなっていたからだ。泣きやんで、再び動きだしたことは何となく自覚していた。しかし、なぜ動いたのか、どれだけの間動き続けたのかは、彼女にもわからなかった。おそらく、あの口にするのも恐ろしい迷路を盲目的にさまよっていた時間は、そう長くはなかったはずだが、彼女には何日も続いたように思えた。袋小路に入るたびに――よくあることだった――不満も失望も感じることなく、脱出する。その繰り返しだったことを、まるで夢の中の出来事のように覚えている。その実態はまるでただの自動機械で、意志も感覚も目的もなく、何を求めてとか何のためにといった最低限の意識もないロボットのようなものだった。何日も、いや、何ヶ月か月、何百年も経ったように思えた……。

そのおかげで、ようやく生け垣の間から出ることができたとき、何が起こったのかすぐには気がつかなかった。

何かに躊躇させられて、彼女は暗闇の中をぼうっと見つめた。そうしてためらううちに、彼女の脳がきしみながらも機能を取り戻し始めた。いま彼女は開けた場所にいる。もう、何にも囲まれていはいない。ようやく、狂ったように繰り返される小径と曲がり角と袋小路の反復から抜け出したのだ。だからこれで一件落着。しばらくは、信じられないような気持ちだった。あんな目に遭っている最中には、とても終わりが来るとは思えなかった。でも、本当なのだ。間違いない。自分が自由であると実感できた……。安堵のあまり、息が詰まった。

そして、すぐそばで何かが動いた。

ジュディの喉はカラカラになった。叫ぼうとしても、できなかった。神経質に痙攣する手がレインコートのポケットに当たって、何かがガサガサと音をたてた。マッチだ。冷たい雨が、炎を一瞬にして消してしまうなどということは、彼女の頭に浮かびもしなかった。最後の勇気と理性を振り絞って、震える指で箱を引きずり出し、マッチを一本擦った。

一瞬、明るく燃え上がる。その短い揺らぐような明かりの中で見たものは、ジュディの心をえぐった。

迷路から抜け出せてなどいなかった。それどころか、その中心にある広場にいたのだ。すぐ目の前には墓が……。

もっとも、それは墓標ではなかった。そこは墳墓だった。こぶのように盛り上がった塚で、片方の端には朽ちた墓石が斜めに置かれていた。そして、その塚の上を人間かどうかも怪しげなものが這っていた。
炎が消えた。
そして、ジュディは悲鳴をあげた。

5

その火曜日の午後、オックスフォード大学の英文学教授であるミスター・ジャーヴァス・フェンは落ち着かない気分だった。学期は終了したが、休暇中の具体的な予定はなく、彼としては珍しいことなのだが、するべき事がなくて途方に暮れていた。しかも、犯罪学という趣味が中毒、とまではいかぬまでも、少なくとも常習的な習慣になりつつあるという事実は、もはや誤魔化しようがなくなってきていた。つまるところ、嘆かわしいことにまるで連絡をよこさないハンブルビーのせいでクレイン事件から遠ざかっていることに、いらいらをつのらせていたのだ。シャーロック・ホームズは、熱病のような知性を満足させるものが供給されない状況にあったときには、コカインを摂取して自分を癒したものだが、いまや危険薬物法によってその種のものはすべて禁止されており、残された合法的代替品、たとえばアルコールでは、効果の程は非常に疑わしい。別に、クレイン事件に関して何か考えがあるわけじゃない……。セント・クリストファーの二階にある自分の部屋から飾り気のない中庭を眺めながら、フェンはつぶやいた。ただ、ハンブルビーが解決に繋がる手がかりを見落としやしないかと心配なだけだ。犯罪捜査局（CID）は決して馬鹿ではないとわかっているし、見落としなんてありそうにないことなのだが、それでも気になってしょうがない。専門官僚政治（テクノクラシー）の信奉者がどれほど熱弁をふるおうと、専門家に対する不信感はイギリス人の性格に深く根ざしており、コスモポリタンとはほど遠いフェンも、人並み以上にそれを共有していたのだ。

ニコラス・クレインのベントレーに細工がされたことと、その奇妙な結末をジュディから聞いて、彼はますます落ち着きを失った。良心的な殺人者だな、とフェンは思った。少なくとも、罪がないとみなす人間の命が関わる場面では良心的だ。この態度は重要な意味を持つことになるかも知れない……。しかし、もっともっと事実が必要だ。フェンは、手持ちのデータを何度も検証し、分析した。そして、もうこのデータからは新たな知見は得られないと確信した。しかし、どこかで、決定的に重要な兆しが発見されるのを待っているはずだ。フェンは、「人間が作ることのできる暗号は、人間が解くこともできる」という絶対的ドグマを信用していなかった。犯罪の歴史の中には、それに反する事例がいくつもあることを知っていたからだ。ただし、百のうち九十九の謎は解明可能だとも信じていた。そして、今回のケースが百番目のものになると考える理由はどこにもなかった。うろうろとうろつき周りながら呻吟し、時には憤慨するうちに午後も過ぎて、夕方になってもハンブルビーからの連絡はなかった。

七時半になると、フェンは思い切ってスコットランド・ヤードに電話をかけた。しかしハンブルビーは不在で、知らないからなのか、あるいはそういう方針なのか、居場所を教えてはくれなかった。フェンは苛立ちを募らせ、ランソーン・ハウスに電話をかけた。電話に応えたエレノア・クレインは礼儀正しく、フェンの名前にも心当たりがあるようだった。しかし彼女の答えは、いいえ、だった。ハンブルビー警部は前の晩立ち去った後は来ていないし、戻ってくるとしてもそれがいつになるかは聞いていないとのことだった。

「はあ」とフェンは言った。「いや、ありがとうございました、ミセス・クレイン。もしかしたら、あなたのところにいるかもしれないと思ったんです。夕食のお邪魔をしたのでなければいいのですが……」

「いいえ、ぜんぜんそんなことはありませんわ。デヴィッドのお客さんが……」ハスキーな声は、ほんの少しだけ無愛想に響いた。「デヴィッドのお客さんがまだ来ないから、ディナーはお預けになってるの」

この時、男の掌にも足りない程度の大きさの、曖昧な不吉な予感の雲が、フェンの心の奥底で形を成し始めた。

「それは、ミス・フレッカーのことですね」とフェンは言った。

「そうです。お知り合いだとは思いませんでしたわ。息子の微妙な言い回しから察するに、彼女にはむしろ迷惑だったのかもしれませんね」

「彼女はひどく遅れているのですか？」

「七時までには必ず行く、と言っていたようなんです。事故にでもあっていなければいいのですけど。でも、ここは街道からは外れた場所ですから、見つけられないだけなのかもしれません。こちらにみえるのは初めてですから」

「そうですか。いずれにしろ、ありがとうございました」フェンは「さようなら」と言って、受話器を置いた。

事故……。しかし、たかだか四十分遅れた程度のことで不安を覚えるのもおかしな話だ。ジュディが正体不明のXから危害を加えられるかもしれないと考える理由は、フェンにはなかった。Xはデヴィッドが家に帰るために車に乗るのを、わざわざ危険を冒してまで防ごうとしていた。ニコラス・クレインの車の中で自分自身を爆破していたかもしれないのに。しかし、フェンは自分が妙に動揺していることに気がついた。しばらく漠然とした不安に無為に時間を費やした後、ロング・フルトンの音楽部に電話をかけることにした。こんな時間に誰かいるとはとても期待できなかったのだが、たまたま壮大で空虚な交響曲の作曲に取り組んでいたジョニーが、この大作の作曲には、夜間の音楽部の静かで居心地の良い場所がふさわしいと判断していたのだった。その結果、彼はフェンが求める情報を提供することができた。「ああ、ミス・フレッカーならミスター・グリズウォルドの車でアイルズベリーに出かけましたよ」と、ジョニーは言った。六時を過ぎてすぐだったという。

それなら七時には到着するはずだ、と思いながらフェンは電話を切った。この二つの場所はそれほど距離が離れているわけではない。とはいえ、間違いなくエレノア・クレインの判断が正解なのだろう。ただ、道に迷っているだけのことだ……。フェンは自分の魂との対話を試みた結果、結局のところ、ジュディのために抱く不安は、何かをしたいという気持ちの現れに過ぎず、決して霊妙な思いつきというわけではないし、利他的なものでもないということに気づいた。これは、まがいものだ。ある種の恣意的な行動のための、苦し紛れの言い訳にすぎない。その事実にたどり着いたことで、フェンの心はずいぶん軽くなった。ジュディはとっくにランソーン・ハウスに着いているはずだが、車で確かめに行っていけない理由もないし、この遠足でしばらくは退屈しないですむ。雨に備えた身なりを整え、部屋を出て車に乗った。

何年か前に、困窮してレジ係をしていた苦学生から買い取った赤い小さなスポーツモデルで、がたぴしときしみをたてる上に、実に退廃的な見てくれをしていた。ラジエーターキャップからはクロム製のヌードが身を乗り出し、ボンネットには〈LILY CHRISTINE III（リリー・クリスティーン三世）〉と大きな白い文字が書かれている。座席は、雨漏りする幌でおざなりに悪天候から守られている。フェンは、十八——いや二十マイルの旅に十分なガソリンがあることを確認すると、騒音とともに出発した。

辺りはすっかり暗くなり、激しい雨が降る中、九時十五分にランソーン・ハウスの門をくぐったフェンは、出会い頭にニコラス・クレインの死体に遭遇した。ヘッドライトに反射したナイフの柄の輝きのおかげで、かろうじて轢かずにすんだ。車を止めて外に出ると、悲痛な面持ちでざっと調べ、「可哀想なやつ」とつぶやいた。「まあ、あまり恐れる間もなかったようだが」手足の弛緩具合から判断して、死はまだ肉体死（死後の経過の分類の一つ。細胞死が進んでいない状態）の段階で、四時間以上経ってはいないと思われた。しかし、これ以上はっきりしたことは言えそうもない。車から懐中電灯を取り出し、近くに泥まみれのハンカチが落ちているのを見つけた。ＪＡＦとイニシャルが刺繍されていた。そのおかげで、たちまち不安が沸き上がってきた。ジュディがニコラス・クレインを殺したという線はまずなさそうだが、事件現場に居合わせていたようだ。もし万一、事件を目撃していたとしたら……。その可能性が念頭にうかぶやいなや、フェンはより迅速に、目的を持って周囲の調査を行い始めた。

そして、探しものを見つけるのに、そう時間はかからなかった。ジュディの無謀な追跡は、熱狂的な足跡ファンが大喜びしそうなほど、はっきりと泥に刻み込まれていたのだ。小さく鮮明な靴の跡が、彼女が追いかけている人物の足跡の上に重なっていた。ということは、少なくとも彼女は無理矢理連れていかれたわけではない、とわかる。それだけではない。常にかかとの跡はつま先の跡よりも深く、また、どの足跡でも靴底の前縁がはっきりと刻まれていることからして、両者とも速く走っていたものと思われる。そして、ジュディも走っていたということは、足跡ではなく実在の相手を追跡していた、つまり、相手のすぐ後ろを追いかけていたということだろう。まだある。足跡に溜まった水の量と、地面の窪みに溜まった水の量を比較することで、どれくらい前に追跡が行われたかを大まかに推測することができた。フェンの推定では一時間も経っていない。むしろもっと最近だ……。

こういった観察にフェンの心が占められていたのはほんの三十秒ほどのことだった。娘の勇気は賞賛に値するが、その知恵のほうはそうはいかない。追跡がどんな結果をもたらしたかなど、想像したくもない。彼は、踏まないように注意しながら、できるだけ速く足跡をたどり始めた。そして林や茂みを抜けて開けた斜面に出るまでは、順調に進んでいった。しかしここまできて、懐中電灯であちこち照らしてみても判断がつかず、立ち止まらざるをえなくなった。ちょっと試してみると、高い場所の芝は弾力があり、水はけもいいため、雨が降っても足跡がつかないのだとわかった。フェンは、あまり楽観視できぬまま、ゆっくり高いほうへと歩いていった。現状、手当たり次第に見まわすしか手はない。そして、ジュディが躓いて倒れた平らな段丘（テラス）にさしかかると、そこには解体されたか廃墟となったかした家の一階の跡がわずかに残っていた。ためらいながら立ち止まり、耳を傾けた。しかし、雨の音以外何も聞こえない。しかしすぐに、懐中電灯が照らす中に鈍い金属の光沢が目にとまり、立ち止まって小型の拳銃を拾い上げた。クリップを見ると一発だけ撃たれている。正直言って曖昧な手がかりだし、正しい道を追っているということがわかった以外には、あまり心強い発見とは言えないな、とフェンは思った。それに、これからどうしたらいいものやら。数分間、銃を拾った場所を中心に円を描くように歩いてみたが、役に立ちそうな痕跡は何も見つけられなかった。特に意味があるわけではないのだが、他に選択肢が無いという理由から、ジュディとその獲物がたどった道をそのままたどるために、上へ向かって歩みだそうとしたそのとき、叫び声が聞こえた。

　大声ではなかったし、長続きもしなかったが、行くべき道を示すには十分な叫び声だった。明かりで照らしてみると、そこが何なのかすぐにわかった。こういう場所がランソーン・ハウスの敷地にあるとあらかじめ知っていたのだから、なおさらだ。とはいえ、ジュディの身の安全が心配なあまり、無謀に突撃したいという衝動を抑えるのには、意志の力を総動員しなければならなかった。もちろん、中に入らなければいけない。ここでまた足跡が見えるようになっていた。イソップの寓話に登場する動物の足跡のように、内部に向かうものばかりで、出てくる跡はない。他にも脱出ルートがあるのかもしれないが、ジュディはまだ迷路の中にいるという最も可能性の高い仮説に賭けて、それが正しいことを祈るしかない。声をあげるべきか？　加害者を遠ざける効果があるかもしれない。ジュディが襲われていると仮定すれば、だが。その可能性は高いだろう。しかし、逆に加害者を刺激してよけいに凶悪にしてしまうかもしれない。フェンは、声をあげるのは止めた。隠密と不意打ちは有効な武器だ。もし敵にジュディを殺す意図があるとしたら、声を上げたところで防ぐことはできないし、その意図がないなら、ただこちらの存在を知らせて無用なハンディキャップとなるだけだ。だからフェンは沈黙を続けた。その間にやるべきは、迷路を辿るルートを記録に残す方法を考え、いざというときに迷路から容易に抜け出せるようにすることだった。

　こう説明すると長く感じられ、他人の危機を前にして冷酷に計算をしているように見える。だが実際には数秒しか考えておらず、その必要最小限の時間でさえも、フェンには苦々しく思えていた。そして、幸いなことに、あることを思い出した。レインコートのポケットには、前日買った巨大な細紐の玉がある。間違いなくこれこそが彼が求めていたものだ。その片端を迷路の入り口わきに生えた若木に手早く結びつけ、玉を解きながら、雑草の生い茂る湿った小径へと踏み込んだ。紐は、ほぼ間違いなく、迷路の中心まではもたないだろうが、それでも役には立つだろう。明かりを点け続けるべきかどうか、判断がつきかねていた。間違いなく彼の動きを示すものとなるだろう。しかし、それは犯人だけでなくジュディのためにもなると考え、最終的に点け続けることに決めた。こういう状況では、理屈が通用せず運に任せるしかない場面が遠からず訪れるものだと、彼は厳しい顔で思考を巡らせた。

フェンは、人間の営みの興味深い側面に精通していた。迷路のこともある程度知っている。たとえば、その基本的な設計は常に非常にシンプルで、たいていの場合は、簡単で単純な公式を適用することで、中心に到達できると知っていた。だから、あまり知識のない人のように途方に暮れるという状態に陥ることはなかった。まずは、明白な行き止まりや誤った経路を排除するために、整然と体系だった予備調査を行う。紐をほどきながら進み、袋小路に入るたびに巻き直して、自分の足跡をたどって戻る。可能なルートはすぐに二つに絞られた。そのうちの一つが左右対称の構造――最初を右、二つ目を左、最初を右、二つ目を左――になっていることに気がつき、もう片方はそうでないとわかると、迷わずに前者を選んだ。このルールに従って曲がれば、予備調査で長方形であることが判明している「迷路」の外周に向かって進むことができるだろう。したがって、ある時点で、公式を変え――より正確に言えば、演繹によって公式の第二段階を導きだし――中心に向かうことができるようにしなければならない。そして、迷路は結局、大規模な玩具にすぎないのだから、公式の第二段階が、第一段階と意味ありげな関係があるということは、大いにあり得る。たとえば、二つ目を右の次に一つ目を左、の反対に、一つ目を右の次に二つ目を左、といった具合だ。このような場所の設計者は、被害者を徹底的に困惑させた上で、一度答えを知ってしまえば、とても簡単なものなのだ、と指摘するのが好きなのだ。それにフェンは、ミスター・ジェローム描くところのハンプトン・コートでのハリスの冒険（ジェローム・K・ジェローム著『ボートの三人男』の挿話）が教えてくれる、過信に対する重大な警告を忘れていなかった。この迷路が例外になるとは思っていない。

もちろん、迷路の中心に至ったところで、そこにジュディがいると考える根拠はない。彼女はどこにいても不思議はない。しかし、入り口から中心までのルートさえ確立してしまえば、それを基点に脇道にそれることもできるし、適当に歩きまわっても迷うことはないだろう。しかも、迷うこと自体が現在必要な探索の一部なのだ。フェンはこの場所の雰囲気が好きではなかった、と後に告白している。しかし、明らかな理由から、ドクター・ジェイムズ描く浅はかな宝石ハンターの物語には、ジュディほど強く影響を受けなかった。彼の心の中の文学的領域では、この人物は、情けないハリス（『ボートの三人男』の登場人物。迷路で迷子になる）と不釣り合いな同居をしていたのだ。それに、筋道立った行動をしていたので、Xによる襲撃という具体的な危険を前に、想像力を抑制するのは簡単だった。音もなく進むのはかなり無理があるとすぐにわかったので、慎重さを捨ててスピードを優先させた。そのため不安なほど無防備になってしまうが、これればかりはどうしようもなかった。彼はこまめに立ち止まって耳を傾けつつ、延々と続く高い生け垣の間を進んでいった。二度、ジュディの名を呼んだ。実際のところ、彼の存在などとっくに気づかれているはずなのだ。応える者は沈黙だけだった。次第に不安が募ってくる。

はやるあまり少し迷うこともあったものの、迷路の公式の第二段階については、彼の推測が正しかったことがわかり、やがてその中心に到達することができた。予想に反して、紐はたっぷり残っていた。まだ何マイル分もあるようだ。最も高価なものが結局は最も安いのだという詭弁を弄してそれを押し付けた金物屋を、フェンは祝福した。せっかく金物屋を祝福してやったというのに、さて迷路の中心を調べようというそのとき、後頭部を一撃されて倒れた。

おそらく五分から十分くらいは意識がなかったのだろう。本人の記憶では、このエピソードの中のフェンは冷静で超然としていた。しかし、もともとストイックに痛みに耐えられるような人間ではないのだから、その時には相当な苦痛を感じていたことは間違いない。正気に返り、苦痛の中で朦朧としつつ、雑草に埋もれる中で最初に考えたのは、命綱を探すことだったが、それがなくなっているとわかっても、さして驚きはしなかった。追跡を遅らせるために、Xが逃げ出す際に持ち去っていったのだ。しかし、フェンはこの事態にさして動揺していなかった。あらかじめ予想していた可能性だったし、迷路の公式は把握済みなので、脱出する自信もあった。懐中電灯はまだ残っていた。それを拾ってから、フラフラと立ち上がり、後頭部を撫でながら、血が出ていないことにある種苦々しい満足感を覚えた。それから三十秒もかからずに、ジュディを見つけた。

意識はなく、顔は泥だらけで紙のように白かったが、見る限り何の怪我もしていない。フェンは彼女のそばに座って、頭が十分に働くようになるまで一、二分ほど待った。それから、彼女を肩に担ぎ、よろよろと歩き出した。彼女を探す前に、念のため、中心部に到着したときに通ってきた小径に、小枝にハンカチを結んで印をつけておいた。この最初の手がかりのおかげで、予想通り、出口を見つけるのに大きな困難はなかった。迷路を後にすると、点けっ放しの車のヘッドライトを頼りに車道に戻った。そして、十時十五分にはジュディとともにランソーン・ハウスという聖域にたどり着いていた。

その晩のランソーン・ハウスでは、窓が夜通し光り輝き、医者や警官、果ては新聞記者までが忙しく出入りし、混乱が続いた。ジュディの無事を確認したフェンは、何が起きたのかわからないことに苛立ちをつのらせていき、十二時過ぎには〈リリー・クリスティーン三世〉で出発した。冒険のせいですっかり体調を崩してしまい、事件に対する興味は、家に帰って寝たいという圧倒的な欲求の前に消え去っていた。しかし、型通りの捜査は明け方まで続いていた。最初はハンブルビーが担当していた。ロンドンから呼び出されると、可能な限りぎりぎりのスピードで車をとばしてアイルズベリーまでやってきたのだ。しかし、後刻、ここを離れることになった。夜中の二時にドゥーン島からバークレー警部が電話をかけてきて、マッジ・クレインが死んだと告げたのだ。

6

翌日の水曜日、午後五時に、フェンはスコットランド・ヤードのハンブルビーの部屋で、彼とお茶を飲んでいた。

小さな部屋には質素だが堅実な調度品がそろえられていた。窓は建物の角の高い位置にあり、国会議事堂と川に面していた。小さいが強力なガス暖房が暖めてくれる。ハンブルビーは、大きなオークの机の奥の回転椅子に座り、フェンは不必要に大げさで手の込んだ方法で頭に包帯を巻き、来客用の椅子に座って、不遜な態度で長い脚を机の角に載せていた。フェンは、自分の苦痛に対する同情を大いに歓迎する人間だが、今この時、同情に値するのはハンブルビーのほうだとわかっていた。したがって、いつものささやかな苦痛の時にみせる、大手術の後で十分に回復していない男のようなわざとらしい態度と口調はとらなかった。その代わりに、ハンブルビーに憐れむような目を向けた。蒼白い顔、緊張した口元の皺、寝不足による目の下の青いくま、いつもはきちんとしている白髪の乱れ、汚れて皺だらけの服が目についた。ハンブルビーは紅茶にラム酒を入れると、煤けた屋根越しに三月の灰色の午後を見つめながら、疲れ果てた様子でむさぼるように飲んだ。

「総監補（AC）に会ってきたところです」とハンブルビーは言った。「とても愛想がよかったですよ。しかし、マッジ・クレインが殺されたとなっては、事件が解決するまで一面のニュースになり続ける」目の前にある夕刊紙の山を目で示し、「そんな状況では、私からこの事件を取り上げざるを得ないのだ、ということをはっきりと理解させられました。もう、主任警部（チーフ・インスペクター）よりも下の者に任せるわけにはいかないそうです。チクリーは知っていますか？」

　フェンは首を振った。

「いい奴です。それに仕事もできる。それにしても残念です。総監補は、私には何の不満もないと明言してくれました。まだ何も手を着けていないのですからね。だとしても……」

「がっかりだよな」とフェンは言った。ハンブルビーのことが気に入っているので、マッジ・クレインの人気のせいでハンブルビーが外されてしまうのは非常に残念だと考えていた。「時間はどれだけあるんだ？」

「チクリーに引き継ぐまでにですか？　数時間ってところですね。詳しい話をするのは、一眠りしてからにしようと思っているんです」

「今日中に事件を終わらせることができるかもしれない」とフェンは言った。

「そう信じたいのはやまやまですが、あなたは楽観的すぎると思いますね」

「そうかもな。それでも挑戦してみるかい？　それとも、三十分ほどの話し合いもできないくらい疲れているのか？」

「いや。そこまで疲れているわけじゃありません。やってみましょう。それで、この仕事に何か光明を与えてくれるのなら、永遠に感謝しますよ。昇進がどうこうという問題じゃないんです……。その気になれば、何年も前から昇進はできたんですから。ただ、中途半端に仕事を引き継ぐのは嫌なんです」

フェンはうなずいた。「わかるさ」と、ぶっきらぼうに言った。「じゃあ、こちらの情報を最新のものにさせてもらおうか。まずはニコラスで、次にマッジなんだな」

「その通りです」ハンブルビーはお茶を飲み干すと、背もたれに寄りかかり、両切り葉巻（チェルート）に火をつけた。「私が見るところ、本当に重要な事実はすべて明らかになっています。今日の正午にドゥーン島を出て、ランソーン・ハウスに寄ってからここに戻ってきました」

「あの娘とは話したのか？」

「ミス・フレッカーのことですね？　ええ、話しました」

「彼女はどうだった？」

「かなり回復した、と言っていいでしょう。ぜひ、あなたに会って、助けてくれたことのお礼を言いたいと話してましたよ。彼女はアパートに帰りました。ショックから立ち直るまで、当面は友人の女性が泊まっていてくれるそうです」

「意識不明になっていたのは、ただの気絶だったようだな」

「ええ。ひどく気が張り詰めていたでしょうから、当然といえば当然なのですが。あの男を追いかけたのは、勇敢ではありますが、賢明とは言えません。ただ……、残念ながら、彼女にも、それが誰だったのか、ぜんぜんわからないんです」

「それにエレノア・クレインだな。彼女とは話せたのか？」

「その機会はありませんでした。医師が頑として譲らなかったんです。ニコラスが死んだと聞いたときの彼女の倒れ方が普通じゃなかったので」

「彼女はそれだけ彼を愛していた、ということか?」

「溺愛していたようですが、それを表に出さないように心がけていたんですね。その結果、ヒステリーで危険な状態になったというわけです」

「そうか」とフェン。「では、本題に入るとしよう。ニコラスがランソーン・ハウスに戻ったのは八時過ぎだろうな。どこに行っていたんだろう?」

「アイルズベリーで早めの夕食を摂っていました。どうやらバスで往復したようです。外食したのは、毒を盛られることを警戒した予防策でした」

「そういうことか。次は、殺人事件と迷路での出来事だな。アリバイから始めよう。ランソーン・ハウスの人間たちはどうなんだい?」

「使用人を除くと、除外できる者は誰一人もいません。エレノア・クレインはずっと室内にいたものと思われますが、その証拠はありません、というか、ほとんど価値のないものしかありません。メデスコは七時半にロンドンに戻るために出発しましたが……」

「メデスコ?」

ハンブルビーは、メデスコの家庭内での立場を説明した。フェンはまだ知らなかったのだ。「どうやら、あそこに住んでいるというわけではないのですが、よく出かけていっては、一日中過ごしていたったようです」と、締めくくった。「この連中は、いったいどこからガソリンを調達しているのやら」ハンブルビーはため息をついた。「私もあやかりたいですよ」

「デヴィッドは？」

「彼はメデスコのすぐ後、八時二十分前くらいに、徒歩で家を出ました。かなり支離滅裂な供述によると、ミス・フレッカーが時間通りに到着しなかったことで、来るはずがない、わざとすっぽかしたに決まっている、と思い込んでしまったのだそうです。雨の中を散歩に出かけたのは、傷ついたプライドを癒すためだったとのことです。そしてご存じの通り、帰ってきたのは十時前でした。とても合理的とは言えませんが、彼はそんなタイプの愚か者なのだろうなと思わされましたね」

「ふーむ……。じゃあ、次は殺人そのものについてだ。あのナイフに関しては？」

「特大のボーイスカウト用品で、特に珍しい物じゃありません。カミソリのように鋭く研いでありました。指紋はなし」

「ニコラスが一発撃っていたな。そいつは怪我をしただろうか？」

「してないでしょうね。弾丸は木の幹で見つかりました」

「残念だ。足跡は？」

「男性用の九号。残念ながらとてもありふれたサイズです。まだ詳細な報告書が来るのを待っているところですが、今のところ、これが一番有望な手がかりです。身長と体重は確実にわかりますから、数百万人の容疑者を数十万人まで絞り込むことができます」

「おいおい」とフェンは言った。「それは悲観的すぎる考えだな。そいつがニコラスの知り合いの誰かだろうっていう推定くらいはできるだろう」

　ハンブルビーは、この出来事に関するジュディの説明を伝え、最後に言った。

「そうですね、ニコラスが〝きみが……〟と叫んだのは、彼の知り合いだったことを示唆してるんでしょうね」

「それに〝やあ、いい天気だね！〟という気安い言葉からすると、敷地内で見かけても意外ではない相手だったということだろう」

「いや、残念ながら、そこがひっかかるところでしてね。ミス・フレッカーによると、その言葉は気安い調子ではなかったというんです。どうやらその人物がそこで待っている理由がニコラスにはすぐわかったらしく、辛辣な口調だったといいます。それを考えると、敷地にいる権利のある者に限る必要はないことになるでしょう」

「ああ。わかったよ」とフェンはゆっくりと言った。「男だったと思うかい？」

「足跡以外に決定的な証拠はありませんし、それだって女が男の靴を履いてつけたのかもしれません。しかし真正面からニコラスを刺しているところから、女の仕業とは思えませんね」

「同感だな。少しわかってきたじゃないか。ニコラスが知っている男で、身長と体重は足跡の報告書が届けばわかる」

「スタート地点ですね」ハンブルビーは、醒めた様子で認めた。

「じゃあ次は、マッジのことだ」フェンが言った。

ハンブルビーの説明は明快で要領を得たものだった。モーリス同様、マッジもコルヒチンで殺された。彼女の場合は、前日の夜九時ごろに飲んだジンのデカンタに毒が入っていた。そして、午前一時半に死亡した。態度とは裏腹に、彼女は内心、バークレー警部による監視を喜んでいたようだ。その監視の徹底ぶりから鑑みるに、監視が開始された月曜日の夜九時以降、ジンに毒を盛るチャンスがまったくなかったのは確実だった。しかも、月曜日のランチタイムに悪酔いしない程度に飲んでいるのだが、その時点では間違いなく無害だった。したがって、午後から夕方にかけての約八時間の間のことみなされる。マッジ・クレインは、ほとんどの時間ジンが置かれている居間にいたが、六時から七時の間、秘書のミス・オートレッドを残して散歩に出かけていた。

「オートレッドという女に関しては心が痛みます」とハンブルビーは言った。「マッジ・クレインは間違いなくオートレッドをひどくいじめていたのですが、それにもかかわらず、彼女はマッジの死にひどく動揺していました。たしかにある意味、彼女の責任でもあるんですが……」

「どういうことなのか、よくわからないな」フェンが口を挟んだ。「彼女の責任だというのは？」

「コテージが見張られていない時間は一瞬たりともなかった、と彼女はマッジに報告していたのですが、実のところこれは事実ではなかったのです。しかも見張られていなかった時間は、一瞬どころの話ではなかった。それにさっきも言った通り、マッジは表向きの態度よりもずっと毒を盛られることに神経質になっていました。モーリスの死に衝撃を受けていたのでしょうね。だから、もしオートレッドがコテージから出ていないと嘘をついていなければ、マッジはおそらくジンやその他の食べ物や飲み物に手を出さなかったでしょう。バークレーに対しては、自分が殺される可能性など信じていないふりをしていましたが、オートレッドの話からすると、本当はかなり怯えていたようなのです」

「しかし、どうしてオートレッドは嘘をついたんだ？」とフェンは尋ねた。

ハンブルビーは唸った。

「驚いたことに、オートレッドはドゥーン島の肉屋と逢い引きしていたんです……。あなたもあの可哀想な女を見たら、とても信じられないと思いますよ。少なくとも四十歳は越えているんです……。が、確認してみたところ、本当でした。マッジが散歩に出かけると、オートレッドは抜け出して肉屋に会い、少なくとも三十分は彼と一緒にいました。彼女は夕食の用意をしていたものと思われていましたが、どうやら調理中に目を離しても問題の無い料理だったようです。彼女はマッジより先にコテージに戻りましたが、逢い引きのことはあえて言いませんでした。マッジが自分の情けない交際を嘲笑い、しかもやめさせるだろうとわかっていたからです。マッジというのはそういう人間でした。だから、彼女は何も言わなかったのです。マッジが死んだ今、オートレッドは、自分が月曜の夜六時から七時までいちゃついていた間に、ジンにコルヒチンを入れられたに違いないと気づきました。可哀想に、ひどい状態になっています」

「犯人は、ずいぶんあっちこっちと動き回ったようだな？」とフェンは考え込むように言った。「共犯者がいる可能性はあるだろうか？」

「まずありえないと思います」

「同感だ。自家用飛行機でも持ってるのかな？」

「自家用飛行機？」

「ふざけてるわけじゃないぞ」

「いや、もちろん自家用飛行機は持っていないと思います。もし持っていたとしても、殺人から殺人へと飛び回るために使ったりはしないでしょう。それは目立ちすぎます」

「そうだな。その通りだと思う。飛行機は考えに入れずに、ドゥーン島からランソーン・ハウスまで、あるいはその逆を行くとしたらどのくらい時間がかかるかな？」

「三時間」とハンブルビーは言った。「それが最短です」

フェンは机から足を下ろして立ちあがった。

「ということならば、だ」とフェンは言った。「ある紳士をすぐにでも逮捕してもらいたい。もちろん、共犯者がいる可能性を無視できるというのならば、だがね。僕自身は、そう考えて間違いないと思う。肝心なのは……」

新しい考えを思いついたので、ここで口ごもった。

「いや、ちょっと先走りしすぎか」と言った。「水も漏らさぬ推理、とまでは言えないな……。月曜日の夜、きみがランソーン・ハウスに着いたのは何時だったんだい？」

「八時頃です」

「その時デヴィッド・クレインはいたのか？」

「ええ」

「ならば彼は、ジンのデカンタに毒を混入するために、六時から七時の間にドゥーン島にいられたはずがない」

「そうですね。メデスコも、ニコラスも、エレノア・クレインもです」

「となると、推理に漏れはないな。ならば、答えは……」

電話が鳴った。ハンブルビーが電話に出たが、突然の中断に気分を害していた。しかし、話を聞くうちにいらだちは消えていった。そして最後に温かい賞賛の言葉とともに電話を切ったときには、疲れも吹き飛び、意気揚々となっていた。「やったぞ！」と彼は言った。

フェンは微笑んだ。「自白かな？　犯人のあんまりな無頓着ぶりからして、グロリア・スコットの仇を討ったらすぐに自首するんじゃないかっていう気がずっとしてたんだ」

「自白じゃありません。もっと決定的なことです。見覚えがある者がいるかもしれないから、二年前にこの国に停泊した客船の客室乗務員にグロリア・スコットの写真を回覧するようにと、私に助言したのを覚えていますか？」

「覚えてるよ」と、フェンは皮肉っぽく言った。「あのときは、僕の脳みそが鈍ったんじゃないかってのが、きみの意見だったよな」

ハンブルビーは、両切り葉巻（チェルート）を勝ち誇ったように気取った角度でくわえて、ニヤリと笑った。「謝りますよ」と潔く言った。「私が間違ってました……。とはいえ、ちゃんとあなたの提案に従っていたのですから、私も捨てたもんじゃないでしょう。それが役に立ちました」

「僕の助言は役に立つに決まってる」フェンはしたり顔で言った。

「グロリア・スコットは」ハンブルビーは、詩でも朗読するようにうっとりと、「一九四七年二月十九日、〈汽船（S・S）ケープ・キャッスル号〉からリバプールに降り立ちました。南アフリカから母親と一緒に乗船してきました。この航海の世話をしていた客室乗務員は、一年前に退職して、スコットランドの西ハイランド地方で暮らしていました。彼女は『スコッツマン』紙以外の新聞は読まないし、『スコッツマン』紙はグロリア・スコットの写真を掲載しなかったので、自分が何か役に立つとはまったく思っていなかったのです。母娘はほとんど客室に閉じこもっていたので、他の乗客はほとんど二人の姿を見ていませんでした。しかし、この客室乗務員のミセス・マッカチョンは、当然何度も会っていたので、この二人のことを完璧に覚えていました。言うまでもないでしょうが、この航海時のグロリア・スコットの名前はグロリアじゃありませんでしたし、苗字もスコットではありませんでした」

「名前については、きみのほうがよくわかってるだろうさ」とフェンは平然とした顔で言った。「でも本当の苗字なら僕にも言えるぜ」そしてそれを口にした。

「そう、その通りです！」ハンブルビーは大喜びした。「あなたの言う通りです。どうしてそれがわかったのか、今は見当もつきませんが、まったくその通りです。これなら逮捕令状をとっても大丈夫でしょうね？」

「大丈夫だとも」フェンは重々しく同意した。「だが、先に進める前に総監補に会って、チクリーに働いてもらう必要はないと伝えるのを忘れるなよ」

「これは嬉しい」と、ハンブルビーは司法官らしい態度で言った。「道徳的には褒められたものではないかもしれませんが、これを喜ばずにいられましょうか……。あなたも来ますか？」

「やめておくよ。いくら自業自得とはいえ、罠にかかった獲物を見ると気分が悪くなるんだ」

「そうか、その通りですね」と、ハンブルビーは冷静になって言った。「楽しい仕事じゃありません」ハンブルビーは腰を上げた。「ですが、後で会えるようなら、何もかも語り合いましょう」

「〈アテネウム〉で待ってるよ」とフェンは言った。「時間がとれたら、一緒に夕食を摂ろう。それが無理でも、とにかくそこに来てくれ」

「何もかも」ハンブルビーはドアに向かった。「クレイン事件のすべてを白日の下に晒してやりましょう。そこから先は弁護士の仕事です……。じゃあ、また今晩」


一時間半後、ハンブルビーは、とあるドアをノックしていた。十八世紀の小説の中の下層階級のエピソードを思わせるような、身持ちの悪そうな胸の大きい女中が開けてくれた。

「いいえ、ご主人様は朝からいらっしゃいません。どこにいるのかも存じません。ここ数日、外出されてばかりなんです。なにか変なんですよね。ええ、もちろん（と鼻息も荒く）信じられないのでしたら、中に入って調べてもらってもかまいませんよ……」

中に入って調べてみたが、この家の主人は確かに不在だった。ハンブルビーは、主人が戻ってくる場合に備えて二人の部下を配置し、部長刑事とともにおとなしく車で立ち去った。巡査部長は、国中が大騒ぎしている事件の結末に巻き込まれたというのに、動揺一つしていなかった。彼は古いタイプの人間だった。巡査部長にとっては、被害者が映画スターであろうと浮浪者であろうと、殺人は殺人であり、すべての逮捕は、倫理が名誉を回復し、仕事が完了したことを意味する、という点で平等だった。彼は咳払いをして、上司に対する社交辞令のように、「国外に逃げたんですかね?」とさりげなく聞いた。

ハンブルビーが呻いた。「それはかんべんしてほしいな。まあ、最近じゃ、そういうのは簡単じゃないだろう?」

「政府の規制があれこれあるんで、簡単じゃありませんね。それで助かっているのも確かですが、でも正直、煩わしいとも思ってます。お役所的な手続きが増えれば増えるほど、その抜け道を探して我々の手を煩わせる連中が増えますからね。私に言わせれば、もううんざりですよ」

ハンブルビーは、この辛辣な指摘に同感だった。「とはいえ、この事件ではお役所的手続きに助けられるだろうさ」と言った。「我々の友人が逃げきれる確率は……、せいぜい九十九対一ってとこか……」

しかし当のエヴァン・ジョージは、安らかな死を迎えるその時まで、百に一つの当たりを引いたという事実を自画自賛していたようである。

第五章

1

レイパー・フィルムズ社、ロング・フルトン撮影所（イギリス）内
ジャーヴァス・フェン教授

一九四九年四月、メキシコにて

親愛なるフェン教授
警察ではなく、あなた宛に手紙を書くなんて驚かれたことでしょう。私たちは、ごく短い間、わずかに面識があったにすぎないのですから。しかし、私はつねづね、犯罪学におけるあなたの才能に、学問の分野におけるのと同様の大きな賞賛を覚えてまいりました。ですから私の告白の法的所有者はあなたであって欲しいのです。この手紙が、犯罪史に小さからぬ名を残すことになるのは間違いないことでしょうから。もちろん、あなたはこれを警察に渡して、この事件にけりをつけ、後顧の憂いをなくすことでしょう。お察しの通り、私に後悔はありません。あの三人の若者は死んで当然なのです。
しかし、仕事を終えた今、不思議と胸中が空っぽになった気がしています。

一つだけ心残りなのは、捜査の経過を見届けることができなかったことです。私の乗る飛行機が飛び立つ前に、あなたが真実にたどり着いていたかどうか知りたかったのですが。あなたの実力と、私の意図的な杜撰さを鑑みれば、きっとあなたは、うすうすどころではない明確さで見通しておられたことでしょう。

そう、意図的な杜撰さと申し上げました。その気になれば、あなたにも疑われないように、効果的に痕跡を消すこともできたと自負しております。しかしもちろん、〝グロリア・スコット〟の正体をいつまでも隠し通せるはずもなく、それが明らかになるだけで私の罪は暴かれるのですから、実際の殺人にあたっての隠蔽工作は大雑把なもので、始めたことを終わらせるまでの時間を確保する以上のことなど考えておりませんでした。

ここまでくれば、少なくとも一つのことはとうにご推察のことと思います。そう、〝グロリア・スコット〟としてあなたがご存じの娘は、私の娘のマデリンでした。

そして私は彼女をこよなく愛しておりました。

過去形です。過去形を使うのは、マデリンがもう生きてはいないからということばかりが理由ではありません。あの土曜日、モーリス・クレインが死ぬのを見たとき、私の中で何かが――思ってもみなかった心理的逆転現象が――起こったのです……。

しかしそのことは、後ほど適切な場所で触れることにいたしましょう。

〝グロリア・スコット〟は私の娘でした。私がなぜクレインたちを殺したのかを理解してもらうためには、二十年近く前、私の結婚の時まで話を戻さなければなりません。

これほど愚かな結婚もないのではないかと思います。ドロシーと私は、ほとんどあらゆる面で相容れませんでした。私が生まれ、人生の最初の三十七年間を過ごしたヨハネスブルグで、私は彼女に会いました。今となっては、彼女を魅力的だと感じたことが自分でも信じられません。しかし、私はそう感じたのです。私が執筆活動を始め、評価され、収入も得られるようになったのは、かなり後になってからだということを、まずご理解いただかなければいけません。ドロシーと出会った当時の私は、ヨハネスブルグのデ・ウィント・ダイヤモンド社の事務員で、わずかな収入しかない、取るに足りない存在でした。そしてドロシーのほうは、とても裕福な階層の人間だったのです。私同様、彼女の両親も亡くなっており、彼女自身の収入がありました。莫大とは言えませんが、生きていくには十分な金額です。その当時から、私は文筆生活を望んでおりました。そして書くためには、成功するまでの間、働かなくても得られる収入が必要だったのです。

もう、どういうことかおわかりでしょう。私が結婚したのはドロシーではなく、彼女の銀行預金だったのです。

ドロシーはスリムで背が高く、とても色白で、薄い青色の目をした娘でした。ご存知の通り、私は小柄で色黒です。私のような体型の男は、彼女のような女に夢中になることが多いのです。凡庸な外見の私ですが、それでも結婚してくれたのですから、彼女も私のどこかに魅力を感じたのでしょう。私の才能を見抜いてくれたのだと思いたいところですが、それでは彼女を過大評価することになります。実際には、最初からドロシーは結婚を、いくらいじめてもかまわない相手と機会を手に入れるための許可書と捉えていたようです。そして、そんな罠にはまるほど、私は愚か者でした。

最初の二、三週間が過ぎた後は、私の結婚生活は地獄のようでした。体も小さく、金銭的にも完全にドロシーに依存している私は、無力で、無抵抗でした。大柄な妻に虐げられる小男ときては喜劇の定番ですが、これが自分の実体験となると、とても笑えたものではありません。もし彼女が私の文章に敬意を払ってくれていたら、他のことは我慢できたかもしれません。が、最初からうまく書けるはずもなく、彼女は私の作品を嘲笑う機会を決して逃しはしませんでした。そして、性交渉。彼女がそれを許してくれたとしても、恩着せがましく、徹底的に冷笑的なものでした。

しかしマデリンが生まれました。

芸術的な創造物は別として、マデリンは私の中にそれまでで一番強い感情を呼び起こしました。他の人が経験するような愛は、私には縁のないものでした。深く永続的な友情もしかり。だから感情的な面において、私は抑圧され欲求不満でした。マデリンが現れたとき初めて、私の愛情すべてが向かうべき先を見つけたのです。私は彼女を溺愛しました。何ものも、たとえ仕事でさえも、代わりにはなりえない強い愛でした。物事がはっきり見えるようになった今となっては、それが健全な精神状態であったと自分を偽ることはできません。それどころか、年を追うごとに強迫観念が強まり、ほとんど妄執といっていいところまできていました。しかし、この手紙の目的は、マデリンに対する私の気持ちを正当化することではなく、私が復讐などというメロドラマ的な企てに乗り出した経緯を説明することでした。

妻は私を嫌い、軽蔑していました。そして、私がマデリンを溺愛したため、妻は、マデリンをも憎み、軽蔑するようになりました。妻はあの子に肉体的に残酷な扱いはしませんでした――もっとも、もしやるとなったら楽しんでやったことでしょうが――。その代わりあらゆる場面でできる限りマデリンの邪魔をしたのです。そのため、まだ乳児だというのに、マデリンは秘密主義でひねくれ者で不信感の塊になっていることが私にはわかりました。マデリンは、撮影所でも、以前に働いていたメネンフォードの劇場でも、好かれていなかったと聞いています。しかし、あのような環境で育った娘が、率直で自由気ままで明朗な人間になれなかったとしても、何の不思議があるでしょうか？　もし彼女が死んでいなければ、いつかはそんな教育の影響をはねのけることができたはずです。本来の彼女は優しく素直だったのですから。しかし、娘を憎む母親のもとに十七年間もつなぎとめられていれば、性格を歪められずに済むはずがありません。

今ではマデリンを客観的に見ることができるようになりました。彼女はどちらかというと、自信過剰で愚かで粗野な性格に育っていました。それが彼女のせいだというのなら、私もこんなことは言いません。しかし責められるべきはドロシーなのです。ドロシー以外には……。〝責められるべき者はいない〟とつけ加えるつもりでしたが、これは違いますね。間接的にですが、私にも責はありました。ドロシーと私は離婚し、マデリンの親権者はドロシーになりました。つまり、それ以降ドロシーは、マデリンに対して、なんの邪魔もなく陰険ないやがらせをし放題になったということです。

離婚の詳細を説明する必要はないでしょう。最悪な家庭環境の中、私はある娘と浮気し、それがドロシーに知られたというだけで十分です。もちろん、彼女は私を追い出すチャンスに飛びつきました。マデリンがいなければ、私も彼女と縁が切れることに喜びを感じていたでしょう。そのころには、これ以上彼女の憎むべき金で暮らすくらいなら、飢えるか、書くのをあきらめるほうがましだと考えていました。しかし、マデリン――六歳でした――を溺愛していましたから、彼女と別れるのは耐え難いことでした。ドロシーもそれを知っていましたから、マデリンの親権を得ることこそが勝利であり、私への報復の中で最も美味で満足のいく部分だったのです。判決を覆そうとあらゆる手を尽くしましたが、不可能でした。自殺も考えましたが、それではマデリンを裏切ることになると思いました。なぜなら、どんなに遠くにいても、いつか彼女の役に立つことができるかもしれないという可能性はゼロでは無かったからです。結局どうなったかというと、酒に溺れ、それから南アフリカを捨てました。三週間ほど飲み続け、お金がなくなったとき、イギリス行きの船に乗り込みました。月に一度、マデリンに会う権利はあったのですが、きっぱりと離れたほうがいいと思ったのです。

イギリスで私の才能が認められ、成功しました。時々、マデリンのために働き、節約しました。彼女のことを思わない日はありませんでした。私の気持ちを知っている南アフリカの友人から彼女に関するニュースを聞くことがありましたが、イギリスでは誰にも彼女のことを話したことはありません。私が結婚していたことさえ、イギリスの誰も知らなかったでしょう。そもそも、あまり話題にしたいことではありません。私は、この件についてよくようじうじと思い悩み、ついには頭のねじが外れてしまったと言っていいでしょう。でも、断片的にマデリンに関する情報を得、わからないことは妄想をたくましくしていました。時折、写真を送ってもらっていました……。

ニコラス・クレインのパーティーで娘(マデリン)だとわかったのは、そのおかげです。

ドロシーとマデリンがイギリスに来るということは聞いていました。ドロシーが肺がんを患い、ハーレー街(ウェストミンスター区にある街路。一流開業医や医学界関係者が多く住むことで有名)に診察を受けに来るということでした。そして、イギリスに到着した後の二人の足跡をたどろうとしたのですが、これには完全に失敗しました。つまり悪夢のような二年の間、何の音沙汰もなく、生きているのか死んでいるのかさえわからない状態だったのです。ドロシーと仲直りしてマデリンに再会するつもりだったのですが、船から降りた二人は溶けるように宙に消えてしまったのです。今思えば、私が依頼した探偵事務所はひどく無能だったのでしょう。

レイパーから『不運な女』の脚本を依頼されたとき、私は人間に起こりうる最悪の不幸の奈落の底で手探りしている状態でした。その当時はあらゆる仕事が苦痛でしか無かったので、最初は断ろうと思っていました。しかし、それまでにないタイプの仕事なら、落ち込んだ気持ちも少しは和らぐかもしれないと思い、結局引き受けました。もちろん、マデリンが映画界にいるとは微塵も思っていませんでしたし、〝グロリア・スコット〟という名前も一度や二度耳にしたことはありましたが、私にとっては何の意味もありませんでした。彼女が出演していたシーンは、私が脚本会議に出席するほど重要な部分ではなかったので、会う機会がなかったのです。

しかしそんななか、ニコラス・クレインのパーティーの夜がやってきました。

マデリンが入ってきたときには私は誰かと話していたので、会ってはいません。しかし、彼女を目にした時には、すぐに誰なのかわかりました。酒を飲んでいる最中でなかったら、声を上げていたかもしれません。正直なところ、夢ではないのかと思いました。

そしてもちろん、マデリンにも私がわかりました。彼女は入ってきた途端、何かに驚いた、とキャロライン・セシルがハンブルビー警部に話していましたが、その何かとは思いがけない私の姿のことだったのです。マデリンは自分の父親が誰であるか知っていました。私の本はどれもジャケットに私の写真が使われています。ですが、どうやらその時まで、私が映画業界、特に『不運な女』に関係しているとは思ってもみなかったようです。ですから、私と出会ったのは予想外の出来事だったのです。

私たちは紹介されました。そして、まるで他人のように会話をしました。マデリンは私が彼女とわかっていると確信できずにいましたし、私のほうも彼女が私だとわかっているとは確信できませんでした。それに、私たちの再会に騒々しいパーティーはふさわしくないと、二人とも感じていたのだと思います。私は茫然としていました。まるで、頭の中で妄想していた島か大陸を実際に発見して、その細部までが実在すると知らされたかのような感覚です。パーティーは長引き、私はさらにたくさん飲みました。マデリンはニコラス・クレインと話すために残り、私は外に出て舗道で彼女を待ちました。たまたま、他にも一人か二人、一緒に待っていました。

心の動きというのは不思議なものです。私自身がマデリンと一緒にいたいと熱望していたため、マデリンのほうも私と一緒にいたいと思っていると思い込んでいました。しかしもちろん、そんなわけはありません。私は長い間、娘の人生から消えていて、名前だけの存在でした。それに、ドロシーが私についてどんな嘘をついていたか、神のみぞ知る、です。いずれにしろ、イギリスで二年間も一人で暮らしていたのに、マデリンは一度も私に連絡を取ろうとしませんでした。もし本当に惨めな思いをすれば、連絡してきたかもしれません。しかしニコラス・クレインが登場するまで、彼女はそんな状況から免れていました。

それでも、最後に彼女が慰めを求めたのは私でした。その晩、ピカデリーまで歩きながら、彼女は何もかも吐き出すように語りました。どのようにしてドロシーを憎むようになったか。上陸した翌日の夜、ドロシーがリバプールのホテルでどのようにして死んだか。そして、まだ十七歳だった彼女が、おぞましいドロシーの兄が後見人に任命されてしまうことを恐れ、誰にもドロシーの死を告げないまま、その夜のうちにメネンフォードまで逃げ、偽名を使ってレパートリー劇場で仕事をするようになるまでのすべてを。彼女は警察に見つかるのを恐れていたようで、ドロシーの荷物の中に彼女の写真はなく、失踪人課が南アフリカから写真を取り寄せたものの、彼女の居場所はつかめなかった。配給通帳の問題は、カフェで食事をすることで解決しました。こうして彼女はまったく新しい人生を歩み始めていました……。

あの晩、メイフェアで彼女はひどく取り乱し、ヒステリーを起こしかけていました。いったい何があったのか。すべての話の最後に、モーリス、マッジ、ニコラスにされたことを話してくれました。私の気持ちをお察しいただけますか。マデリンは、家に帰って頭から布団を被ることしか考えていませんでした。私はできる限り彼女を慰め、朝になったら彼女の新しい宿を訪ねて話をする約束をし、タクシーに乗せました。彼女は誰とも、たとえ私であっても、一緒にいられる気分ではありませんでした。

当然ながら、この件については警察に嘘をつきました。すでにモーリス・クレインが死んだ後で、自分がグロリア・スコットの父親であると認めるわけにいかなかったのです。

タクシーが行ってしまった後のピカデリーで、数分間立ち尽くして、思い悩みました。遅ればせながら、マデリンを一人にしておいてはいけないと思ったのです。しばらくかかってようやく二台目のタクシーをつかまえると、スタンフォード街の住所まで行ってくれと告げました。

ウォータールー橋にさしかかったのは、ちょうど私の娘が川から引き上げられているときでした。何人かが集まっているのに気づき、運転手に停めるように言いました。なんとなく予感がしたのです。私は、その予感が正しかったことを確認すると、すぐにそこを離れました。そして、タクシーでホテルまで帰りました。

その夜は一睡もできませんでした。私は少しおかしくなっていたようです。ポープの哀歌(エレジー)の二行が、私の頭の中を延々と巡っていました。〝一族郎党不意の復讐にみまわれ、棺が列をなしその門を囲む……〟

私の望みはただ一つ、殺す、それだけでした。

そして、この世から消し去るべき人間は三人いました。

2

ご存知の通り私はコルヒチンを使いましたが、これを選んだのはただの気まぐれです。もちろん、植物由来の毒を使うと決めていました。野や森や庭に、こんなに致命的な毒が散在しているというのに、なぜ殺人犯は薬局でヒ素を買おうとするのでしょうか。私には理解できません。秋のクロッカスは、私にとって最も美しい花の一つであることも影響しているかもしれません。薬物の純粋な成分を分離するために必要な材料――たとえばクロロホルムなど――はありませんでした。しかし、私の素人くさい蒸留も、なかなかうまくいったのではないでしょうか？　もしうまくいかなかったとしても、他の方法を採用すればよいだけのことです。

金曜日の昼までに蒸留はすませました。その日の朝、スタンフォード通りに行って、マデリンの本名を示す証拠をすべて持ち去りました。私のことを愚か者とお考えかもしれませんが、決してそんなことはありません。これは単なる時間稼ぎでしかなかったことを強調しておきます。娘の正体は、いずれ必ず把握されると思っておりました。時間稼ぎは有用です。その時点では、犠牲者に手が届く機会がどれだけあるか予測できませんでしたから、二、三日の猶予が必要でした。

二、三日、と申し上げました。つまり、仕事が終わったら速やかに自首するというのが嘘偽りのない気持ちだったのです。驚かれましたか？　いや、そんなことはありますまい。Xの無頓着さ――たとえば足跡を残していることなど――は、他の点では明らかに知的な人間――たとえば、私は必ず手袋をしていました——であることを勘案すれば、そのような仮説でしか説明できない、とあなたはお考えになったに相違ありません。しかし結局は、生きることへの執着が強すぎたようです。自首できなかったのは、勇気がなかったからではありません。そうすることに社会的意義はなく、それゆえ非合理で因襲的な行為にすぎないという確信があったからなのです。

スタンフォード街では、マデリンの思い出の品をセンチメンタルな理由で持ち帰りました。ところが不思議なことに、今となっては、それらの品が私の心を動かすことはありません。

あの金曜日の午後、モーリス・クレインの薬に毒を入れました。ランソーン・ハウスの敷地内は絶好の隠れ場所だらけでした。敷地内を探り回っていたところ、偶然にも彼の寝室の窓にその姿を発見したのです。そのため、さしたる苦労もなく、目的の部屋を見つけることができました。家は大きく、とりとめがなく、完全に無防備で、入るのは簡単でした。もちろん、コルヒチンをポケットに忍ばせて招かれざる客としてうろつき回るのはひどく危険なことですが、そもそも危険を避けるつもりなどなかったし、大胆に行動する者には神々が微笑みかけるものです。実際、さまざまな場面で神の助けがありました。スタンフォード街、ランソーン・ハウス、ドゥーン島、ニコラス・クレインのロンドンのアパート、どこに行っても私は気づかれずに逃げおおせました。守護天使——人によっては悪魔と呼ぶのでしょうか——に見守られながら、成功につぐ成功で自信をつけていきました。

私は家に帰り、起こるべきことを待ちました。結果はご存知の通りです。モーリス・クレインは死にました。しかも私の目の前で。そのとき、何の前触れもなく突然、マデリンは私にとって重要な存在でなくなったのです。この件についてあまり強調しすぎると、誤解する愚か者もいることでしょう。それでも、これはお話ししておきます。モーリス・クレインの死の瞬間、私のマデリンへの愛は、より強い感情によって消し去られた、あるいは脇に押しやられたのです。それまで、これほど強い感情が存在するとは思ってもいませんでした。しかし、私は間違っていました。その時感じたものは、あらゆる感情の中でも最も強く、最も深く、最も酔わせるものでした。今でも思うのですが、いったいどうやってそれを隠すことができたのでしょう！　しかし、どうやら私は優秀な俳優だったらしく、どうにかこうにか隠し通すことができました。

私のリストでは次はニコラス・クレインでしたが、月曜日の早朝まで、彼をどうこうする機会はつかめませんでした。しかし、それ以降のことは運命だったのでしょう。その日の朝七時半に架空の口実で彼の部屋を訪ねました。訪問するのに適切な時間帯とはとても申せませんね！　しかし、焦燥感に煽られた私には、彼が不審に思おうが思うまいが、まるで気にならなかったのです。彼を訪ねた理由として、早い時間にロンドンを出発して北部に向かうので、その前に、脚本を直すために、カメラアングルやパン（フレームを水平に移動させながら撮影する技法）などの技術的な詳細について相談したい、という口実を用意していました。彼はそれを信じたかもしれないし、信じなかったかもしれません。それに、毒を入れる機会があったかもしれないし、なかったかもしれない。しかし結果的に、そんなことはどうでもよくなってしまいました。なんという偶然か、彼はドアのロックを外したまま出かけてしまっていたのです。そういうわけで、私は難なく事を終えました。

その日の午後、私はドゥーン島へ車を走らせました。そこでは、マッジ・クレインの別荘に入るまでに一、二時間待ちました。六時から七時の間に入ることができましたが、毒をどこに入れればいいのか、少々悩みました。一つ、はっきりさせておきたいことがあります。モーリス・クレインの死によって私の心理は変質し、それ以後の私の行動の原動力は、マデリンへの献身とは別のものとなっていました。にもかかわらず、私はどんなに強い誘惑に駆られようとも、無差別な殺人のための殺人を自分に許しはしませんでした。もしその誘惑に負けていたら、私を迷路に追い込んだ娘はとっくに生きてはいないでしょう。あなたもそうです。おそらく、他にも何人かの人たちに同様のことが言えます。しかし、私は強い自制心で自分を抑えることができました。どんなに強烈であっても、ただの快楽に耽溺することは許されないと思います。ですから、私のことを良心の欠落した怪物だと言う人もいるかもしれませんが、決してそんなことはありません！

マッジ・クレインのコテージに窓から侵入した時の困惑を説明しようとしていたのでした。彼女の場合は、服用している薬は無いようでした。それ以外のものに毒を入れると、秘書も食べたり飲んだりしてしまうかもしれません。最終的に、ジンにコルヒチンを入れるという、なんとも納得のいかない妥協策に頼らざるを得ませんでしたが、ここでもまた、私の意図した通りの結果になったのです。もちろん、三十六時間後のことではありますが。

その夜、私は再びランソーン・ハウスに行き、そこでニコラス・クレインの車のステアリング・ギアに細工をしました。ニコラス・クレインの死因が判明すれば、ニコラスとマッジは毒殺を警戒するようになるだろうと考えました。モーリス・クレインの死因が判明すれば、ニコラスとマッジは毒殺を警戒するようになるだろうと考えました。ですから、さらなる計画が必要だったのです。覚えておいででしょうが、翌日の火曜日の朝に脚本会議がありましたが、ニコラスの車で撮影所に乗りつけたデヴィッド・クレインを見たときには、ゾッとしたものです。私はデヴィッドに恨みはありません。彼が死ぬところなど見たいはずがない。そこで、昼過ぎに大道具係の仕事が再開されたのを見計らって、ガレージにあった鉄の棒でできる限りエンジンを破壊しました。私のことを殺人鬼呼ばわりする愚か者がいたら、是非このことを指摘してください！

火曜の夜、私はニコラスを殺しました。遺憾ながら、彼には不意をつかれたと言わざるを得ません。そうでもなければ、あんなふうに正面からぶつかることはなかったと思います。ここは少しばかり自慢させていただいてもいいでしょう。彼は即座に私がそこにいる理由を理解しました。彼は私より大きく、強く、若く、そして銃も持っていたのに対し、私のほうは南アフリカ時代から持っているナイフだけでした。しかし、私が無我夢中で飛びかかると、彼は慌ててしまい、銃弾は何ヤードも外れてしまいました。彼にナイフが刺さったときが、それまでで最高の瞬間でした。もちろん、要は血に飢えていたのだろう、とあなたはお考えでしょう。ですが、それは大きな間違いです。私の体験は、そんなものより遥かに繊細で知的な興奮を伴ったものなのです。

残念なことに、行為が終わってすぐ、私は慌てさせられることになりました。誰かが近づいてくる音がしたので、私は逃げ出しました。それがたった一人の娘だとは気づきませんでした。迷路でのかくれんぼのことはお聞き及びでしょう。もちろん、わざとそんな馬鹿なことをしたわけではありません！　早く抜け出したい、と何度も思ったものです！　あの娘と私は、お互いに知らないうちに、別々のルートで中心にたどり着いたようです。彼女がマッチに火をつけて叫び声をあげ、気を失ったそのとき、私のほうは暗闇の中であの墓の塚に躓いて転び、自分が何かの穴の縁にいるのではないかと、手探りしながら這い回っていたのです。彼女にしてみれば、さぞや恐ろしいことだったでしょう。ついでにもう一つお詫びを！　あなたを殴り倒し、道標の紐を持ち去ってしまって申し訳ありませんでした。少しでも追跡を遅らせたいという私の立場はご理解いただけると思いますが……。

さて、この話もそろそろ終わりです。水曜日の朝刊の最新重大記事（ストッププレス・コラム）に、マッジ・クレインが死んで私の仕事が終わったことが報じられているのをみて、そろそろ移動すべき時機だと思いました。デボン州ブリックスハムでモーター付大型ボート（ランチ）を盗み、夜中に土地勘のあるシェルブール近くのフランス海岸に渡りました。シェルブールでメキシコ行きの船に乗り、そして、今ここにいます。終戦以来、ダイヤモンドに投資してきました――今のように通貨が不安定な時代には、それがお勧めなのです――ですからその石を大量に持ってくることができたのです。この先ずっと、ここか、あるいは他の土地で、快適に暮らせることでしょう。

さて、これですべてお話ししました。ただ、一つだけつけ加えておくとしたら……。（ここで手紙は途切れている）

3

「〝一つだけつけ加えておく〟ことというのが、穏便な内容であってほしいものだよ。類い稀な犯罪だ、というおなじみの主張だったらいいんだけどな。自らの精神の推移は犯罪史上前例のないものなのだ、と妄想しない殺人犯は、存在しないんじゃなかろうか」

ジュディ・フレッカーはうなずいて、「でも、彼は他にも告白書を書いてるんでしょう？　それを読めば、欠落も埋まるかもしれないわ」

「何十通も書いてます」とハンブルビーは認めた。「私の知る限り、今も書き続けているはずです。ただし、その内容は事実上ほぼ妄想なんです。最近は、教会の上位聖職者に宛てたものが多いようですね。メソジスト派教会の総会議長が特にお気に入りです」

「逃亡先はいつもメキシコなのか？」

「いえ、ラブラドールだったり、サハラだったり。どこもブロードムーア（ブロードムーア精神病院。精神障害のある危険な犯罪者が収容されていることで有名）とは似ても似つかない場所なのですが、彼はまったく気にしていないようです。重要なのは、フェン宛の手紙がその中の最初のもので、首尾一貫しており、かつ、実質的に真実である唯一のものだということなのです。その記述は、規定通りに事実確認をしましたが、最後の段落を除けば、すべて本当のことでした」

「彼は今、完全に狂っているのか?」

「そうだと思います」

「殺人を犯した時に、もう正気でなかったと思うか?」

「おそらく。もちろん、表面上そうは見えませんでしたが、間違いなく、そうだったでしょう。エヴァン・ジョージの言葉から鑑みるに、モーリス・クレインの死が最後の一押しになったのですね」

「背筋が凍るわ」とジュディが言った。「あのぞっとする迷路の中で、私を見おろして立っていたのかと思うと……。奇妙な話ですよね。彼とは、ちゃんと会ったこともないし、目も合わせたこともないんです。実際には、ロンドンで逮捕したんでしたっけ?」

「ええ。木曜日のランチタイムに、トッテナム・コート・ロードのパブで。朝刊に彼の写真が載ったので、パブの主人が彼を見て、電話をしてきたんです。彼がそこで何をしていたのか、何を考えていたのか、神のみぞ知るところです。すでに彼の精神はかなりおかしくなっていて、とても裁判に出られるほどの正気は残っていないと、すぐにわかりました……。それでよかったんじゃないでしょうか」

三人はロング・フルトン撮影所の〈クラブ〉のラウンジにいた。その部屋は低い天井に梁がめぐらされた細長い部屋で、更紗で覆われた肘掛け椅子があり、真鍮の灰皿が置かれ、壁際には品ぞろえの豊富なバーが備わっていた。三人が座っているソファーの前にあるガラス天板の低いテーブルの上に、飲み物が置かれていた。窓からは五月晴れの明るい日差しが差し込んでいた。昼間なので、撮影所の人たちはほとんど仕事中で、自分たちだけの空間となっている。フェンとハンブルビーは、ジュディの招待で来ていた。ようやく三人の都合を合わせて集まれるまでにことが落ち着いたのは、クレイン事件の大団円から二ヶ月近く経った先週になってからだった。

ジュディはフェンのほうを向いて言った。

「それで、結局どういう理屈だったんですか?」

「簡単なことだよ。犯人がランソーン・ハウスにいる間にドゥーン島にいた共犯者……、配置はその逆でもいいんだが……。そんなものは存在しない、という前提を受け入れることさえできれば」と、フェンは答え、不満そうにつけ加えた。「しかし、演繹的手法という観点からすると、不満の多い事件だったな。というのは、この謎を解く方法はいくらでもあったんだ。たとえば足跡の詳細な分析から、あるいはお決まりの捜査に幸運が重なるだけでも……。しかし、探偵小説のように、純粋な推理によらなければ犯人を捕まえられないなんてことは、現実の人生には期待できないんだろうな。時々思うんだが……」

「道草してないで、さっさと先に進んでください」とハンブルビーが言った。

フェンは、そんな彼を冷ややかに見つめた。

「決定的な手がかりは、最後まで出てこなかった。それは、マッジのジンに毒を混入させることができたのは月曜日の午後六時から七時の間だけだったという情報だ。さて、ニコラスの薬に毒が入れられたのも、月曜日午後六時から七時の間だったのだろうか。あるいは月曜日の午前七時から八時という可能性もあった。ハンブルビーほど血の巡りの悪い人間にとっても、午後六時から七時の間に、マッジのジンに毒を入れるためにドゥーン島に、そしてニコラスの薬に毒を入れるためにランソーン・ハウスに、とその両方にいることが不可能なのは明らかだった。なぜなら、この二つの場所は三時間も離れているからだ。ということは、ニコラスの薬に毒が入れられたのは、月曜日の朝七時から八時の間に違いない。これが計画的な殺人で、犠牲者はグロリア・スコットに危害を加えた者に限定されている点には疑問の余地が無い。そこで興味深いのは、ニコラスの薬に毒が入れられた時間は、『イブニング・マーキュリー』紙がニコラスがマッジに宛てた手紙を公表するよりも数時間前だったという事実だ。つまりXは、ニコラスがグロリア・スコットに危害を加えたことを世間が知るずっと前から、ニコラスを標的にしていたのだ。契約の件は僕にも推測できたことだったとはいえ、デヴィッドと車の件に対する良心的対応から判断すると、Xが推測だけを根拠にしてニコラスを殺すとは思えない」

「車の件はデヴィッドが仕組んだ偽の手（レッド・ヘリング）がかりだった可能性もあったんじゃないかしら?」とジュディが言った。

「確かにそうだ。しかしその可能性は、デヴィッドが犯人であるという仮説のもとでのみ成立する。そして、デヴィッドにはマッジのジンに毒を入れることができなかったという事実は、ハンブルビーが証人になっている」

「ああ、そうか、そうよね……。続けて」

「Xは、罪のない人々を傷つけないよう、細心の注意を払っていた。にもかかわらず、月曜日の早い時間にニコラスの薬に毒を盛ったということは、契約のペテンについて内部情報を持っていたに違いない。どこからそれを入手したのか？　スナードがラウンシーに手紙を渡した月曜日の午前八時二十分まで、この手紙のことを知っている人間は四人しかいなかった。マッジ、ニコラス、スナード、そしてグロリア・スコット自身だ。もちろん、その中の一人がXでないことは論証できた。スナードがXだった可能性は？　ニコラスが刺された時、スナードは間違いなく刑務所にいたのだから、他に根拠がなくても、彼は排除される。つまり、明らかに四人のうちの誰かが、グロリアに仕掛けられたペテンのことを、他の誰かに話していたのだ。スナードか？　いや、考えられない。ハンブルビーに追及されて、あれだけ徹底的に白状したんだ。いまさら、自分が損するような隠し事を残すなんてことはありえない。誰かを守るために嘘をつくような男じゃないしね。マッジとニコラスは？　同様に考えられない。彼らの卑しいペテンが少しでも外に漏れたら、仕事を失うことになる。残るのはグロリア・スコットだけだ。そして、ニコラスに自分の行く末を告げられた瞬間から自殺するまでの間に、グロリア・スコットが話した相手はただ一人だけだった」

「エヴァン・ジョージね」ジュディがつぶやいた。「そうね。わかったわ……。でも、ほら、彼が誰か他の人間に話した可能性もあるんじゃないの？」

「その可能性はあるね。しかし、だとしたら、なぜ彼はグロリアとの会話について嘘をつかなければならなかったのだろう？　なぜ、彼がその話を聞いたことを否定——この件に関する沈黙は否定と受け取っていいだろう——しなければならなかったのだろう？」

「グロリア・スコットの父だと認めたら、モーリス・クレインの殺人の容疑がかかるわ。だから、その殺人で無実だとしても、あえて認めなかった」

「いや、その理屈は駄目だな。彼が嘘をついた時点では、モーリス・クレインは殺されたとはっきりわかっていたわけじゃない。ジョージが無実だったのだとしたら、彼の視点からするとモーリスは自然死のはずなんだ」

「ああ、もちろんそうね……。でもまだ、他にも穴があるわ。エヴァン・ジョージが誰かに話した……。そしてその誰かを守るためにグロリアとの会話について嘘をついたのかもしれない」

フェンは眉をひそめた。「しかし、彼の嘘がいったい誰を守ることになる？　その段階ではまだニコラスの薬に毒は入れられていなかったのだから、誰が契約の仕掛けを知っているかなどということは、なんの問題にもならないことだった。それで誰かが罪に問われることはなかった。だから、結論に議論の余地はないと思う。エヴァン・ジョージは嘘をついた。そして、嘘をついた理由は、自分を守るためとしか思えない……。もちろん、彼がグロリアとどのような関係なのかは推測するしかなかったが、父親である可能性が最も高いと思われた」

長い沈黙が続いた。それぞれ、この事件の中で自分が果たした役割を振り返っていた。それから、ジュディが言った。

「可哀想なデヴィッド……、立ち直るにはすごく時間がかかりそう」

「彼はまだここで働いているのかい？」とフェンが聞いた。

「いいえ、辞めたわ。優秀とはとても言えなかったし、いずれにしろ、八月に三十五歳になれば、父親が残した信託金が入るから……。この前、彼から結婚を申し込まれたの」

「それで、きみは？」

「残念だけど、って。彼はとてもいい人だけど、普通の夫の四分の一くらいにしかなれないわ。うまくやっていくには、他の人とも結婚しなければならないけど、一夫多妻（ポリガミー）は合法じゃないでしょ」

「一妻多夫（ポリアンドリー）だ」フェンは穏やかに訂正した。

「そうか、一妻多夫ね……。でも、もしかしたら、何人も夫がいるのって、すごく刺激的かもしれないわよね」ジュディは夢見るように言った。

「マウスの複数形はマイスだけど……」とフェンはコメントした。「配偶者（スパウス）を複数形にするのに、同じ理屈が通用するのかね（スパイス＝刺激的という洒落）……」そこで話題を変えた。「ところで『不運な女』はどうなるんだ？」

「棚上げね」とジュディが言った。「無期限の棚上げ。レイパーも、さすがにうんざりだってことじゃないかしら。今は、フィリップ・シドニー卿（エリザベス朝イギリスの詩人、廷臣、軍人）の映画を検討しているわ」

「シドニーの詩集はすべて、一九〇九年にミスター・T・S・エリオットによって捏造されたものだと疑問の余地なく証明できる、なんてこと言い出すんじゃないのか」とフェンは辛辣に言った。

ハンブルビーは腕時計を見た。「さて、そろそろ失礼しなくては。ハマースミスで押し入りがあったんですよ」

「帰る前にもう一つだけ」ジュディは真剣な表情で身を乗り出した。「ジョージの告白にあった、グロリアの悲惨な子供時代の話は本当だと思いますか？」

「私が確認した限りでは、事実です。なぜ、お聞きに？」

「ああ、なんと言うか……、私は、本当に彼女のことが好きだったんです。そして、振り返ってみると、いつも彼女のことばかりが頭に浮かぶんです。彼女は本当に運が悪かった……。残酷な母親。それに父親からは遺伝的な悪影響もあったでしょう」

「ええ」ハンブルビーは真面目な顔で言った。「運が悪いとしか言いようが無い。卑劣なことや意地の悪いこともしたでしょうが、それで彼女を責めることはできない」

フェンはうなずいた。「となると、最後の乾杯は必然的にこうなるな。グロリア・スコットとともに事件は始まり、彼女とともに終わる……」

彼はグラスを掲げ、二人もそれに応えた。

「ある不運な婦人の思い出を悼んで」

訳者あとがき

本書『列をなす棺』はエドマンド・クリスピンの"Frequent Hearses"（1950）の翻訳です。

クリスピンの作品の中では、ファルス要素の少ない異色作という評価があるようで、そのおかげで翻訳されずに残ってきたという部分もあるようです。なるほど、撮影所を舞台にしているのだからと、馬鹿げたどたばた騒ぎを期待して読むと、肩すかしをくらうかもしれません。ですが、クリスピンらしい皮肉に満ちた文体（訳者泣かせ！）は健在で、各種文学作品からの引用もたっぷりです（もっと訳者泣かせ!!）。その魅力を少しでも感じていただける翻訳になっていると良いのですが……。

ファルス要素が少ない分、ミステリとしてはタイトな仕上がりで、巻頭からラストの一行までピンと緊張感の糸が通った、気持ちの良い仕上がりになっているのではないでしょうか。「なぜ？」という謎かけから始まり、その探求がサスペンスに繋がっていくという展開は、パズラーでもありスリラーでもあるという、実に巧妙で構成で、読んでいると、これこそがミステリのひとつの理想型なのでは？　という気分になってきます。

『列をなす棺（Frequent Hearses）』というタイトルは、本文の中でも何度か言及されるアレキサンダー・ポープの『ある不運な婦人の思い出を悼む哀歌（Ode to the Memory of an Unfortunate Lady）』という詩の中の一節からとられています。

キリスト教では自殺は罪とされるらしいのですが、この詩では愛のために自殺を選んだ婦人を擁護し、彼女を理解せず自殺においやった人間たちへの呪詛が語られます。その呪詛の一部が引用した一節です。

アレキサンダー・ポープの伝記映画を企画中の撮影所が舞台となるために、この詩がたびたび引用されるのですが、読み進むにつれて、この引用が作品全体を貫く不気味な通奏低音となっていることがわかってくるという仕掛けです。


予想外に苦戦して、随分時間が掛かってしまいましたが、こうしてお届けできてほっとしております。お楽しみいただければ幸いです。

なお、執筆された時期の世相を鑑み、現代の観点からすれば使用を差し控えるべき表現や言葉を用いた部分もありますが、その点、読者諸氏のご了承を得られれば幸いです。

二〇二四年三月

拝啓　法月綸太郎様

佐々木重喜（いちクリスピン・ファン）

面識もなければ見識もない一読者が、いきなりこのような文面を差し上げます無礼、まずは平にご容赦ください。

今般エドマンド・クリスピンの未訳長編 *Frequent Hearses* が翻訳される運びとなり、以前からクリスピンが好きと公言していたおかげで、その解説文を書くという栄誉を頂戴しました。『黄色い部屋はいかに改装されたか?』のひそみに倣えば[注1]、こちとら「怪談牡丹燈籠」といえば林与一と佳那晃子[注2]、みたいな感じで、正直経験値も少なくて視野もきわめて狭い、一読者にしかすぎません。光栄といえば光栄この上ないことですが、これまでの錚々たる方々の手になる解説がすでにあるというのに、屋上屋を架すどころか、敷地内出入り禁止を言い渡されそうな剽窃レベルの文章なぞ書いていいものかと悶絶するばかり。かてて加えて法月さんのような強面もとい強者の論客を差し置いて何を書いたものかと臆病風に吹かれる日々が続いております。ですが、一方では浮かんでは消えまた浮かぶ妄想をまとめておきたいという気持ちもあり、どこに着地するかはわからないまま、このようなものを何となく書き始めたような次第です。

＊

個人の回想になりますが、法月さんがどこかで「クリスピンは二十何歳かで『金蠅』を書いたんだからすごいもんだ」みたいなことを書いていたのを覚えています。へえ、法月綸太郎（呼び捨て失礼）はクリスピンが好きなんだな、というのが強く刷り込まれた一コマでした。その後も翻訳してもらいたい未訳の海外作品としてクリスピンの未訳長編のタイトルを挙げておられたり[注3]、「読者への挑戦」のもつ押しつけがましさにかこつけてクリスピン論を展開されておられたり[注4]したので、当代随一のクリスピン好き論客は法月綸太郎である、との自分勝手な思いを一層強く抱いておりました。

そもそも最初の「クリスピンは二十何歳かで」云々という文章、昔何かのムックか何かに載っているのを本屋で立ち読みした（買ってはいない）もの。それが何だったか、今になってわからないのがくやしく、その手の本を片っ端から確認してみましたが、「乱歩」という権威を振りかざすことへの批判コメント[注5]（ついでに、法月さんの四ページ前でコメントしている人の名前を見て一瞬唖然としたり）とか、「マーキー・ムーン」だとか「銀座旋風児（マイトガイ）」だとか[注6]、世界も認める島根の侍たちが成功秘話を（たとえば「変わり続けることが変わらないこと」だと）熱く語る本とか[注7]はいとも簡単に見つけられたのに、肝心の探しものは見つけにくいものなのか見つからないままで、資料探求能力のなさまでも露呈してしまうような始末です。

こちらの無様な状況はさておき、『金蠅』は以前読んだときあまり強く印象に残ることもなく、法月さんの「二十何歳かで」コメントに対しても「そんなもんかいな」くらいで済ませていたのですが、つい先年、原文と訳文を比較して読んでみるという作業をしたら、認識を改めることになりました。先行作品を思い起こさせる、ほぼ無理筋の、科学捜査を無視したトリックが良くも悪くも言及されがちですが、おそらくは才気走った生意気な若造が、若気の至りで書いているそのスタイルにとても強く惹かれたのです。そして、インターネット上のサイト[注8]で、そこここに仕込まれた引用の数々を掘り起こしているのを目にし、劇作家の「ロバート・ウォーナー」が「リヒャルト・ワーグナー」に仮託したものだと指摘してあるのを見て、若き日の作者の企みと才能のきらめきに目がくらむ思いがしました。また、『金蠅』には各章題の後にエピグラフが挿入されているのですが、第一章の「マーロウ」の引用からしてすでに彼我の差を見せつけてくれます。どこぞの医師[注9]から「フィリップ・マーロウは嫌いかな。じゃあ、クリストファー・マーロウはどうだい」と言われてみないとピンと来ない始末。さすがにフィリップの作者はその辺も織り込み済み[注10]だったということを、実は最近になって知りました。

このように圧倒的な文学的素養を誇るクリスピンの文章ですから、引用やら外国語やらが頻出し、文章表現の癖もあってそもそも翻訳する際のハードルが高い上、訳文の表記の揺れやら当時のポケミス特有のひらがなの拗音や促音を大きいままにしておくスタイルやらとも相まって、『金蠅』の訳文は、正直かなり読みにくい。他の長編の訳文とくらべて本文中にあまり注釈をつけないようにしているのも、何となく読みにくさや読んでいる際の違和感を助長している原因のように見受けられます。文句があるなら自分でやってみろと言われても、そうやすやすと訳せるとは到底思えず、ここはこの難物を通読できる状態にしてもらったことに感謝しておくべきところでしょう。とはいえそんな訳文でも、再読したら十分におもしろさを感じることができたのです。あるいは、再読してようやくその真価に気が付いたと申し上げるべきでしょうか。そうしたら次に気になったのは登場人物の名前で、主要人物に、ナイジェル・ブレイクというジャーナリストがいる。加えてシェイクスピア研究家の名はニコラスです（姓はバークレー Barclay であって、Berkeley ではありませんでしたが）。どうもかの先輩作家を意識しているものらしい。猿がタイプライターを打ち続けていたらいつかはシェイクスピアのソネットができる、という事象は「無限の猿定理」[注11]なる名で呼ばれているらしいのですが、この話題を先輩作家は途方もない偶然の一例として述べる程度で済ませていて、まあ極めて常識的な対応をしています。一方のクリスピンはそれを意識してのことなのか、『金蠅』の作中で、実際に猿を檻の中に入れ、その前にタイプライターを置いてしまうわけです。現実的な世界を舞台に、半分ふざけたような、冗談のような状況をわざわざ作り、フィクション性を打ち出してくるのは後続する長編にも見られる特徴です。先輩作家の影をちらつかせながら、数多ある文芸作品から縦横無尽に引用をくり返しつつ、明らかな虚構の物語世界を構築する技量。確かにこれを「二十何歳かで」書き上げているのですからなかなか真似のできない芸当です。

＊

原文が難しい、ということを申し上げましたが、クリスピンの小説では、気取ったような、持って回った文章表現（二重否定の文を意味的にひっくり返したりするのはお手のもの）が頻出するのに加えて、基本的に単語や語句、言い回しに対する注釈は一切つきません。考えてみれば、小説というのは書かれた同時代、それがわかる読者に読まれることを前提としているはずなので、その時点における、作者にとっての一般常識や世間の風俗が注釈なしの状態で書き込まれています。だからいきなり「知ってるつもり!?」[注12]だとか「一輪の薔薇をくわえた岡田真澄」[注13]、あるいは「宇宙戦士バルディオス」[注14]が登場しても、小説が執筆された同じ時代、同じ文化に属する読者だからわかってもらえる。そこに伏線を張ろうとギャグを仕込もうと、はたまた結末を暗示させる効果を期待しようと自由自在ですが、クリスピンの場合は同時代の読者にとってもハードルの高い、やや高尚なものが仕込まれていて、それを何十年も後の時代の、しかも異文化に属する読者が翻訳というフィルターを介して読むことになるのですから、そもそも背景を理解する段階からして困難がつきまとうのは当然至極のことと言えましょう。

たとえば、イギリスの現代作家についての本を執筆中の我らがジャーヴァス・フェンが、作家の名前を次々に挙げていく場面が思い浮かびます。

「バージェス、アントニイ」フェンは例を挙げて言った。「エイミス、キングズリー。レッシング、ドリス、ハワード、E・J、ドラブル、マーガレット……。ブルック＝ローズ、クリスティン」

「反理倒置法（はんりとうちほう）（Hysteron proteron）」と少佐が言った。

「ハンリの作品というのは知りません（I don't know Hysteron's work.）」とパドモア。「ですがそれ以外は、もちろん、どれも非常に——非常に——」

このすぐ後でフェンは、「索引を作るところから進まなくて」みたいなことを言っていますから、頭の中が作家の姓を先に言い、名を後に続けて口に出してもおかしくないモードになっています。これは英語圏での普段の言い回しとは逆ですから、それを横で聞いていた少佐は、姓名を逆転させた「反理倒置法（hysteron proteron）」だねえとつぶやくのですが、それをパドモア青年が作家の名前かと勘違いして「その作家の作品は知らない」と言っているわけです。ここでもうひとつおもしろいと思うのは、イギリスの現代作家として、友人であるキングズリー・エイミスの名前をさらりと挙げているところで、索引を作っているならアルファベット順だから、最初に名前が挙がってもいいのに、わざわざ二番目にしているのが言外の皮肉に感じられなくもない、というのはやや考えすぎかもしれません。さらに言えば、ここでの発言からジャーナリストを名乗るパドモア青年の文学的素養には疑問符がついてしまう一方で、妙に文学に詳しい少佐、というキャラクターの対比までもが成立してしまいます。今引用した箇所はわずか数行ですが、予備知識や注釈なしにここのおもしろさを理解するのは至難の業です。

詩句からの引用や普段耳慣れない単語も厄介です。本文中では前振りも引用符もなく引用されているからどこに何が仕込まれているかわかったものではありませんし、外国語はイタリックで書かれているから英語でないことだけはわかるものの、だからと言ってうまい日本語に落とし込めるかどうかはまた別の話。たとえば、途中で何の予告もなく登場人物が、「おお、わがアメリカよ、新天地よ」[注15]だとか「ルパナーレだ」[注16]とかと口に出す。それが伏線となってもう少し後の場面で同じ文言がくり返され、笑いを誘うのですが、わかる読者にしかわからない不発弾になってしまう可能性もあり、そんなところが「これ、おわかりかしら」とお高くまとっているような印象を与えてしまいかねない所以でしょう。執筆されてから遥か時を渡り、海を渡った、二十一世紀の日本でそれがどのくらいの効果をもたらすかと言えば、やはりおびただしい注釈と予備知識がないと楽しめないものになってしまっているのは疑いがありません。

また、原文の英語表現がストーリーや謎解きの核心になっている場合もあります。法月さんがかつてご自身のアンソロジー[注17]に収録した、クリスピンとジェフリー・ブッシュ（ある長編に一瞬だけカメオ出演[注18]しているのですが、気づいた人はどれだけいることか）の合作[注19]はその好例といえますが、こちらは幸い日本語にしても意味と仕掛けがきちんと伝わります。この作品はクリスピン本人も気に入っていたらしく、自分の編んだ探偵小説アンソロジー二冊の中に、ただ一編だけ収録[注20]した自作がこれでした。ところが別のアンソロジーに収録された短編[注21]では、編者たるエラリー・クイーンが、ついついお話を中断してまで口を挟みたくなるようなアイデア[注22]が使われていて、こちらはあいにくと日本語に翻訳した瞬間にそのパンチが弱まってしまうのは残念なところです。以前このアンソロジーを読んでいたときには、ここにだけ編者がわざわざ顔を出してくる理由がよくわからなかったのですが、原文を読んだら、ついコメントしたくなる、その気持ちが理解できました。こんなのも読むと、やっぱりそうか、坂口安吾はクリスピンを読んでいた[注23]のか、いや逆かも、とついつい妄想を逞しゅうしてしまう羽目に陥ろうというもの。

ここで迂闊にも坂口安吾という名前を出してしまいましたが、よく考えたら、クリスピンと安吾には共通点があるのでした。純文学作家を志していたクリスピンと、純文学出身の安吾、二人は共にファルス派に属するような探偵小説の長編[注24]を物しています。あと、クリスピンとジュリアン・シモンズとの関係性が、安吾と大井廣介との関係性に似ているような気がしてならないのですが、とどまるところを知らない妄想はご容赦ください。ただ、長編を読む限り、クリスピンは推理の材料を積み重ねて犯人を理詰めで限定していくようなタイプではないので、実は「論理的」ではないかもしれないと思っている、などと言うと各方面からのお叱りを受けそうです。実際フェンの推理は本質直観型で、前提から導かれる無数の帰結のうち、ひとつを正解だと言っているだけに過ぎないような気がします し、機械的なトリックが使用されている場合も、どうしてそのトリックが用いられたかがわかる過程にはあまり筆が割かれている感じを受けません。手がかりはあからさまに目の前に転がっているのに、それを探偵役以外は正しく解釈できず、さながら探偵にしか解けない暗号を解読している場面を見せられている、みたいな気がしたのは、たとえばアンソニー・ホロヴィッツの『メインテーマは殺人』[注25]を読んだときの印象、特に老婦人の行動の意味するものがひとつひとつ明らかにされていく瞬間と似ているように感じたせいでしょうか。作風は違うものの、解決に至る論理性と言うよりは見事な配置の妙の読み解き方を見せつけられた感じが、自分の中ではクリスピンの長編の印象と重なったもののようです。なお、『メインテーマは殺人』は一読したとき、これは法月さんの好みだろうと思って観察していたところ、年末のベスト投票[注26]では第一位に挙げられていて、自分の観察眼に少し自信を持ちそうになりましたが、振り返って前年の『カササギ殺人事件』はあまり評価されていなかったのは少々意外でした、というのは完璧に余談です。

＊

今またあまり深く考えずに「クリスピンの長編の印象」と表現してしまったのですが、十年足らずの間に立て続けに出版された八作の長編では、前の方と後の方で作風の違いを指摘されることが多く、ひとまとめにして語ってしまうのはいささか乱暴かもしれません。ただ、ある程度の共通項と言いますか、変わらない核となる部分みたいなものはあるだろうと思っています。複数の階層に分かれたユーモアだとか、ドタバタや追いかけっこのようなものに目を奪われがちですが、自分が気になるのは、事件に関与するときのフェンを取り巻く人間関係です。

当初は、フェンとバディが警察関係者との三人組で捜査に当たる、という図式が成立しています。それが出先であったり、ホームグラウンドのオックスフォードであったりするわけですが、舞台がオックスフォードであっても何となくトラベルミステリーのような風情を感じるのは、もしかするとこの三人組の活躍が、アウトサイダーであるおなじみ御老公一行が事件を解決しに来て去って行くという図式と重なって見えるせいかもしれません。それが典型的なのはやはり『金蠅』で、実は主人公不在の物語ですが、冒頭、主な関係者の断片を一人、また一人と描き、これから始まる殺人事件の舞台に登場させていくシーンが印象的です（作中では舞台劇を取り扱っていて、殺人劇と重ね合わせるところがまた憎い）。その中からジャーナリストのナイジェル、文学批評の本を出版したこともある署長のサー・リチャード・フリーマンがフェンと共に事件の謎に取り組むことになり、事件は解決し、チームは解散。一度交錯した人生が、またそれぞれの道へと分岐する、別れの場面を迎えます。

この『金蠅』のつくりをふまえて書かれたと思しい第二作『大聖堂は大騒ぎ』で、バディとなるのが作曲家のジェフリイ・ヴィントナー。続く『消えた玩具屋』では詩人のリチャード・キャドガン、『白鳥の歌』だとテノール歌手のアダム・ラングリイかと順番に思い出していったら、『愛は血を流して横たわる』はホラス・スタンフォード校長ということになって、だいぶ様相が変わってきている感じがする。そして、続く『お楽しみの埋葬』になると、この原則が崩れてしまっているように見えます。事件の捜査に当たるバディが見当たらないのです。さらに、ここで警察側の人間として登場するハンブルビー警部は、読み返しても大して活躍している印象がなく、フェンと渡り合えるほど文学に造詣が深いわけでも、ヘンリー・ジェイムズに一家言[注27]あるわけでもなさそうときています。だから次の長編と後年の短編でフェンと共に事件に携わるハンブルビー警部が、そこまで深い友誼を結ぶに至った経緯ははっきりしないながらも、『お楽しみの埋葬』のメインテーマは殺人事件に据えられていたのではなく、フェンが出馬した選挙の方にあったと見るならば、フェンと選挙参謀のキャプテン・ウォトキン、探偵作家のジャッド氏の三人が即席チームを組んで問題に対峙するという図式はぎりぎり保たれていたことがわかります。言ってみれば、フェンの奇矯な行動からくるユーモアが、構成上まだ許されていたわけです。ただし、事件に関するデータを集めるのは、フェン自身が動くか、特例で情報を流してもらうしかない。『愛は血を流して横たわる』と『お楽しみの埋葬』の間には、実はこの点で大きな差が生じていたように思うのです。これをさらに二段階ほど推し進めた結果が『永久の別れのために』になるのですが、クリスピンの「作風の変容」はすなわち「フェンの行動の変容」がもたらしたもののように見えてきます。これが冷戦の影響かどうかは正直わかりませんが、作中で無邪気に「名探偵」を動かすことが難しくなってしまったことが、結果的に作風の変化を生じたひとつの要因ではなかったのでしょうか。

それに加えて、第二次世界大戦という苛烈な出来事とそれに続く戦後を生きていく上で、虚構を虚構として楽しむことに疑問を呈されてしまった場合、物語作者は方向転換をするか、沈黙するかを選ばざるを得なかったのではないか、という気もします。そこで思い出すのがジェフリー・ゴーラーの「死のポルノグラフィー」[注28]で、映画、演劇、小説だけでなく、現代だとゲームのようなものでも死が取り扱われているのが批判の対象となっています。想像するに、相当な知識人であったクリスピンがこうした批判に無自覚であったとは考えにくい。また、探偵小説のような娯楽作品を上から目線で否定する考え方もあるわけで、自分など小学五年生のときの読書感想文で乱歩の『蜘蛛男』を取り上げたようなクチですが、感想文の題材として、たとえば誰かの伝記と『蜘蛛男』とでは、最初から勝敗は決まっているようなものです。ジュリアン・シモンズの犯罪小説にまつわる論と、それに反駁したクリスピンのエピソード[注29]が思い出されますが、虚構の物語である探偵小説を好んだクリスピンとはいえ、実作で虚構性を前面に出し続けることができなくなった可能性は否定できません。

このように執筆に対する態度が変化したことに加え、短編の執筆が増えたことも、ある時期から長編の書かれなくなった理由のひとつに数えられるでしょうか。『愛は血を流して横たわる』と『お楽しみの埋葬』の二長編が出版されたのが一九四八年。調べてみると、短編が雑誌や新聞に掲載されるようになったのはその翌年、一九四九年の「デッドロック」からのようです。それから二年続けて長編が出たのを最後に長編の出版は途絶えています。五三年には第一短編集『列車に御用心』がまとまっていますが、五五年までの間に書かれた短編を数えてみると三十七編にのぼっていました。短編を書きまくっているこの時期のクリスピンは、短いものですが、謎と論理の物語を、新聞に数日間連続で掲載[注30]していることも三回ほどあります。そしてこの短編の時代を経て、五四年の最初のＳＦアンソロジーを皮切りに、アンソロジストとしての活躍が始まる。少なくともこの状況で、以前と同じように長編が書けたとは思えません。クリスピンの短編ということで少し脱線を許していただきますと、つい最近、本国でクリスピンの全短編をまとめた本[注31]が出版されました。近年刊行が続いた、埋もれた短編復刻アンソロジーのおかげもあって、単行本未収録作というのはなくなりましたが、数え間違いがなければ全四十六編中十三編が本邦未訳のままです。クリスピンの業績を広く知らしめるためにも、全短編をまとめて日本語で読める日が来るのを心から待ち望みます。あいにくとこの本には少し不満があって、書誌情報の甘さです。ＥＱＭＭや他の雑誌に載った際にタイトルが変更[注32]されたものがあり、そのせいで本国でも未収録短編がまだあると誤解したままの人がいます。そんな状況に対する注釈がありません。また、少し調べればわかる初出の情報が、追加されることなく不明のまま継承[注33]されていたりもします。クリスピン全短編という企画が嬉しいものだけに、詰めの甘さが残念でした。

＊

そしてクリスピンの長編が書かれなくなったもうひとつの理由、以下は個人の妄想か、牽強付会か、というレベルの戯言ですが、この時代にあって虚構の物語を臆面もなく書いたひとりの作家、イアン・フレミングの登場を挙げておきたいと思うのです。フレミングが小説家としてデビューしたのが一九五三年。フレミング描くところのボンドは、内面が描かれていることもあってか、映画に出てくるボンドとは印象が違っていてストイックなイメージです。ですが、どちらかと言うと映画の影響を多く受けているかもしれない自分の中では、フェンとボンドが何となく重なってしまうところがあって、どちらも「奇矯な英国紳士が周囲の迷惑を顧みずに暴走する話」であるのが共通しているように思えます。それに加えて、言葉遊びや引用を多用し、注釈なしでいきなり外国語を出したりして読者の知的自尊心に訴えかけるスタイルが、両者ともきわめて類似していることはぜひ指摘しておきたいところです。

たとえばフレミングの第一作『007／カジノ・ロワイヤル』の第二章で、ボンドの上司Mが受け取った文書を読んでいると、途中で *Loi Tendant à la Fermeture des Maisons de Tolérance et au Renforcement de la Lutte contre le Proxénitisme*（最近の白石朗訳では「ロワ・タンダン・タ・ラ・フェルメチュール・デ・メゾン・ド・トレランス・エ・オ・ランフォルスマン・ド・ラ・リュット・コントル・ル・プロクセネティスム」と読ませています[注34]）という法律名（「売春宿閉鎖ならびに売春規制強化のための法律」）が何の予告もなくいきなり出てきます。原文だと、英文の中にいきなりフランス語が出てきてチンプンカンプンとなるところ、あいにく日本人には英語もフランス語も外国語なので、ここだけカタカナ表記にしたり、日本語にした法律名にルビをつけたりして、訳者の工夫の見せ所ではあるのですが、いずれにしてもMが感じた戸惑いがいまひとつ伝わってこない感じがします。面喰らったMが、「訳語をつけろ、いや、最初から英語にしとけ」みたいなことを言うのにはくすりとさせられますが、併せて、実はMはフランス語が不得意ではないかと思わせる効果があるのは、どこかで見た風景とも重なります。

そういえば、さっき名前の出たアンソニー・ホロヴィッツは、『007 逆襲のトリガー』[注35]という財団公認のボンドものの続編を書いていて（ついでに、これもさっき出てきたキングズリー・エイミスが、ロバート・マーカムの変名で『007／孫大佐』を書いているのにも何か因縁めいたものを感じます。脱線失礼）、それを踏まえた上で見直すと、『メインテーマは殺人』のそこここでフレミングに関連した物言いが出てくる理由[注36]が納得できます。おやっと思ったのは第三長編『007／ムーンレイカー』に言及[注37]しているところで、ボンドが宇宙に飛び出してしまう映画化作品の印象が強烈かもしれませんが、原作はロケット建設にまつわる陰謀がメインの物語です。ここであえて言及するくらいだから、ホロヴィッツは『007／ムーンレイカー』が好きなんだねえ、と思って『007 逆襲のトリガー』と併せて読んだら感慨深いものがありました。ちなみに「ムーンレイカー」は、「月をかき集める者」というもとの意味から、そんなことをする奴は「ばか」「あほ」だという俗な表現になります。それを、未来を託すロケットの名前、そして小説のタイトルにしてしまうセンス。原作では、海べりの発射台に聳え立つロケットのイメージが鮮明で絵になるだけでなく、物語の終盤、ヒューゴ・ドラックス卿がロケット発射前の記念式典で開陳する演説に至っては感動的[注38]ですらあります。ボンドと共に陰謀を阻もうとするヒロインの名ガーラ Gala（作中でボンドに名前をからかわれる）は「祝祭」という意味のフランス語で、ドラックス卿の部下クレッブス Krebs の名は、作中で特に言及はなかったと思いますがドイツ語で「癌」を意味しています。タイトルや登場人物の名前に何かを仕込んでくるところ、あちこちで引用や言葉遊びを多用した文章は、クリスピンの独壇場、ではなくなっています。先に作家デビューしていたクリスピンが後輩作家であるフレミングの作品をどう捉えていたか、本当のところはわかりませんが、言葉遊びや持って回った言い回しを駆使し、英国紳士が縦横無尽にやりたい放題をやり尽くす作品が、ジャンルの違いはあれ世界的にヒットしてしまい、クリスピンの創作活動にも影響を与えていたかも、という妄想を抱くだけの余地はあるように思います。そして、二人のいずれもが知的な読者に訴えかける荒唐無稽なお話の作り手であることに着目すれば、クリスピンとフレミングを日本に紹介したのが都筑道夫であったことは、ある意味必然だったのではないでしょうか。クリスピンの長編もフレミングと同じ、「大人の紙芝居」[注39]なのですから。

＊

この「大人の紙芝居」(江戸文芸と海外小説の両者を知悉していた都筑道夫でなくて誰が言い得た表現でしょうか)は、言い換えれば予定調和の世界、「お約束」の世界とも言えます。『007／ムーンレイカー』では、誇大妄想狂の敵が、悪役としての経済学に反してボンドをその場で殺さない、という致命的なエラーを犯します。そうでなければボンドが活躍して悪が滅ぼされるという「お約束」が成立しないからです。お話のおもしろさ(主人公が活躍する見せ場)が優先され、ついつい「なぜそこでボンドを殺さないんだ」というツッコミを入れられてしまう。最後はボンドに逆転されて悪が滅ぶという、まさに予定調和が支配する「大人の紙芝居」の論理です。クリスピンの小説にも似たようなところがあって、たぶん事件の鍵を握る証人は確実に命を落としてしまうはずなのに、無事に生きながらえて重要な証言をする。この証人が生き残ることで、犯行計画が完遂せず、犯人は自分の身を滅ぼす結果となってしまう一方、物語の後味は悪いものではなくなります。あるいはそれを、優しさ、みたいな言葉でひとくくりにすべきではないかもしれませんが、クリスピンの物語に通底する何かのように思えてなりません。ろくでもない現実世界にあって、なぜ探偵小説が書かれ、読まれるのか。どこかの巡査が抱いていた「絵空事だからおもしろいのだ[注40]」という思いが、その答えにもなるのではないでしょうか。そこで思い出されるのが、

We should none of us mind death and dying nearly so much if we didn't insist on regarding life as a basically pleasant thing with unpleasant intervals, instead of as an unpleasant thing with intervals of happiness.

という文で、死期を悟った母が娘にあてて書いた手紙の中に、父親の言葉として引用されたものです。[注41]翻訳で読んだときに気になって確認してみたところ、原文とは全く逆の意味[注42]になっていて、あらためてクリスピンの文章を翻訳する難しさを目の当たりにした思いでした。「人生が、幸福な幕間のあるいやなものではなくて、楽しくない幕間があっても基本的に楽しいものだと思うのにこだわらなければ、死や死がそこまで近づいていることを誰も気にしなくてよいのです」くらいの訳になるでしょうか。作中人物の言葉なので、クリスピン本人がこのようなものの考え方をしていたわけではないかもしれませんが、少なくとも自分のこの人生に、クリスピンが絵空事のおもしろさという幸せを与えてくれている事実は明記しておきたいと思うのです。

　クリスピンが「大人の紙芝居」を指向していたという、いまひとつの傍証になるでしょうか、ここで思い出されるのはクリスピンがアンソロジーに選んだ作品群です。アンソロジストとしては、探偵小説アンソロジーを二冊、恐怖小説で二冊、殺人小説で一冊を編んでいるのですが、最多はＳＦのア

ンソロジーで十冊を数えます。十冊のうち二冊は「ベスト・オブ・ベスト」のような作り（それなりに一編か二編新しく作品を入れたりしています）、一冊はC・M・コーンブルースのベスト作品集ですが、最初に編んだ一九五四年の *Best SF* に始まり七冊を数えるシリーズは、一九七〇年の *Best SF Seven* まで刊行が続きました。アンソロジーを編むということは、そのジャンルの作品を広く、深く読んでいなければできない芸当ですので、SFへのかなりの傾倒ぶりがうかがえます。自分などSFについては完全に門外漢もいいところなのですが、クリスピンが選んだ作品を、邦訳のあるものだけでも読んでみた限りでは、SF作品に物語（あるいは絵空事）のおもしろさを見出していたような気がすることが多々ありました。さながら本邦の〈奇想コレクション〉につながる系譜とでも言いましょうか、あのシリーズを嬉々として読むんじゃないだろうか、とか、あるいは勢いで一巻くらい編集してしまいそうな、そんな印象です。探偵小説という「制約のある物語のおもしろさ」とはまた別個の、SFという「制約のない物語のおもしろさ」に魅せられた結果が、アンソロジーに集約されていて、それがために探偵小説の執筆が後回しになってしまったのではないのか、とそんな妄想も浮かびます。ここでアンソロジーに話が及んだついでに申し上げてしまいますと、*Best SF* のシリーズは、八巻目がリストアップ[注43]されていましたが出版はされませんでした。最後に出たのは「ベスト・オブ・ベスト」の一冊ですが、純粋なSFのアンソロジーは *Best SF Seven* が最終です。この本の最後に収められたトーマス・M・ディッシュの「憂鬱の女神のもとに来たれ」[注44]は、孤独なサイボーグの寂寥感に満ちた物語で、ミルトンの詩に彩られているところなど、まさしく文学作品を愛好したクリスピンが選ぶべくして選んだような作品でした。このような作品がSFアンソロジーの掉尾を飾ったかと思うと感慨深いものがありますし、これ以降どんな作品を選んでくれたかを知ることができないかと思うと、体の一部が欠けてしまったようなとても寂しい気持ちを覚えました。

＊

さて、六〇年代は旺盛だったアンソロジストとしての活動も、七〇年代に入ると刊行点数が急激に減り、クリスピンは短編を数年に一作程度発表するだけになります。体調不良が主な理由のようですが、そんな中、七七年に二十六年ぶりの長編 *The Glimpses of the Moon* が刊行されます。これはクリスピンの最後の、そして最長の長編となりました。ひとつ前の『永久の別れのために』のエンディングでは、事件の趨勢と関係者の行く末を見届けたフェンが、旅装を整えて鞄を提げ、あたかも読者に向かってもう一方の手を軽く上げて「んじゃまた」とでも挨拶している姿が目に浮かんでくるようでした。そんなフェンが、〈長い離別（おわかれ）〉から帰ってきてくれたのです。

この作品には、どこぞで「目新しいところはない」みたいな評価がされているのを見た覚えがあるのですが（詳細はすっかり失念）、失礼ながらその評価にはある視点が欠けているように思います。たとえば、この作では章題の後にエピグラフがあしらわれていて、こうした作りはこれまでだと『金蝿』と『大聖堂は大騒ぎ』にしかなく、『消えた玩具屋』以降ご無沙汰でした。見ると第一章からしてすでに暴走気味で、本文に入る前から、何かふざけたことをやらかしてくれる感じを漂わせていまず。ある意味、クリスピンが才気走って生意気だった頃への原点回帰をひそかに宣言しているもののように思えてなりません。「帰ってきたフェン」が「原点に帰る」のを目指した作なのだから、もちろん目新しいものなどあるわけもなく、そもそも必要ですらない。宮脇孝雄『書斎の旅人』から引けば、「いいにつけ悪いにつけ、昔ながらのクリスピンそのまま」[注45]ということになるのです。

相変わらず若々しくフェンは描かれていて、事件に巻き込まれはするものの、さすがに以前のように自ら率先して捜査に首を突っ込んでいく感じではありません。ややグルーサムな事件を取り扱っていることを含め、これが「作風の変容」を経た上で、名探偵と事件との関わり方を発展させたものと見てしまうのは、牽強付会か日和見主義、あるいは贔屓の引き倒しと言われても構わないところです。最初に読んだときは（原文を読みこなせている自信はないことを明記しておきますが）、こんなにおもしろい小説があるものかと驚き、これを書き上げてくれたクリスピンに感謝したことを覚えていま す。そして、最後の長編なのですから次の話がないのはわかっているはずなのに、暗転したスクリーンに、

Gervase Fen will return.
ジャーヴァス・フェンは帰って来る。

という、どこかで見た覚えのあるテロップ[注46]が映し出されているような気がしてなりませんでした。

＊

最後に、余計な話をもうひとつだけお許しください。『メインテーマは殺人』には、俳優チャールズ・ホートリーへの言及[注47]があって、語り手が寄宿学校に通っていた頃、上映会で見たのを思い出してタイトルを挙げたのが、コメディ映画『キャリーオン』シリーズのうち、『キャリーオン・ナース』『キャリーオン・ティーチャー』『キャリーオン・コンスタブル』の三作でした。シリーズの第二作から第四作に当たりますが、実はいずれも音楽の担当としてクレジットされているのがブルース・モンゴメリー、すなわち筆名エドマンド・クリスピンです。ホロヴィッツの作品の中でクリスピンとフレ

ミングが交差しているのを見てどきりとしました。そんなアンゴウと暗合に満ち溢れたクリスピンの全業績が新しい視点で見直され、「大人の紙芝居」がモダーン・ディテクティヴ・ストーリイ[注48]へと変貌を遂げて大きな環が完成する、その瞬間を、法月さんにはぜひ見届けていただきたいと思い、文章を書き連ねていたらこんなことになってしまいました。浅学非才の者の自分勝手で無責任な妄言とはいえ、数多の失言は重ねてご容赦ください。法月さんの向後のご活躍を祈念しております。

敬具

注

1　都筑道夫『黄色い部屋はいかに改装されたか?』の「1　黄色い部屋はいまも黄色いか?」における言及を念頭に置いている。表記はフリースタイル（二〇一二年四月十五日発行）の〈増補版〉による。

2　フジテレビ系列「時代劇スペシャル」一九八二年八月十三日放送。

3　『このミステリーがすごい!』編集部編「このミステリーがすごい!」二〇一七年版（宝島社、二〇一六年十二月二十四日発行）掲載のエッセイ「私と海外ミステリー」で、翻訳してもらいたい七作品のうちにクリスピンの第七長編と第九長編のタイトルを挙げている。

4　法月綸太郎『挑戦者たち』（新潮社、二〇一六年八月三十日発行）の「42　挑戦状アレルギーの弁」を参照。

5　『創元推理4』一九九四年春号（東京創元社、一九九四年四月二十五日発行）の「アンケート特集　江戸川乱歩」を参照（掲載は二四四頁）。

6　「レコード・コレクターズ」二〇〇〇年四月増刊号『無人島レコード』（第十九巻第六号〔通巻二一一号〕、二〇〇〇年四月二十日発行）へのコメント（一四二〜一四三頁）および法月綸太郎「なめくじと旋風児」（「銀座百点」二〇一四年九月号〔第七一八号〕、二〇一四年九月一日発行）による。

7　しまねサードウェイ『島根スゴイ人列伝　人生を切り開く11の方法』（ワン・ライン、二〇〇八年四月二十五日発行）。

8　http://deathcanread.blogspot.com/2020/04/edmund-crispin-case-of-gilded-fly-1944.html（最終閲

覧二〇二四年四月一日）

9　殊能将之『ハサミ男』24章を参照。講談社ノベルス版（一九九九年八月五日発行）三〇八頁、講談社文庫版（二〇〇二年八月十五日発行）四二四頁。

10　レイモンド・チャンドラー *The Long Good-bye*（一九五三）の24章に、探偵マーロウの名前の綴りを尋ねた娘が、クリストファー・マーロウ作の戯曲の一節を口にする場面がある。邦訳として、清水俊二訳『長いお別れ』、村上春樹訳『ロング・グッドバイ』、田口俊樹訳『長い別れ』、市川亮平訳『ザ・ロング・グッドバイ』があるが、このうち田口俊樹訳の創元推理文庫版（二〇二二年四月二十八日発行、二七四頁）と市川亮平訳の小鳥遊(たかなし)書房版（二〇二三年五月二十八日発行、二一五頁）に、引用元に関する注釈がある。なお、原書に注釈はない。

11　ニコラス・ブレイク、永井淳訳『野獣死すべし』の「第三部　この死の体より」4を参照。二〇一五年八月二十五日発行のハヤカワ・ミステリ文庫版（五刷）では二〇八頁にある。

12　前掲『ハサミ男』10章、13章（ノベルス版九九頁および一五五頁、文庫版一三三頁および二〇九頁）を参照。

13　殊能将之『鏡の中は日曜日』より「第二章　夢の中は眠っている」の【現在・8】二〇〇一年七月十七日」を参照。講談社ノベルス版（二〇〇一年十二月五日発行）一九九頁、講談社文庫版（二〇〇五年六月十五日発行）二八二頁。

14　法月綸太郎『ノーカット版 密閉教室』の「5　プラスティックタイルの陥穽」にある。講談社刊の単行本（二〇〇二年十一月七日発行）三五頁、講談社ＢＯＸ版（二〇〇七年二月一日発行）三四頁を参照。なお、当該箇所は『密閉教室』講談社ノベルス版（一九八八年十月五日発行）と講談社文庫版（一九九一年九月十五日発行）およびその新装版（二〇〇八年四月十五日発行）には見当たらない。

15 『大聖堂は大騒ぎ』国書刊行会（二〇〇四年五月二十日発行）の第9章（一八八頁、一九五頁）参照。

16 サガシモノハ、メノマエニアリ。

17 法月綸太郎編『法月綸太郎の本格ミステリ・アンソロジー』角川文庫（二〇〇五年十月二十五日発行）。

18 アナタノ、メノマエニアルモノガ、ソレデス。

19 *Who Killed Baker?* （*Evening Standard* 一九五〇年十月三十日掲載）およびその邦訳「誰がベイカーを殺したか」（望月和彦訳。「ミステリ マガジン」一九八五年四月号〔第三十巻第四号、一九八五年四月一日発行〕掲載）。

20 *Best Detective Stories*（一九五九、Faber & Faber）と *Best Detective Stories 2*（一九六四、同）があり、*Who Killed Baker?* は *Best Detective Stories* に収録されている。

21 エラリー・クイーン編『ミニ・ミステリ傑作選』創元推理文庫（一九七五年十月二十四日発行）収録の「川べりの犯罪」（深町眞理子訳。参照は一九八五年十一月二十二日発行の二十八版）。原題は *The House by the River*（*Evening Standard* 一九五三年二月二十五日掲載）だが、アンソロジーにはEQMM（第一三六号、一九五五年三月）掲載時の *The Crime by the River* のタイトルで収録されている（創元推理文庫版では三六四頁に記載あり）。

22 【「川べりの犯罪」の趣向に触れています】rode（乗ってきた）と rowed（漕いできた）の発

音が同じことに起因する誤認を利用している。「編者注」は創元推理文庫版三六三頁にある。原書*Ellery Queen's Minimisteries*（一九六九、World Publishing Company）も確認したが、アンソロジー中に編者のコメントがついている作品は他にないようである。

23 【同趣向の作品の題名を挙げています】坂口安吾「選挙殺人事件」（「小説新潮」一九五三年六月特大号〔第七巻第八号、一九五三年六月一日発行〕掲載）を念頭に置いている。奇しくも「川べりの犯罪」と発表年が同じ。

24 坂口安吾の探偵長編といえば『不連続殺人事件』。創元推理文庫版（『日本探偵小説全集10 坂口安吾集』所収、一九八五年十月二十五日発行）や角川文庫版（新装刊、二〇〇六年十月二十五日改版発行）をはじめとした、複数の刊本がある。

25 山田蘭訳、創元推理文庫（二〇一九年九月二十七日発行）。

26 探偵小説研究会編「２０２０本格ミステリベスト10」（原書房、二〇一九年十二月十三日発行）および『このミステリーがすごい！』編集部編「このミステリーがすごい！」二〇二〇年版（宝島社、二〇一九年十二月二十五日発行）を参照。『カササギ殺人事件』は二〇一九年版で第三位に挙げている。

27 ホントウニタイセツナモノハ、ジツハスグソバニアル。

28 ジェフリー・ゴーラー、宇都宮輝夫訳『死と悲しみの社会学』ヨルダン社（一九八六年十一月二十五日発行）を参照。「死のポルノグラフィー」は一九五五年十月に発表された論文。

29 宮脇孝雄『書斎の旅人』早川書房（一九九一年十月三十一日発行）の「29 クリスピンとシモンズ」を参照。

30　*Evening Standard* 紙には次のような掲載がある。一九五三年二月二十三日付より二十八日付まで六日間、一九五四年八月二日付より七日付まで六日間、一九五五年八月八日付より十二日付まで五日間。

31　'*We Know You're Busy Writing...*'（二〇二三、HarperCollins Publishers）。

32　*Beware of the Trains* が *Nine Minus Nine Equals One*（ＥＱＭＭ、第八八号、一九五一年三月）に改められていたり、*Dog in the Night-Time* が *Looking for a Diamond*（ＥＱＭＭ、第一四三号、一九五五年十月）というタイトルになっていたりする。後者についていえば、「エラリイ・クイーンズ・ミステリ・マガジン」一九六五年四月号（第十巻第四号、一九六五年四月一日発行）掲載の泉真也訳「消えたダイアモンド」と、「ミステリマガジン」一九八九年六月号（第三十四巻第六号、一九八九年六月一日発行。原題を *Dog in the Night* と誤記）掲載の菊地よしみ訳「夜の犬」が同一作品ということになる。ちなみに田村義進訳「おお、ダイヤモンド」（「ミステリ マガジン」一九八一年十二月号〔第二十六巻第十二号、一九八一年十二月一日発行〕掲載）は *The Mischief Done* の翻訳であり、全く別の作品。

33　たとえば、*Evening Standard* 紙に掲載された短編であれば、インターネット上で掲載日を特定することが可能である。

34　イアン・フレミング、白石朗訳『００７／カジノ・ロワイヤル』創元推理文庫（二〇一九年八月二十三日発行）。井上一夫訳（創元推理文庫、一九六三年六月二十一日発行。参照は一九九八年四月十七日発行の五十八版）では、「売春宿の閉鎖ならびに売春禁止強化のための法律（ロア・タンダン・タ・ラ・フェルメトゥル・デ・メゾン・ド・トレランス・エ・オゥ・ランフォルスマン・ド・ラ・ルット・コントル・ル・プロクセニティスム）」と表記されているが、同じ井上一夫訳の新版（創元推理文庫、二〇〇六年六月三十日発行）では、

「ロア・タンダン・タ・ラ・フェルメトゥル・デ・メゾン・ド・トレランス・エ・オゥ・ランフォルスマン・ド・ラ・ルット・コントル・ル・プロクセニティスム（売春宿の閉鎖ならびに売春禁止強化のための法律）」と割注になっている。

35 駒月雅子訳、角川文庫（二〇一九年五月二十五日発行）。

36 前掲『メインテーマは殺人』一六三頁、二〇〇頁参照。

37 同前三三七頁参照。

38 ヒューゴ・ドラックス卿の正体を知っていて聞く（読む）と、含意に満ちた演説であることがわかる。

39 たとえば『都筑道夫ポケミス全解説』（フリースタイル、二〇〇九年二月二十五日発行）収録の「フレミングの面白さ」（三六五頁）に、それを見出すことができる。

40 前掲『ハサミ男』第六章（ノベルス版一七五頁、文庫版二三七頁）参照。

41 *Buried for Pleasure* 第17章参照。

42 『お楽しみの埋葬』ハヤカワ・ポケミス版（一九五九年十二月十五日発行）では「人生を大体は不愉快だが時々幸福なことのあるものと考えずに、ほんとうは愉しいけれど時々不愉快なことのあるものと考えれば、人間は誰でも死ぬことを今ほど気にしなくなるだろう」と訳出されている（一五〇頁）。ハヤカワ・ミステリ文庫版（一九七九年四月三十日発行）では二〇五頁にあり、二箇所ある「時々」を「ときどき」とかなに開いている以外は全く同一の訳文である。

43 *Outwards from Earth*（一九六八、Faber & Faber）巻頭の作品一覧に *Best SF Eight* が載っている。

44　山田順子による邦訳は「S-Fマガジン」二〇〇〇年二月号（第四十一巻第二号〔第五二五号〕、二〇〇〇年二月一日発行）に掲載。
45　前掲『書斎の旅人』の「28　二十年後のクリスピン」二〇五頁参照。
46　おなじみボンド映画のエンディング。
47　前掲『メインテーマは殺人』三五五頁参照。
48　前掲『黄色い部屋はいかに改装されたか?』参照。

〔著者〕
エドマンド・クリスピン
本名ロバート・ブルース・モンゴメリー。1921年、英国、バッキンガムシャー州生まれ。オックスフォード大学在学中に書きあげた「金蠅」(1944)でデビュー。パブリックスクールで二年ほど教鞭を執ったあと、合唱曲や映画音楽の作曲家として活躍し、評論活動やアンソロジー編纂の仕事にも力を入れた。1978年死去。

〔訳者〕
宮澤洋司(みやざわ・ひろし)
1962年、長野県生まれ。東京大学法学部卒。出版社勤務を経て、現在はフリーのDTPオペレーター。未訳の海外ミステリを翻訳紹介する同人誌「翻訳道楽」主催。訳書に『被告人、ウィザーズ&マローン』(論創社)、『フランケンシュタインの工場』(国書刊行会)がある。

列(れつ)をなす棺(ひつぎ)
——論創海外ミステリ 318

2024年6月20日　初版第1刷印刷
2024年6月30日　初版第1刷発行

著　者　エドマンド・クリスピン
訳　者　宮澤洋司
装　丁　奥定泰之
装　画　森咲郭公鳥
発行人　森下紀夫
発行所　論 創 社

〒101-0051 東京都千代田区神田神保町2-23 北井ビル
TEL:03-3264-5254　FAX:03-3264-5232　振替口座 00160-1-155266
WEB:https://www.ronso.co.jp

組版　加藤靖司
印刷・製本　中央精版印刷

ISBN978-4-8460-2389-8